尋幽殊未歇

从古典诗文到现代学人

杨君 著

知·趣

浙江古籍出版社

图书在版编目(CIP)数据

寻幽殊未歇：从古典诗文到现代学人 / 杨君著 . --
杭州：浙江古籍出版社，2020.10
(知·趣丛书)
ISBN 978-7-5540-1823-1

Ⅰ.①寻… Ⅱ.①杨… Ⅲ.①随笔—作品集—中国—当代 Ⅳ.① I267.1

中国版本图书馆 CIP 数据核字（2020）第 194932 号

寻幽殊未歇：从古典诗文到现代学人

杨 君 著

出版发行 浙江古籍出版社
（杭州市体育场路 347 号）
网　　址 www.zjguji.com
责任编辑 沈宗宇
责任校对 张顺洁
封面设计 吴思璐
责任印务 楼浩凯
照　　排 杭州时代出版服务有限公司
印　　刷 浙江海虹彩色印务有限公司
开　　本 787mm×1092mm　1/32
印　　张 8.5　彩　插 8
字　　数 163 千字
版　　次 2020 年 10 月第 1 版
印　　次 2020 年 10 月第 1 次印刷
书　　号 978-7-5540-1823-1
定　　价 56.00 元

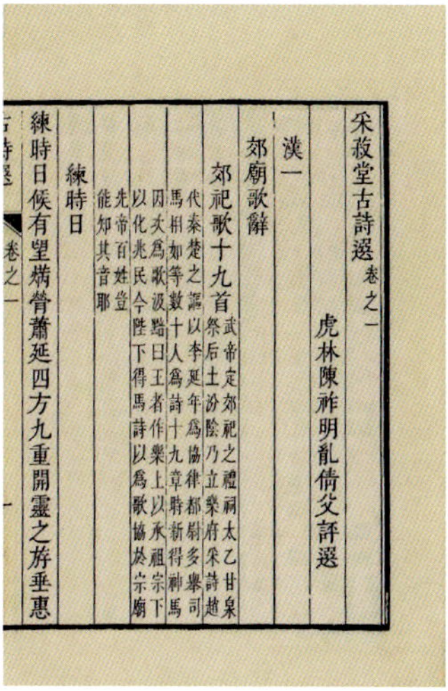
采菽堂古詩選卷之一
虎林陳祚明胤倩父評選
漢一
郊廟歌辭
郊祀歌十九首 武帝定郊祀之禮祠太乙甘泉祭后土汾陰乃立樂府采詩趙代秦楚之謳以李延年爲協律都尉多舉司馬相如等數十人爲詩十九章聘新得神馬因以爲歌汲黯曰王者作樂上以承祖宗下以化兆民今陛下得馬詩以爲歌協於宗廟先帝百姓豈能知其音耶
練時日
練時日侯有望焫膋蕭延四方九重開靈之斿垂惠

陈祚明《采菽堂古诗选》

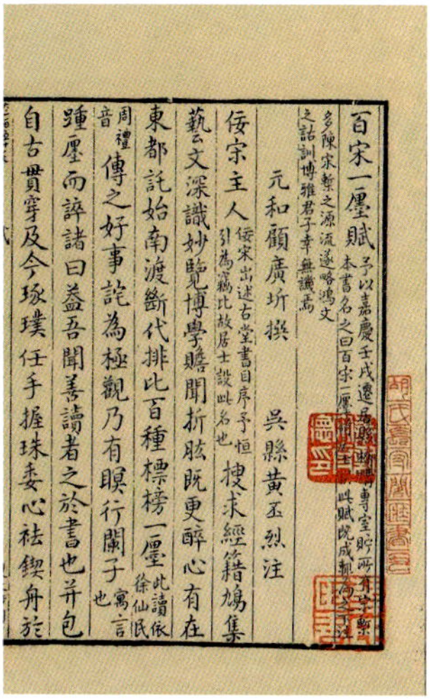
百宋一廛賦
元和顧廣圻撰　吳縣黃丕烈注
佞宋主人 佞宋出述古堂書目序予恒引為竊比故居士設此名也 搜求經籍鳩集
藝文深識妙覽博學瞻聞析肱既更醉心有在
東都託始南渡斷代排比百種標榜一廛 此讀依徐仙民
周禮音 傳之好事詫為極觀乃有瞑行闌子 寓言也
踵屢而辭諸曰益吾聞善讀者之於書也并包
自古貫穿及今琢璞任手握珠委心祛鍥舟於

顾广圻撰、黄丕烈注《百宋一廛赋》

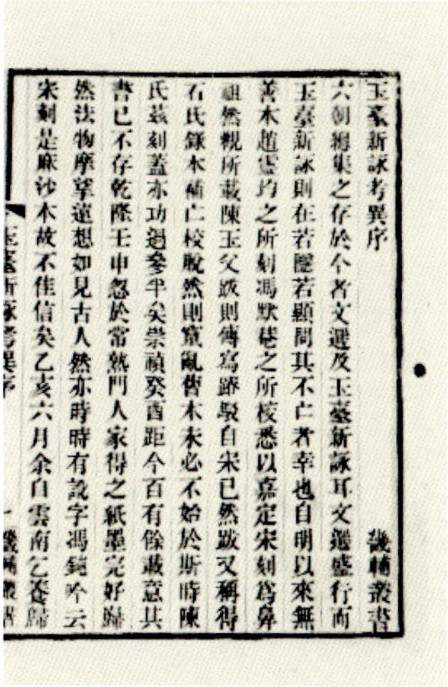
玉臺新詠考異序　　畿輔叢書
六朝總集之存於今者文選及玉臺新詠耳文選盛行而
玉臺新詠則在若隱若顯間其不亡者幸也自明以來無
善本趙靈均之所刻馮默菴之所校悉以嘉定宋刻爲鼻
祖然觀所載陳玉父跋則傳寫踳駁自宋已然跋又稱得
石氏錄本補亡校脫然則竄亂舊本未必不始於斯時陳
氏蕘刻蓋亦功過參半矣崇禎癸酉距今百有餘載意其
書已不存乾隆壬申忽於常熟門人家得之紙墨完好歸
然法物摩挲還想如見古人然亦時時有誤字馮鈍吟云
宋刻是麻沙本故不佳信矣乙亥六月余自雲南乞養歸

纪容舒《玉台新咏考异》

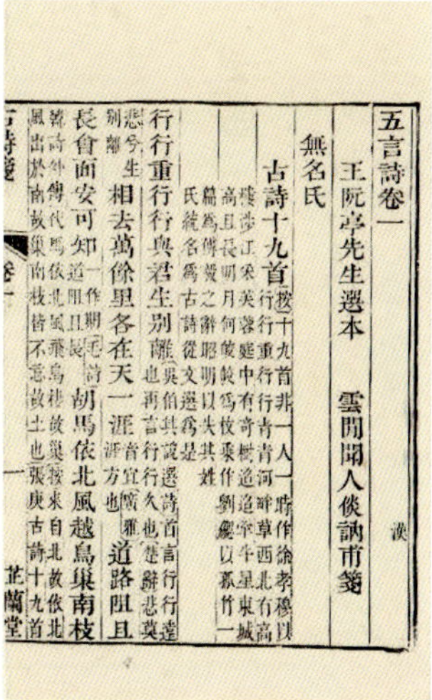
五言詩卷一
王阮亭先生選本　雲間聞人倓訥夫箋　漢
無名氏
古詩十九首
行行重行行與君生別離
相去萬餘里各在天一涯
道路阻且長會面安可知
胡馬依北風越鳥巢南枝
芷蘭堂

闻人倓《古诗笺》

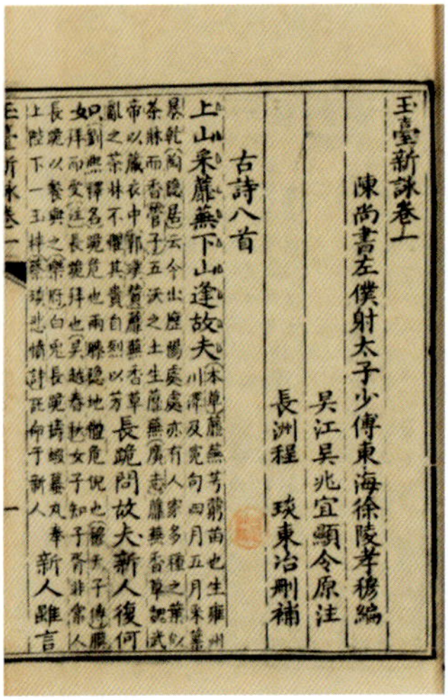
玉臺新詠卷一
陳尚書左僕射太子少傅東海徐陵孝穆編
吴江吴兆宜顯令原注
長洲程琰東治刪補
古詩八首
上山采蘼蕪下山逢故夫（本草蘼蕪芎藭苗也生雍州川澤及冤句四月五月采葉暴乾（陶隱居）云今出歷陽處處亦有人家多種之葉似蛇牀而香管子五沃之土生蘼蕪（廣志）蘼蕪香草魏武帝以藏衣中郭璞贊蘼蕪香草亂之芬林不懼其貴自烈以芳）長跪問故夫新人復何如（劉熙釋名跪危也兩膝隱地體危倪也（釋名）拜而受注長跪拜也（吳越春秋）女子知子胥非常人長跪以餐與之（樂府）白兎長跪搗蝦蟇丸奉上陛下一玉柈蔡琰悲憤詩託命于新人）新人雖言

吴兆宜《玉台新咏笺注》

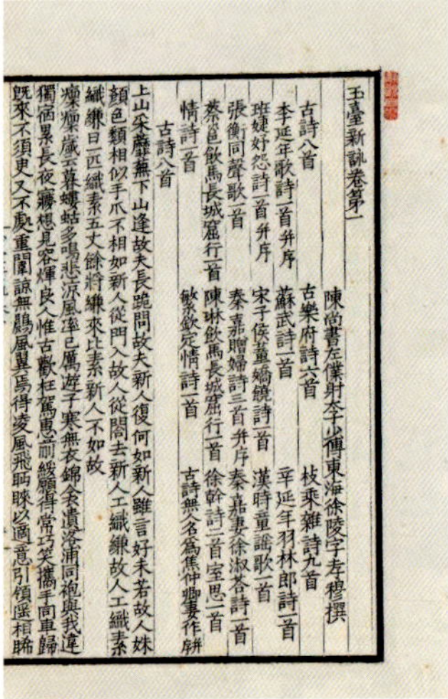
玉臺新詠卷第一
陳尚書左僕射太子少傅東海徐陵字孝穆撰
古詩八首　古樂府詩六首　枚乘雜詩九首
李延年歌詩一首并序　蘇武詩一首　辛延年羽林郎詩一首
班婕妤怨詩一首并序　宋子侯董嬌饒詩一首　漢時童謠歌一首
張衡同聲歌一首　秦嘉贈婦詩三首并序　秦嘉妻徐淑荅詩一首
蔡邕飲馬長城窟行一首　陳琳飲馬長城窟行一首　徐幹詩二首室思一首
情詩一首　繁欽定情詩一首　古詩無人名爲焦仲卿妻作并
古詩八首
上山采蘼蕪下山逢故夫長跪問故夫新人復何如新人雖言好未若故人姝
顏色類相似手爪不相如新人從門入故人從閤去新人工織縑故人工織素
織縑日一匹織素五丈餘將縑來比素新人不如故
凛凛歲云暮螻蛄夕鳴悲涼風率已厲遊子寒無衣錦衾遺洛浦同袍與我違
獨宿累長夜夢想見容輝良人惟古歡枉駕惠前綏願得常巧笑攜手同車歸
既來不須臾又不處重闈諒無晨風翼焉得凌風飛眄睞以適意引領遥相睎

徐陵编《玉台新咏》

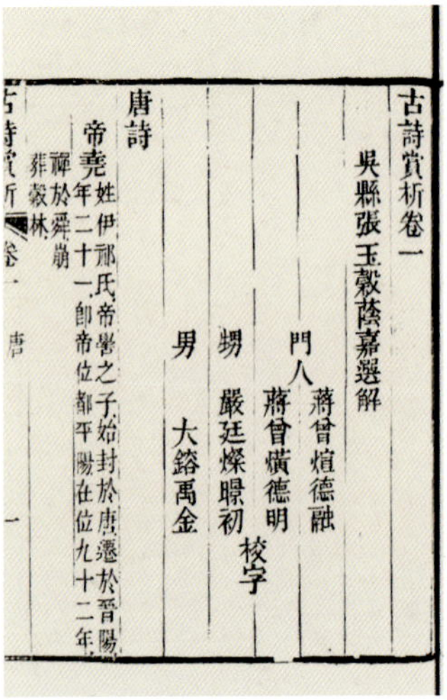
古詩賞析卷一
吳縣張玉穀蔭嘉選解
門人　蔣曾煊德融
　　　蔣曾熿德明　校字
甥　嚴廷燦暻初
男　大鎔禹金
唐詩
帝堯（姓伊祁氏帝嚳之子始封於唐遷於晉陽年二十一即帝位都平陽在位九十二年禪於舜崩葬穀林）

张玉穀《古诗赏析》

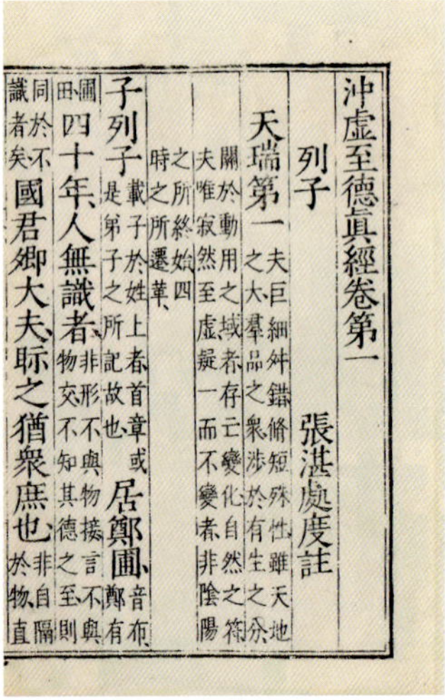
沖虛至德眞經卷第一
列子　張湛處度註
天瑞第一（夫巨細舛錯修短殊性雖天地之大群品之衆涉於有生之分關於動用之域者存亡變化自然之符夫唯寂然至虛凝一而不變者非陰陽之所終始四時之所遷革）
子列子（載子於姓上者首章或是弟子之所記故也）居鄭圃（鄭有圃田音布）四十年人無識者（非形不與物接言不與物交不知其德之至則同於不識者矣）國君卿大夫眎之猶衆庶也（非自隔於物直

张湛注《列子》

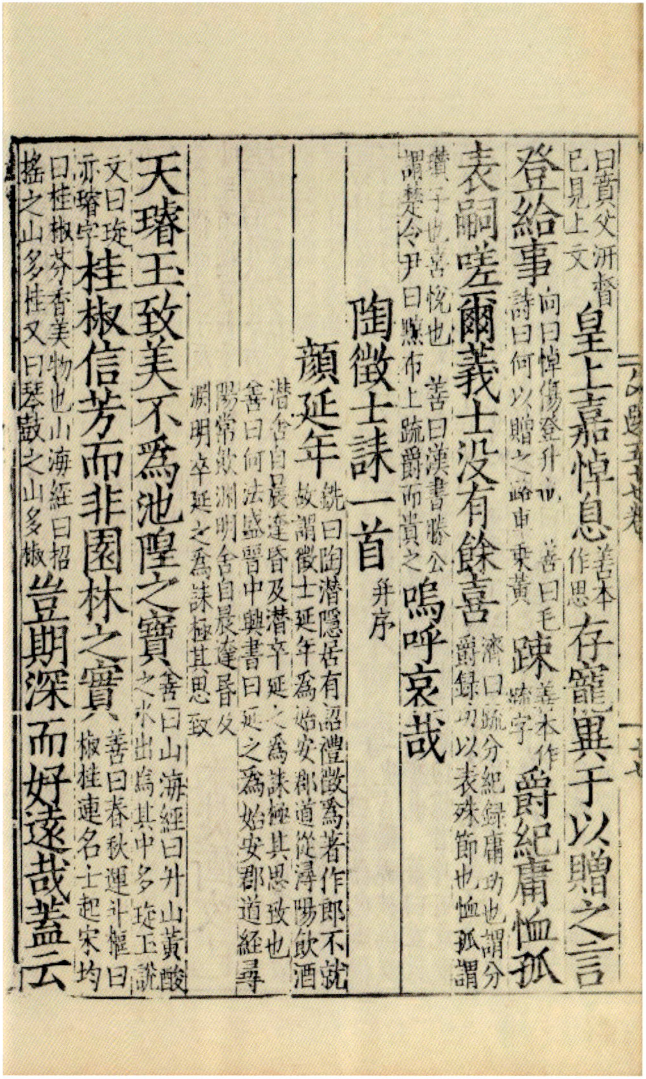

曰賁父洏沓已見上文 皇上嘉悼息 善本作思 存寵異于以贈之言
登給事 向曰悼傷登升也詩曰何以贈之路車乘黃 善曰毛萇 踈 善本作踈字 爵紀庸恤孤
表嗣嗟爾義士沒有餘喜 濟曰疏分紀録庸功也謂分爵録功以表殊節也恤孤謂
贊子也喜悦也 善曰漢書勝公謂楚令尹曰黜布上疏爵而貴之 嗚呼哀哉

陶徵士誄一首 并序

顏延年 銑曰陶潛隱居有詔禮徵爲著作郎不就故謂徵士延年爲始安郡道從潯陽飲酒
潛舍自晨達昏及潛卒延之爲誄極其思致也 善曰何法盛晉中興書曰延之爲始安郡道經尋
陽常飲淵明舍自晨達昏及淵明卒延之爲誄極其思致

天璿玉致美不爲池隍之寶 善曰山海經曰升山黃酸之水出焉其中多琁玉說文曰琁亦璿字 桂椒信芳而非園林之實 善曰春秋運斗樞曰椒桂連名士起宋均曰桂椒芬香美物也山海經曰招搖之山多桂又曰琴鼓之山多椒 豈期深而好遠哉蓋云

颜延之《陶征士诔》

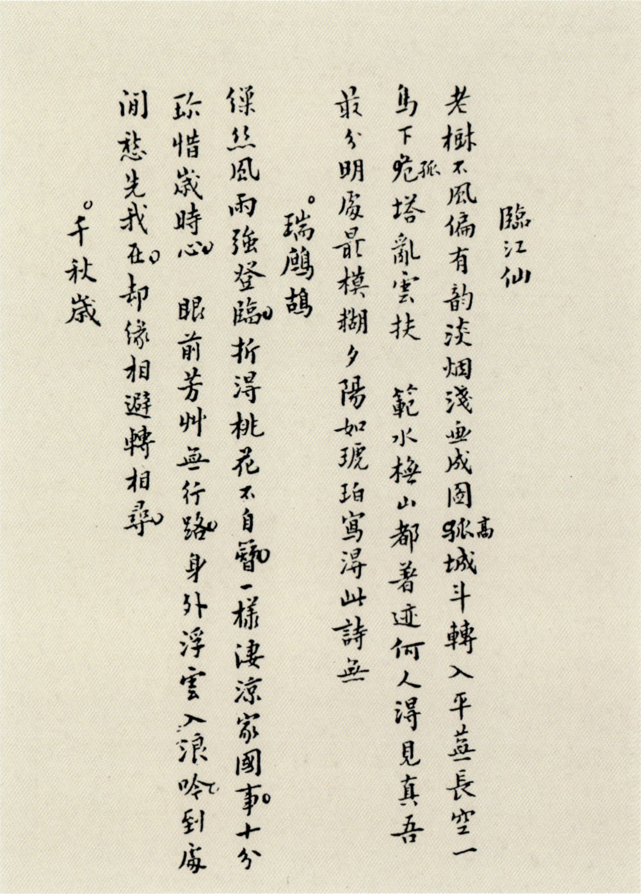
臨江仙

老樹不風偏有韻，淡烟淺畫成圖。孤高城斗轉入平蕪。長空一鳥下，危孤塔亂雲扶。　範水模山都著迹，何人得見真吾。最分明處最模糊。夕陽如琥珀，寫得此詩無。

瑞鷓鴣

鏁絲風雨強登臨。折得桃花不自禁。一樣淒涼家國事。十分珍惜歲時心。　眼前芳草無行路。身外浮雲入浪吟。到處閒愁先我在。卻緣相避轉相尋。

千秋歲

徐震堮词稿手迹

诗人已逝，诗人不朽！

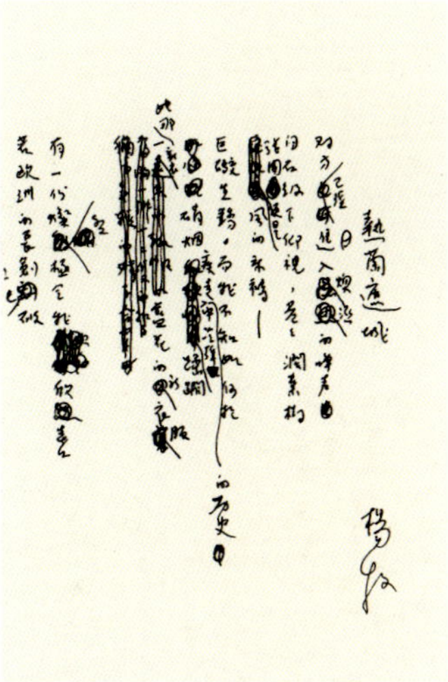

杨牧诗稿手迹

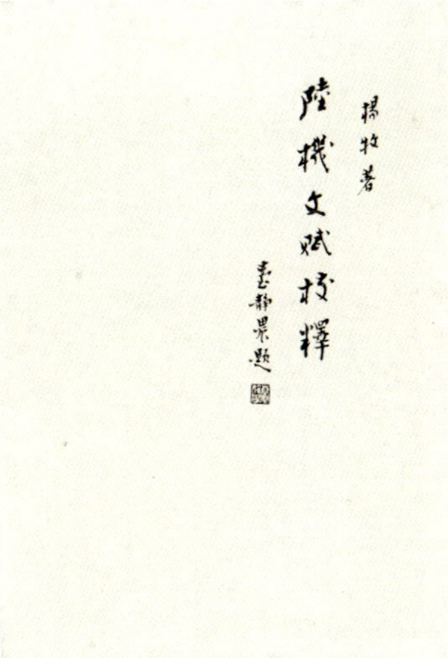

杨牧《陆机文赋校释》

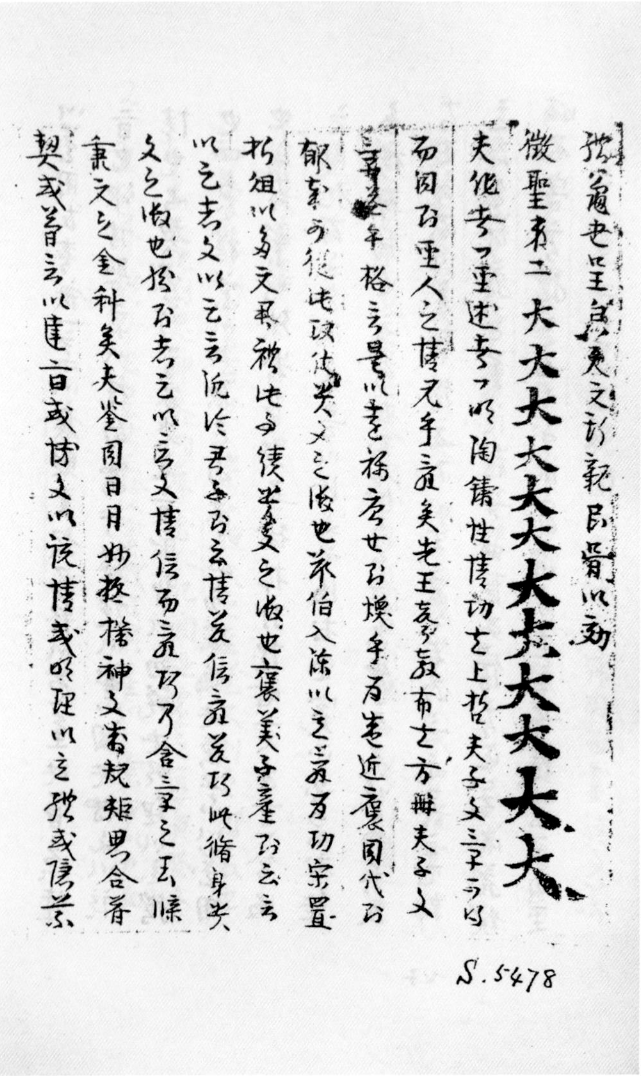

唐抄本《文心雕龙》残卷（S.5478）

吕叔湘《笔记文选读》，文光书店 1946 年版

吕叔湘《笔记文选读》，古典文学出版社 1955 年版

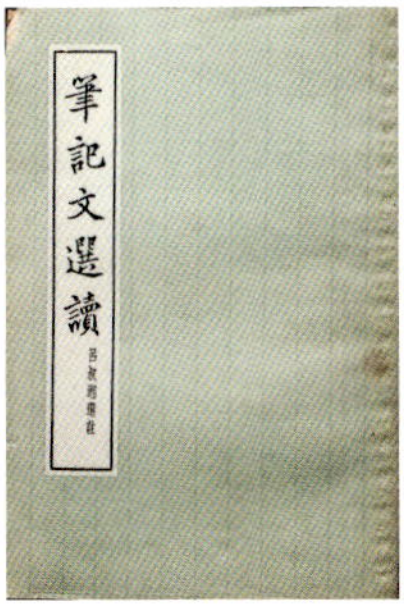

吕叔湘《笔记文选读》，中华书局上海编辑所 1959 年版

吕叔湘《笔记文选读》，上海古籍出版社 1979 年版

吕叔湘《笔记文选读》，语文出版社 1992 年版

傅庚生《中国文学欣赏举隅》

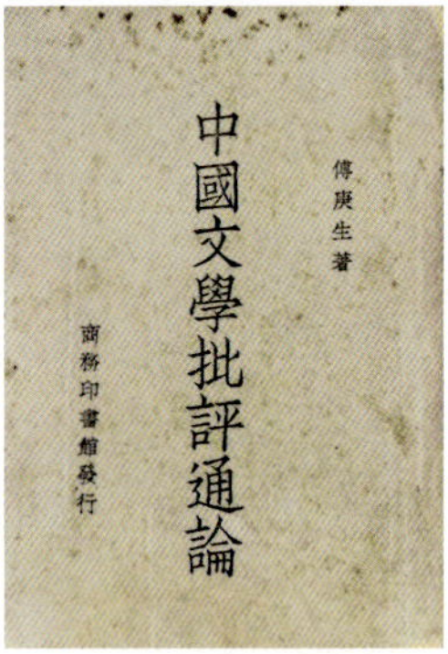

傅庚生《中国文学批评通论》

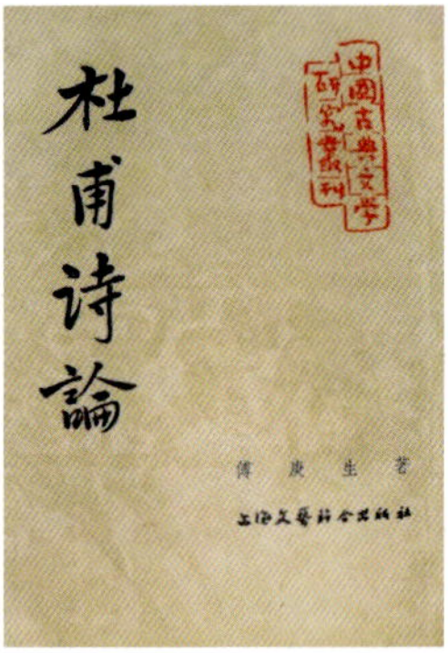

傅庚生《杜甫诗论》

傅庚生《杜诗析疑》

傅庚生《中国文学欣赏发凡》

傅庚生《文学赏鉴论丛》

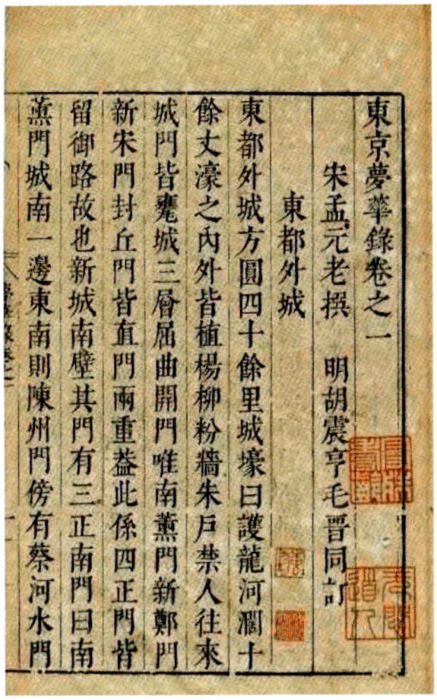

東京夢華錄卷之一
宋孟元老撰　明胡震亨毛晉同訂
東都外城
東都外城方圓四十餘里城壕曰護龍河闊十
餘丈濠之內外皆植楊柳粉牆朱戶禁人往來
城門皆甕城三層屈曲開門唯南薰門新鄭門
新宋門封丘門皆直門兩重蓋此係四正門皆
留御路故也新城南壁其門有三正南門曰南
薰門城南一邊東南則陳州門傍有蔡河水門

《东京梦华录》的卷首题名

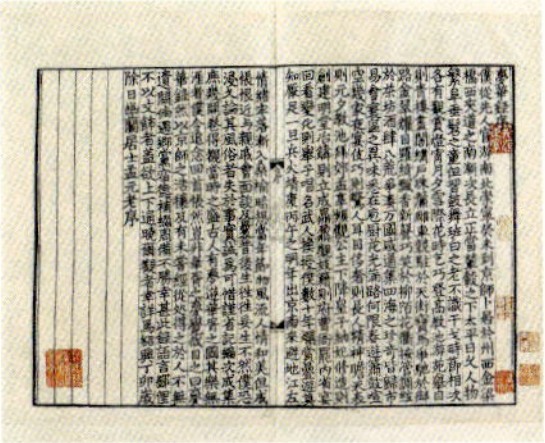

《东京梦华录序》的署名

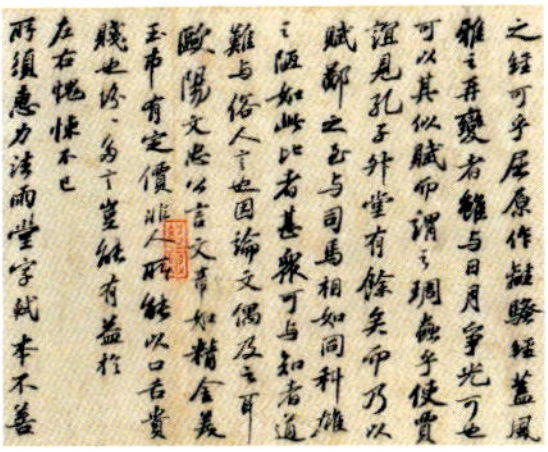

苏轼《答谢民师书》局部

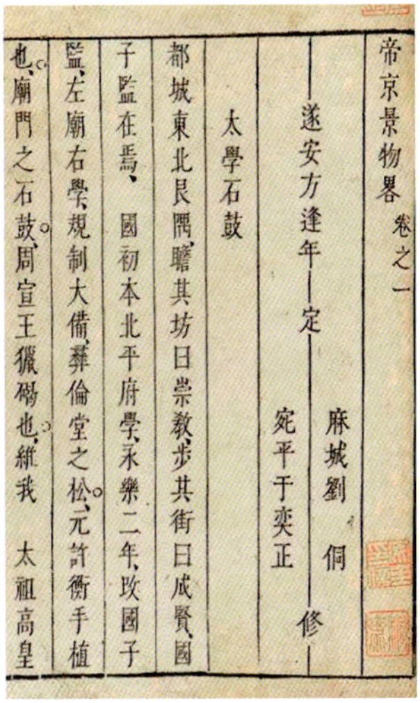

帝京景物畧卷之一
遂安方逢年　定
麻城劉侗　修
宛平于奕正
太學石鼓
都城東北艮隅瞻其坊曰崇教步其街曰成賢國
子監在焉國初本北平府學永樂二年改國子
監左廟右學規制大備彝倫堂之松元許衡手植
也廟門之石鼓周宣王獵碣也維我　太祖高皇

刘侗、于奕正的《帝京景物略》

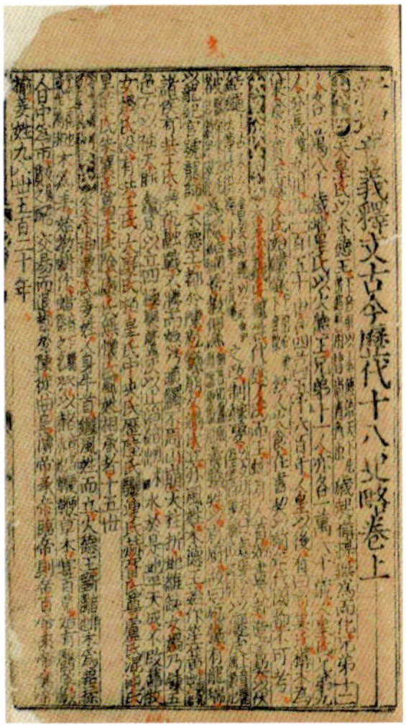

《新增音义释文古今历代十八史略》

商伟编注《给孩子的古文》

商伟《礼与十八世纪的文化转折：〈儒林外史〉研究》

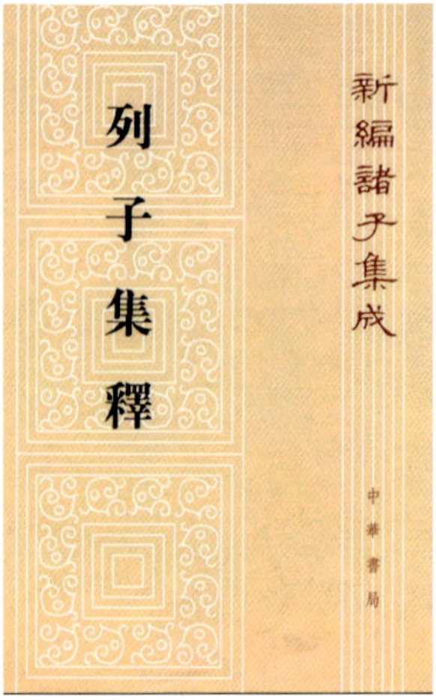

杨伯峻《列子集释》

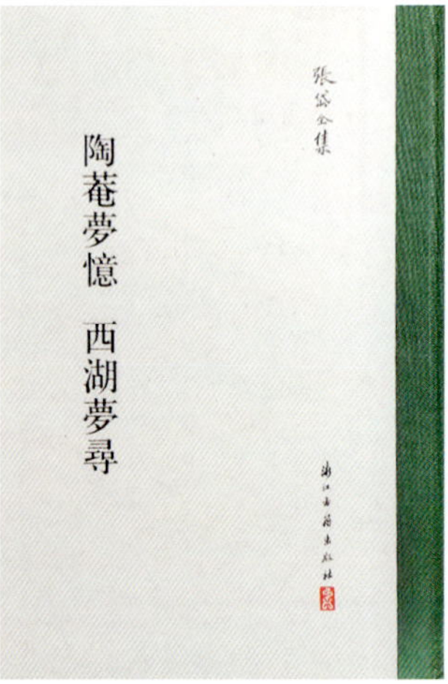

张岱《陶庵梦忆 西湖梦寻》

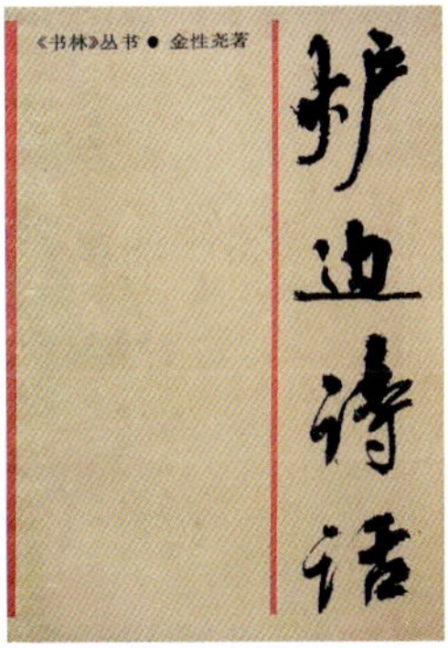

金性尧《炉边诗话》

金性尧《不殇录》

金性尧《闭关录》

金性尧《伸脚录》

金性尧《夜阑话韩柳》

金性尧《饮河录》

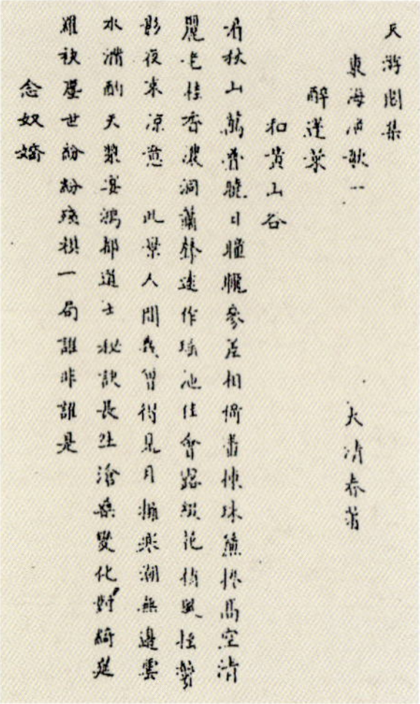
天游閣集
東海漁歌一
醉蓬萊
和黄山谷　　太清春著
看秋山萬叠曉日曈曨參差相倚畫棟珠簾捲高空清
麗老桂香濃洞簫聲遠作瑤池佳會露綴花梢風搖鬢
影夜來涼意　此景人間幾曾得見月擁寒潮無邊雲
水滿酌天漿宴鴻都道士祕訣長生滄桑變化對綺筵
羅袂塵世紛紛殘棋一局誰非誰是
念奴嬌

内藤湖南旧藏《东海渔歌》稿本

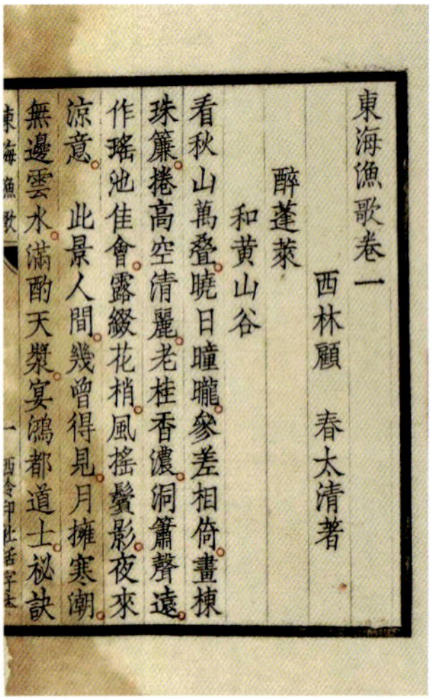
東海漁歌卷一
西林顧　春太清著
醉蓬萊
和黄山谷
看秋山萬叠曉日曈曨參差相倚畫棟
珠簾捲高空清麗老桂香濃洞簫聲遠
作瑤池佳會露綴花梢風搖鬢影夜來
涼意　此景人間幾曾得見月擁寒潮
無邊雲水滿酌天漿宴鴻都道士祕訣
東海漁歌　一　西泠印社活字本

西泠印社活字本《东海渔歌》

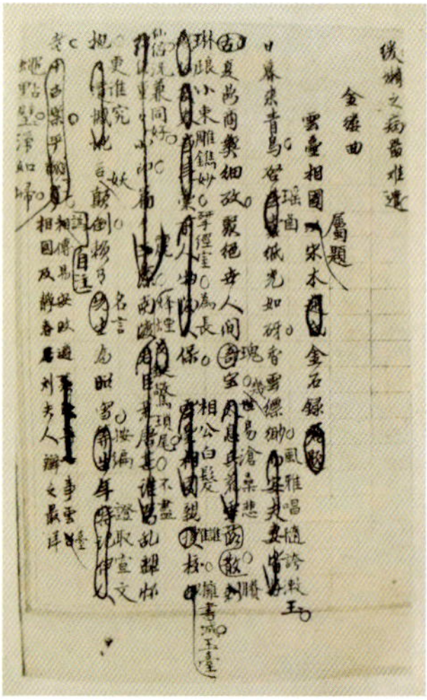

冒鹤亭钞录、况周颐删改的《东海渔歌》

蕙風詞話卷一　　惜陰堂叢書

臨桂　況周頤　夔笙　譔

沈約宋書曰吳歌雜曲始皆徒歌既而被之絃管又有因絃管金石作歌以被之按前一法即虞廷依永之遺後一法當起於周末宋玉對楚王問首言客有歌於郢中者下云其爲陽阿薤露其爲陽春白雪皆曲名是先有曲而後有歌也塡詞家自度曲率意爲長短句而後協之以律此前一法也前人本有此調後人按腔塡詞此後一法也沿流溯源與休文之說相應歌曲之作若枝葉始萌乃至

况周颐《蕙风词话》

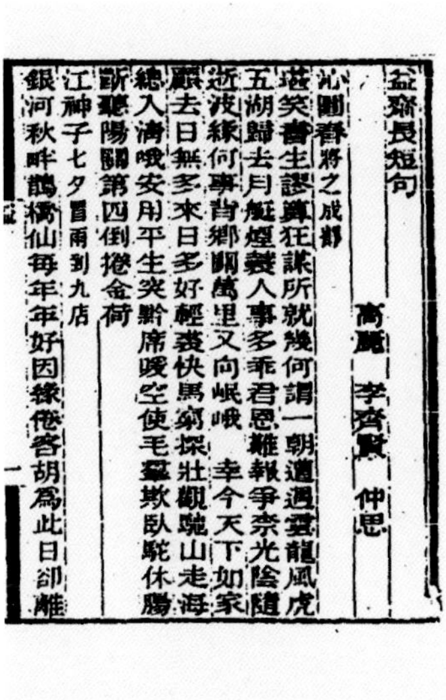

益齋長短句

高麗　李齊賢　仲思

沁園春　將之成都

堪笑書生謬算狂謀所就幾何謂一朝遭遇雲龍風虎五湖歸去月艇煙蓑人事多乖君恩難報爭奈光陰隨逝波緣何事背鄉關萬里又向峨嵋　幸今天下如家顧去日無多來日多好輕裘快馬窮探壯觀馳山走海總入淸哦安用平生突黔席暖空使毛羣欺臥駝休腸斷聽陽關第四倒捲金荷

江神子　七夕冒雨到九店

銀河秋畔鵲橋仙每年年好因緣倦客胡爲此日卻離

《彊村丛书》本李齐贤《益斋长短句》

建文书店版《石屋续渖》

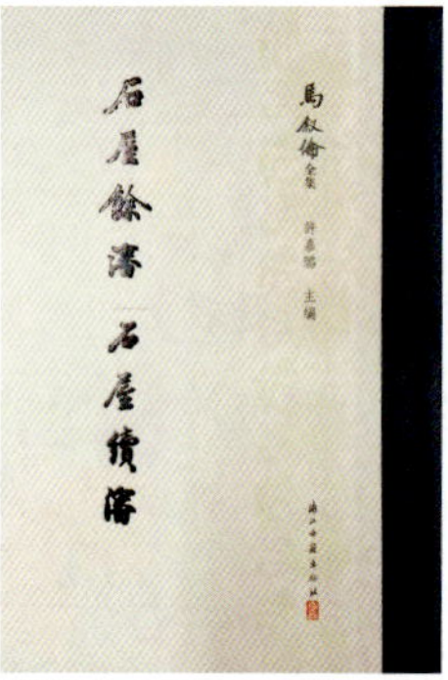

浙江古籍出版社整理本《石屋余渖　石屋续渖》

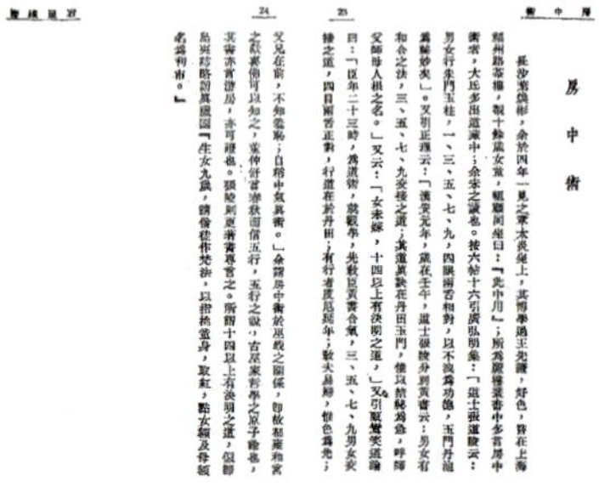

房中術

長沙葉煥彬，余於四年一見之章太炎處上，其博學過王先謙，好色，昔在上海福州路妓樓，製十餘童女冠，組雕同坐曰：『此中用』；所爲原禮叢書中多言房中術者，大抵多出道藏中；余未之讀也。按六帖十六引廣弘明集：「道士張道陵云：男女行朱門玉柱，一、三、五、七、九，四眼兩舌相對，以不洩爲功德，玉門丹田爲秘妙矣」。又引正誣云：「漢安元年，歲在壬午，道士張陵分別黃書云：男女有和合之法，三、五、七、九交接之道，其道真訣在丹田玉門，懷以情純爲念，呼師父師母人根之名。」又云：「女未嫁，十四以上有決明之道。」又引甄鸞笑道論曰：「臣年二十三時，爲道術，就觀中，先教臣黃書合氣，三、五、七、九男女交接之道，四目兩舌正對，行道在於丹田，有行者度厄延年，教夫易婦，惟色爲先；父兄在前，不知羞恥；自稱中氣真術。」余謂房中術於巫覡之關係，即依雍和宮之歡喜佛可以知之，董仲舒言陰陽而信五行，五行之說，古原素哲學之原子論也，其術亦實陰陽，亦可證也。張陵則更著黃書言之。所謂十四以上有決明之道，似即爲與鴉路剖真處回『生女九歲，請僧徒作梵法，以指挑童身，取紅，點女額及母額，名為利市。』

《石屋续渖》中的“房中术”

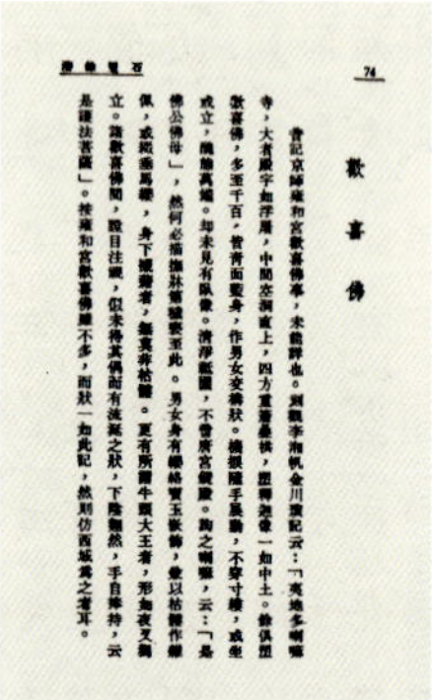

歡喜佛

嘗記京師雍和宮歡喜佛事，未能詳也。頃觀李湘帆金川瑣記云：「夷地多喇嘛寺，大者殿宇如浮屠，中間空洞直上，四方重叠樓，塑佛塑像一如中土。餘俱塑歡喜佛，多至千百，皆青面藍身，作男女交媾狀。橫摟腰手長劍，不穿寸縷，或坐或立，種種其態。却未見有臥像。清淨藍閬，不啻房宮秘戲。詢之喇嘛，云：『是佛公佛母』」，然何必描摹淋漓至此。男女身有纓絡寶玉飾，並以枯髏作佩，或跨乘馬騾，身下踐踏者，類皆奔枯髏。更有所謂牛頭大王者，形如夜叉獨立。諸歡喜佛間，瞪目注視，似未得其偶而有流涎之狀，下陰翹然，手自捧持，云是護法善神」。按雍和宮歡喜佛雖不多，而狀一如此記，然則仿西域為之者耳。

《石屋余渖》中的“欢喜佛”

自 序

本书收录的是我数年来撰写的部分随笔和书评，主要内容是针对古典诗文的解读论析和围绕现代学人的考较评议。

忝居高校教职多年，为了稻粱之谋，自然也不得不逆来顺受，去迎合一些深觉冗杂无趣的科研考评规定，时间一久难免心生倦怠而多有不甘。大约在五六年前，承蒙黄晓峰先生的盛情，我开始在《东方早报》的《上海书评》上陆续发表一些有关近现代文史研究的小品零札，聊以记录日常阅读中的雪泥鸿爪。此后《东方早报》停刊，《上海书评》移至《澎湃新闻》，尽管不再印行纸质版而只有网络版流布，但好在对文稿篇幅的限制也多有放宽，不必瞻前顾后而得以畅所欲言，于是撰作的兴趣便有增无减。收录在本书中的文章，绝大部分就是近两三年来刊登在《上海书评》上的。另有数篇则发表于《文汇报·笔会》《现代中文学刊》《学术界》《古典文学知识》等报章杂志上，因为性质大抵相近，也就悉数归并于此。在这些文章的发表过程中，有幸得到陈子善先生、陆灏先生、吴东昆先生、黄晓峰先生、郑诗亮先生、丁雄飞先生、彭珊珊女士、于淑娟女士、方晓燕女士、李本红女士、樊昕先生的大力支持和悉心指教，谨在此致以诚挚的谢意。

而这些散漫率意的文章能有机缘汇集出版，则有赖陈小林先生的热情邀约和沈宗宇先生的高效编辑。我在去年写过一篇《房中术与欢喜佛》，批评新整理本《石屋余渖 石屋续渖》因底本选择不当而很可能误导读者，该书的责任编辑就是陈小林先生。他对此非但不以为忤，还一再坚持要将该文收入本书。尽管我们迄今仍然缘悭一面，但仅仅通过文字交流就能得到如此坦诚的信任，也让我深切感到为这些被科研考评拒之门外的文章所付出的大量辛劳并非徒劳无益。

这些文章原本并无统一的主旨，只能大致依照各篇讨论对象的时间先后来编排顺序。趁着这次结集的机会，我稍微做了一些修订润饰，将个别文章的脚注删繁就简之后改为随文附注，恢复了部分在发表时被删汰调整的内容，并改正了少数误植的错误；有些篇章在发表后曾蒙师友赐教匡正，或是自己又有所发现，则在文末另加“附记”予以补充说明。数年前我曾挑选部分随笔、书评，编过一本小书《却顾所来径》。题名源自李白的《下终南山过斛斯山人宿置酒》，既为了点明该书主旨在于探寻学术演进的递嬗流变，又意在对个人的读写生涯略作回顾总结。这次的书名“寻幽殊未歇”则取自李白的另一首《春陪商州裴使君游石娥溪》，意欲和“去顾所来径”一名前后承续，借此表明自己对这类枝蔓琐碎的东西仍怀有钩沉索隐的浓厚兴趣，日后若有时间和精力，应该还会继续探究。不贤识小，自知难免饾饤芜杂之讥，甚或多有疏漏讹谬之论，但敝帚自珍，依然恳切地希望得到诸位读者的不吝赐教。

2020 年 9 月 6 日

目　录

“兰家女”究竟是谁家女？

被清人沈德潜的《古诗源》誉为“古今第一首长诗”的《古诗为焦仲卿妻作》，也就是后世简称的《焦仲卿妻》或俗称的《孔雀东南飞》，以其哀感顽艳的情节、细致精巧的剪裁和各肖其面的人物，历来都备受推重。近现代以来，由于契合了“白话文学”与“民间文学”方兴未艾的大势，更是不断得到研究者的垂青和表彰。最具代表性的莫过于胡适的《白话文学史》（新月书店，1928 年），盛赞此诗为“古代民间最伟大的故事诗”，“实在是一篇白话的长篇民歌，质朴之中，夹着不少土气。至今还显出不少的鄙俚字句”（见该书第六章《故事诗的起来》）。不过仔细推究起来，“质朴”的“白话”未必就明白晓畅，某些“鄙俚字句”甚至还难以索解。尤其在述及女主角兰芝被遣归娘家，县令和太守等闻讯相继派人前往提亲时，诗中描写道：“媒人去数日，寻遣丞请还。说有兰家女，承籍有宦官。”这位“兰家女”究竟指谁，就言人人殊而颇多争议。

此诗最早见收于南朝梁代徐陵所编的《玉台新咏》，正文前系有小序，概述了这个悲剧故事的始末原委：“汉末建安中，庐江府小吏焦仲卿妻刘氏为仲卿母所遣，自誓不嫁。

其家逼之，乃投水而死。仲卿闻之，亦自缢于庭树。时人伤之，为诗云尔。”清康熙年间吴兆宜撰《玉台新咏笺注》，在“说有兰家女”一句下有按语说：“序云‘刘氏’，此云‘兰家’，未详，或字之讹也。”已经注意到序和诗在叙述时不相一致，怀疑其中文字或有讹误。稍后陈祚明在《采菽堂古诗选》中将这一推测予以指实：“‘兰’字或是‘刘’字讹。”认为“兰家女”本该作“刘家女”，很可能是在传抄翻刻之际出现了舛误。这个意见被后来不少学者承袭借鉴，乾隆年间闻人倓所撰《古诗笺》就原封不动迻录了陈氏的断语，张玉穀的《古诗赏析》也同样指出：“‘兰家女’，意谓刘家之女兰芝也。然恐‘兰’字乃‘刘’字之讹。”都尝试藉此弥缝序与诗之间的自相抵牾。与此同时，题为纪容舒所撰，但很可能是由其子纪晓岚代笔的《玉台新咏考异》，在参酌吴兆宜意见的同时又提出了另一种可能：“疑此句下脱失二句，不特字句有讹也。”猜测这里不仅存在个别文字谬误，恐怕还有一些文句脱漏，最终导致上下文意不能贯通。

清人所作的种种推断对近现代学者多有影响，黄节编纂的《汉魏乐府风笺》（1923 年铅印本），在《焦仲卿妻》一篇中就节录了《玉台新咏考异》的按语；萧涤非在黄节的指导下撰著《汉魏六朝乐府文学史》（中国文化服务社，1944 年），讨论到这首诗时也特意提到纪晓岚和闻人倓的意见。然而今存《玉台新咏》的诸多版本，以及后世载录此诗的各类诗歌总集，在这里均无异词——只有北宋末年郭茂倩所编《乐府诗集》误作“谁有兰家女”，可以暂置毋论——所谓的讹谬脱漏实际上并没有任何文献支持，只能聊备一说而很难盖棺定论。于是其他学者就陆续从不同角度，接着探究这个悬而未决的问题。

闻一多在《乐府诗笺·焦仲卿妻》（载1944年《国文月刊》第二十五期）里征引了纪容舒、闻人倓两家的论断，但斟酌再三后嫌其“文意仍未明”，于是又介绍了友人许维遹的新解。许氏怀疑原诗前后文句倒错，“‘说有兰家女’二句当在下文‘阿母谢媒人’下”，原本是阿母在向媒人推脱时的说辞，“言有兰家女者，‘承籍有宦官’，可以配太守子；若己之女，则出身微贱，不足以当此荣宠”，即将“兰家女”视为出身高门的另一兰姓女子，以此反衬兰芝家世的贫贱卑微，以示无法承受太守殷勤眷顾的美意。闻一多认为“此说于词理较顺”，接着又补充道，“疑‘承籍有宦官’下当再有二句，文意乃足。盖传写脱之”，看来尚未能彻底挣脱清人潜移默运的影响，依然推测原作中或有文句脱失，以致语意衔接有欠融通。

参与整理过《闻一多全集》（开明书店，1948年），且具体负责乐府部分校订工作的余冠英，在自己着手编注《乐府诗选》（人民文学出版社，1953年）时，参酌了《乐府诗笺》所提供的线索并予以修正。他认为“说有兰家女”两句“是县丞建议县令另向兰家求婚，说兰家是官宦人家，和刘氏不同”。一方面认同“兰家”当指另一官宦人家的说法，另一方面则转而判定此处所言均出自县丞，由于先前县令派媒人提亲遭拒，县丞才提议另换别家求取亲事。至于许维遹指出的前后错简、闻一多怀疑的文句脱漏，余氏一概未予采信，想必是由于这些猜测和清人旧说一样并无实据，不免有凭空悬揣的弊病。数年后余冠英又编注了《汉魏六朝诗选》（人民文学出版社，1958 年），除了补充交待本诗叙述至“媒人去数日”时暂告一段落，“县令和刘家说婚的事到此结束”，以下为另叙一事，其余的解说都沿袭了此前的看法。余氏力避牵强附会的臆测妄断，认真辨析叙述中的先后层次和段落归属，令人顿时耳目一新。北京大学中国文学史教研室选注的《两汉文学史参考资料》（高等教育出版社，1959 年）随即采纳了这一新说，并称许道：“旧说以‘兰’为‘刘’字之误，但改字之后，上下文仍难贯穿，不及余说明顺可读。”此书于数年后重印（中华书局，1962 年），尽管在《重印说明》里提到萧涤非对这几句诗又有新解（详见下文），“应尽量增补”，但在注释里并未做任何修订补充，足见余冠英的说法已经得到学界同仁较为充分的认可。

傅庚生的《〈孔雀东南飞〉疑义相与析》（载《文学评论》1961 年第 1 期）同样肯定了余冠英所做的诠释，认为“过去的注家，单单为了这一段文字有些疑义，便不假思索地以疑有阙文了之”，“《诗选》注里如此一疏通，就可以大致文从字顺，免去‘阙文’的瑕纇了，其功不可没”。不过就“兰家女”的具体所指，他却别有主张，觉得“‘兰家女’就指的是兰芝，并不一定是另外还有姓兰的”。为了证明“民歌在姓氏称呼上原都不甚沾滞”，他又以本篇中“东家有贤女，自名秦罗敷”两句作为旁证，强调这里所述“不必是《陌上桑》里的罗敷，信手拈来，表示是一个美女而已”，以此律彼，也就不必太过在意“兰家”和“刘氏”之间的差异。不仅如此，他还指出县丞此时谈说的对象应该是太守而非县令，“这是县丞在向太守请命时，附带谈起的”，“‘承籍’是说目前虽非官宦人家，却也是宦门之后，与太守家勉强也算门户相当”，目的是夸耀兰芝的家世门第，以促成两家早日联姻。

针对傅庚生的商榷意见，余冠英随即另撰《关于〈孔雀东南飞〉疑义》（载《文学评论》1961 年第 2 期，后收入《古代文学杂论》，中华书局，1987 年）予以回应。他仍然坚持自己的看法，并做了更为周详细致的表述：“将‘说有’二句解为县丞向县令建议另向兰家求婚，言兰家‘承籍有宦官’，比刘家门第更好。县丞受太守委托，恐怕县令不愉快，所以替他家另说一门亲事，这是可以说得通的。”他批评傅庚生以“秦罗敷”作为佐证有些比拟不伦，“如果以前曾有什么作品或记载提到过姓兰名芝的女子，像《陌上桑》提到‘秦氏有好女，自名为罗敷’那样，那就很有助于说明兰芝是作者‘信手拈来’的姓名了。但是并没有这样的根据”。两种说法互相比较，余氏所言无疑更能自圆其说。然而反复推敲之下，还是难免让人心生疑惑。对于傅庚生所指摘的其解说“似乎和本篇故事情节的发展不相系属，有些枝蔓”，余冠英本人也并不讳言，坦承如此分析确实“是一缺点”。曹道衡在数十年后得到余冠英的大力举荐，编注了另一种《乐府诗选》（人民文学出版社，2000年），“很多地方都曾参考过余先生的《乐府诗选》，并且始终受到余先生的亲切关怀”（见该书《前言》），可在本篇注释中还是表示“这两句颇费解”，在引录余氏新解之后又不惮其烦地介绍了清人旧说，“姑两存之”。由此也可见余说确实稍嫌迂曲，有些缠夹不清。

傅庚生认为在称谓方面不必拘泥究竟是“兰家女”还是“刘家女”，延续着类似的思路，萧涤非在《关于〈孔雀东南飞〉的一个疑难问题的管见》（载1962年3月21日《文汇报》，后收入《乐府诗词论数》，齐鲁书社，1985年）中也主张，“‘兰家’应该就是说的兰芝。‘兰家女’，等于说‘兰芝姑娘’”。而从“说有兰家女”至下文的“故遣来贵门”，都是府丞向兰芝母亲转述太守和主簿的话。令人困惑不解的前两句的意思是“我家太守爷说他知道你府上有位兰芝姑娘，真是举世无双，你府上又是官宦人家”，是对兰芝本人及其家世的恭维。萧氏还举出不少例证，说明“家”字在当时“确乎是存在着一种特殊用法，那就是，在谈话中用作敬词来表示对对方的尊敬。而且这种用法很普遍，已成为社会上一种习惯语”。然而论证到最后，他又自设问答：“也许有人要问，‘刘家女’不是同样可以表示敬意吗，为什么一定要说‘兰家女’？我以为，如说‘刘家女’，未免泛泛，因为姓刘的很多，而且也不如说‘兰家女’来得亲切。”就显得有些强词夺理，未能让人心悦诚服。

本诗正文屡屡称女主角为“兰芝”，唯独小序里却改称“刘氏”。傅庚生已经强调不必对此纠结，“何况兰芝姓刘，又只有序中提到呢？”显然是为了提醒读者不必瞻前顾后而据序疑诗。俞平伯的想法与此大致相同而又推进一层，他在《略谈〈孔雀东南飞〉》（载《文学评论》1961年第4期，后收入《论诗词曲杂著》，上海古籍出版社，1983年）里直言：“我一向认为这序不可靠，出于后人附益。”于是索性撇开小序，将注意力集中在诗作本身，“至于女主角的名字原见于诗中，却不曾说她姓刘，不但不说她姓刘，而且说她不姓刘”，“兰芝者，姓兰名芝，非姓刘而名兰芝也”。诗前小序出于后人之手，确实不能和正文等量齐观，可是作序者在依托攀附之际，为什么要无缘无故凭空生造出“刘氏”的说法，让读者轻而易举就能窥知其出于旁人附益呢？其实余冠英在和傅庚生往还商讨时就曾质疑过，“说兰芝姓兰也还有一个小缺点，她对阿母几次自称兰芝，如果不是称名而是连名带姓，又不大符合惯例”，对此俞平伯并未能给予圆融恰切的解释。多年以后金性尧在《炉边诗话》（上海人民出版社，1988 年）中比较了余冠英和俞平伯两家之说，尽管认为“俞说是对的”，但也委婉地指出“俞说把焦妻说成姓兰名芝，也嫌过泥”。他根据俞说再作调整，认为“‘兰家女’即‘兰女’，略如‘兰小姐’之意。‘家’字无义，就像京剧唱词里的垫字”（见该书《孔雀东南飞》篇）。照此说法，“兰家女”就相当于昵称或小名，可在中古时期并无相似的用例，用京剧唱词来以今度古，似乎也不足以令人信服。

同样认定“兰家女”就是兰芝，谭戒甫在《〈孔雀东南飞〉研究》（载《文献》1981 年第 2 期）中的考辨却更加匪夷所思。他首先根据《史记·匈奴列传》所载匈奴贵种三姓中有兰氏，就率尔断定南匈奴兰氏在逐渐没落以后，“向东南移居庐江一带”；随后指出南匈奴与汉族通婚，其子孙往往从母系改姓刘氏；最终得出结论，“兰芝为匈奴故家遗族”，“‘兰’‘刘’二字声纽全同，译音歧异，历代常有”，“然则匈奴南迁的人，自己仍称为‘兰’，汉人则呼为‘刘’”。也就是说，女主角原为匈奴后裔，诗中的“兰芝”和“兰家女”都是依从匈奴原来的姓氏（其实也已是汉语译音）来称呼的，小序里的“刘氏”则是遵循汉人习惯的改称。如果此言不虚，那么她的姓名就应该是“兰芝”或“刘芝”，而非历来耳熟能详的“刘兰芝”。在这一系列“大胆假设”之后，谭氏并没有进行任何“小心求证”。对文学作品中根本未曾涉及的内容，要从史实层面推衍出环环相扣的线索，再据此探究其中含的微言大义，最终大概只能得出一些非常异议可怪的凿空之论。

胡凡英的《〈孔雀东南飞〉一个疑难问题的讨论及我见》(载《中国典籍与文化》1993年第3期)又另辟蹊径，依据“兰梦”“兰室”等习语，断定“‘兰’常与子嗣婚育有关”，进而设想“兰家女”其实是“指代太守夫人”，与紧接着的“云有第五郎，娇逸未有婚”两句语义衔接，意谓太守夫人膝下“有一个娇逸未曾婚配的第五郎”，藉此强调太守家中子嗣满堂、人丁兴旺。而兰芝此前之所以被焦母遣送归家，“主要与她婚后多年未育有关”。所以媒人提亲时才会刻意说那番话，“意在强调和赞颂太守夫人是个子嗣昌炽人家的女儿，所生儿郎甚多，兰芝嫁给这样的人家，做太守夫人的媳妇，也必定婚育美满”。不仅翻空出奇想象出一位在原作中从未露面的太守夫人，还断定其旺盛的生育能力会顺理成章地转移给改嫁过来的兰芝。为了证成己说，他甚至还认为兰芝临别时赠送给焦仲卿的“红罗复斗帐”，“当是一种为婴儿准备的小帐”，“反映了兰芝对自己婚后未育的一种无可言状的痛苦和内疚”。让人读罢唯有咋舌称异，不能再赞一词了。

既然在不改动原文的前提下，依然无法圆满地诠解诗意，甚至逐渐有走火入魔的趋势，有些学者就重返清人旧辙，再做考索探究。王焕镳的《试释〈孔雀东南飞〉中“媒人去数日”一节》(载《杭州大学学报》1962年第2期)开宗明义便指出，此处“之所以难通，非作者故作艰深，实有误字之故。误字未正，而强以求通，必出于曲解而后已”，因此以纠正倒错讹衍为由，将这几句校订为“媒人去数日，太守遣丞还。请说有兰家，承籍有宦官”。经过调整梳理，他提出“请说”两句是太守委托郡丞向刘家提亲时介绍其家世的说辞，“所谓‘兰家’者即指太守之家”，和女主角兰芝并无关联；而“‘兰’字草体与‘某’字形近”，之所以“不直言太守家而言某家者”，是因为太守鉴于此前县令提亲未果，唯恐重蹈覆辙，不免有失颜面，才令郡丞闪烁其词。经过辗转求证以后，看似言之凿凿，然而如此师心独造的推阐还是让人觉得有些随心所欲而难以置信。

郑文的《汉诗选笺》（上海古籍出版社，1986年）则将“兰家女”一词拆分开来重新解释，认为“兰家”应读作“兰姑”，指的就是兰芝，并补充道：“汉魏尊称女子为姑。姑即家。故曹大家即曹大姑。”他提到的曹大家，即东汉史家班固之妹班昭，生平事迹见于《后汉书·列女传》，谓其嫁曹世叔为妻，“帝数召入宫，令皇后诸贵人师事焉，号曰大家”。清人钱大昕称“此‘家’字相传读如‘姑’”，惠栋也认为“此古音之仅存者”（俱见王先谦《后汉书集解》引）。又《资治通鉴·汉纪四十》载“曹大家上书曰”云云，宋元之际的胡三省同样指出，“‘家’，今人相传读曰‘姑’”。可知“姑”在这里只是标明“家”的特殊读音，并不能就此推定“家”和“姑”

可以假借通用。此外，“大家”一词尚见于《后汉书·皇后纪·虞美人》，称“大将军梁冀秉政，忌恶佗族，故虞氏抑而不登，但称大家而已”；又《西京杂记》卷二载田文因降生于五月五日恶日，其父本不拟将其抚育成人，“其母窃举之。后为孟尝君，号其母为薛公大家”。毫无疑问，“大家”才是对女性的尊称，恐怕不能将其割裂开来，断章取义地推定“兰家”是对兰芝的尊称。即便郑氏所言勉强可以成立，那么附缀的“女”字显然形同赘疣，又当作何解释呢？

王彦坤的《对〈孔雀东南飞〉一段文字的梳理》（载《暨南学报》1993年第3期）检讨了前人的几种主要说法，或嫌其“未协洽”，或斥其“极牵强”，最终断定“‘兰家女’于诗殊不可解，必非原文”。幸亏动手校订时他还算小心谨慎，只是怀疑“此处实无误字，唯有倒文”，原文应该乙正为“说家有兰女”，是府丞提亲时对兰芝的夸赞，“‘兰’有良好、美好之义”，“‘兰女’犹今人言‘好姑娘’”。虽然随意调整文字顺序的做法不足为训，但他对“兰”字的解读还是得到了后续研究者的响应。雷家骥的《〈孔雀东南飞〉笺证》（兰台出版社，2008年）就不谋而合地指出，“‘兰’有芳洁美好之意，故常用以借喻佳人好女，兰闺、兰室即泛指其闺房，而常兼及借指其人”。可是正因为没有对原诗语序进行改订，他在完整地诠说“兰家女”时只能含糊其辞地称，“‘兰家’当指佳人之家，而‘兰家女’当指佳人之家的女儿，盖即指兰芝也，非谓兰芝姓兰氏之谓”。依照这样的逻辑，所谓“佳人”自然应指兰芝之母，无疑与诗意不符，可见此说依然滞塞难通。

经过近现代学者数十年来的推究考索，积疑已久的难题并未涣然冰释，各家所述不仅在对“兰家女”的理解上存在很大歧异，就连这几句话究竟是谁对谁讲的也莫衷一是，让读者颇有些无所适从。不过就在新论竞出而众说纷纭之际，其实已经有学者探得其本了。徐复的《从语言上推测〈孔雀东南飞〉一诗的写定年代》（载《学术月刊》1958 年第 2 期，后收入《徐复语言文字学丛稿》，江苏古籍出版社，1990 年）着重从诗中用语来考察其最终写定时间，其中第一例就是围绕“兰家女”的讨论。他发现《列子·说符》篇有一则寓言，提到“宋有兰子者，以技干宋元”，“又有兰子又能燕戏者，闻之，复以干元君”，东晋张湛在注释中说：“凡人物不知生出者谓之‘兰’也。”他据此认为“兰家女”一词“犹今人说某某人家的女儿一样”，诗中这一部分叙述虚实照应，“描摹媒人怎样从寒暄入手，或言女家，或言男家，并将官府做媒的派头渲染一番，最后接着用‘直说太守家’数语，才把此番特来做媒的意思点出”。经过历代学者的考辨，今本《列子》基本已被判定为魏晋时期的伪托之作，甚至还有人推测造伪者就是张湛。“兰”字的语源虽然难以推寻，但反映的无疑正是当时的语言习惯，藉以解读这首通常被视为创作于汉末魏晋的诗歌（徐氏认为最终写定于东晋），堪称天造地设而铢两悉称。实际上单就结论而言，稍后的王焕镳同样认为“兰”当作“某”解，在论证中也提到过《列子》的那段记载，可惜最终仅从字形相近的角度判定“两‘兰子’，实‘某子’之误”，忽略了近在眉睫的张湛注，终不免差之毫厘而谬以千里。

徐复的意见发表以后，很快就引起一些学者的关注。先前积极参与研讨的余冠英在《关于〈孔雀东南飞〉疑义》一文的末尾就附带提到，“不久以前有人据《列子·说符篇》张湛注‘凡人物不知生出者谓之兰也’，解释本篇‘兰家女’犹‘今人说某某人家的女儿’”，说的无疑就是徐复。有些学者则直接采摭其说以供读者参考，如朱东润主编的《中国历代文学作品选》（上海古籍出版社，1979年）在此诗注释中说：“兰家女，犹言兰芝姑娘。一说，兰家，犹某家。《列子·说符篇》张湛注：‘凡人物不知生出者谓之兰也。’”方一新、王云路编著的《中古汉语读本》（上海教育出版社，2006年）选录本篇时也在注释中称：“一说即某家女。晋时称不确指的‘某家’为‘兰家’。一说为姓兰或名兰的人家。”应该都参考过徐复的意见，只是因体例所限，未便说明罢了。至于龚维英的《解“兰”》（载《江淮论坛》1980年第3期）同样依据《列子》张湛注，强调本诗中的“兰”当训“某”，想必只是无心偶合而一时失检，并非有意将前人所得攘为己有。就时间先后而言，其发明之功仍然应归属于徐复。

困扰人们许久的问题看来已经迎刃而解了，然而学者们对徐复的结论依然心存犹疑，并未完全接纳。余冠英称“其说能否成立，可以研究，这是解决此句疑义的又一途径”，甚至满怀期待地说，“对于这一段文字至今还没有完全令人满意的解释，疏浚工作或许还待努力”，态度显然有所保留。朱东润、方一新、王云路等也仅将此说列为一家之言，并没有视作定谳。究其原委，恐怕主要是由于张湛所说的“人物不知生出者谓之兰”仅为孤证，在其他文献中并未发现同样的用例。正因如此，前人对《列子》所述“兰子”的理解也就多有出入，并未遵循张湛所言加以阐发。清嘉庆间胡式钰的《语窦》就另解为“游民无常业，国之所禁也”，并认为吴语中“骂人游手好闲曰‘兰了’”就是由此传讹而来。稍后苏时学所撰《爻山笔话》又推测道，“今世俗谓无赖子为‘烂仔’，其义疑本于此”。钱锺书《管锥编》（中华书局，1979 年）旁搜远绍了后世不少例证，认为“苏说近是，‘兰子’即后世之‘赖子’”。倘若参照“游民”“赖子”等来推求“兰家女”的语意，毋庸赘言是扞格难通的。

仔细追溯“兰子”的渊源，确实并未发现同样的例证。不过在先秦两汉文献中，“‘阑’多借‘蘭’。《列子》此文‘阑’之作‘蘭’，与诸书训义虽异，而通假则同”（杨伯峻《列子集释》，中华书局，1979 年），“蘭（兰）”“阑”两字因声符相同，往往可以假借通用。而“阑子”在后世倒是不乏用例，可供比勘参证。宋人魏泰《东轩笔录》卷九记载刘彝知虔州时，见当地因遭受饥荒，“民多弃子于道上”，故特意颁布政令，“召人收养”，“又推行于县镇”，最终颇见成效，“故一境阑子无夭阏者”（据明万历间《稗海》本，《四库全书》本同）。文中“阑子”与“弃子”相对应（明嘉靖间楚山书屋本中“阑子”即径作“弃子”），显然可以借用“人物不知生出者”来解释。又清人黄丕烈筑“百宋一廛”以贮藏所得宋刻善本，特意邀请友人顾千里撰《百宋一廛赋》。顾赋通过“瞑行阑子”与“思适居士”“佞宋主人”三人间的相互问答来铺陈敷衍，竭力表彰黄氏庋藏之丰赡精良，有功于文献之校订流播。赋中提到一部宋刻《列子》，“《冲虚》错互，举世相仍。处度、敬顺，纠缠淄渑。划然分判，使我伏膺”，对其刊印之精善赞不绝口。黄丕烈《百宋一廛书录》也著录过这部书，且称“余友顾千里以为《列子》善本无逾此者”。顾赋中虚构的那位“阑子”，很可能就脱胎于《列子》里的“兰子”。所以黄氏在为该赋作注时，于“瞑行阑子”下就直接注明“寓言也”。而这个“阑子”似乎也应借用张湛注来解释才更为合宜。再深入推敲玩味，作“人物不知生出者”解的“兰子”，和作“游民”“赖子”解的“阑子”，倒也并非此疆彼界而绝无关涉，四处流荡而游手好闲之徒，往往正是那些家世不明而别无依凭之辈，两者之间存在着若隐若现的关联。尽管目前还没能找到更多用例来直接证实，但张湛对“兰”字所作的训释应非别出心裁的蹈空之论。徐复据此推断“兰家女”即“某家女”，与其他种种纷歧纠葛的说法相较，毫无疑问是更值得采信的意见。

原载 2020 年 6 月 11 日《澎湃新闻·上海书评》

再论“兰家女”

拙文《“兰家女”究竟是谁家女？》发表后，承李士彪、刘摩诃二兄先后赐教，提出了不同的意见。认真拜读之后，虽然颇受启发，但觉得仍有进一步申说的必要，故匆匆草就此文，以答谢两位不我遐弃的美意。

士彪兄的意见承柳向春兄转示，称：“‘兰家女’就是‘良家女’，草书‘良’字与‘兰’字相近，观魏晋人书法即知之，不必上下考索。”其推求思路大体与清人陈祚明《采菽堂古诗选》、闻人倓《古诗笺》、张玉穀《古诗赏析》等相近，都认为此处系早期传抄刊刻时讹脱舛误所致。只是清人尝试去弥缝诗序中所述“刘氏”与正文里所云“兰家”的前后矛盾，故认为“兰”字或为“刘”字之误写。只不过两者字形相差实在悬殊，这一推断很难令人信服。士彪兄则抛开诗序而另辟蹊径，言人所未言，确实令人耳目一新。可是仔细勘验现存的魏晋书迹，此说恐怕也未必能够成立。如下图1为王献之《兰草帖》（刻入《快雪堂帖》卷一）中的“蘭（兰）”字，图2为（传）王羲之《丹杨帖》（刻入《淳化阁帖》卷七）中的“良”字（两字均以方框标出），相较之下，最多只能说“良”字与“蘭（兰）”字下半部分约略相似，整体差异依然极为明显。

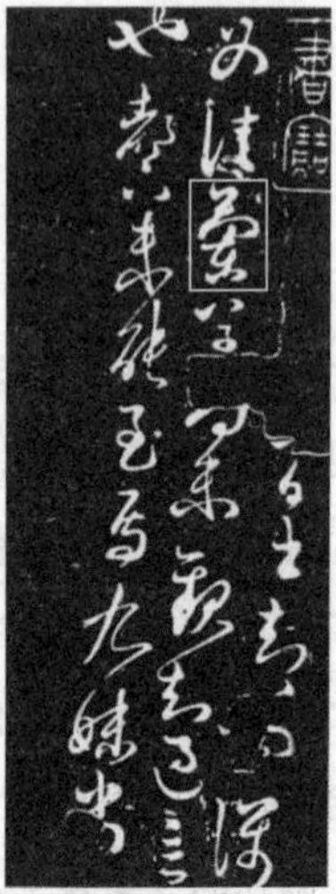

图1　王献之《兰草帖》

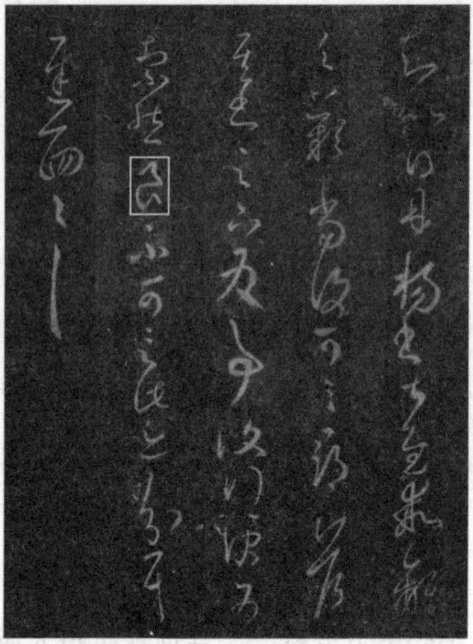

图2　(传) 王羲之《丹杨帖》

即便退一步，假设士彪兄所言不虚，则其前提必须是《古诗为焦仲卿妻作》在早期流传过程中乃以草书抄录，在整理写定时才会因为字迹残损等缘故，出现辨识错误的可能。此诗最早见收于《玉台新咏》，据唐人刘肃《大唐新语·公直》，该书是徐陵奉梁简文帝萧纲之命编纂的。而据今人考订，该书之编成约在梁中大通六年（534）前后，其时萧纲尚为太子。在奉命编纂这部收有梁武帝萧衍、皇太子萧纲、湘东王萧绎（也就是后来的梁元帝）父子三人以及他本人诗作的《玉台新咏》时，徐陵应该不会那么敷衍塞责，草率地把“良”字误判为“兰”吧。更何况唐人窦臮《述书赋》还曾论及徐陵（字孝穆），称“孝穆鄙重，刚毅任拙，犹偏裨武夫，胆勇智怯”，评价虽然并不算高，但徐陵能书是毫无疑问的，出现这种差误的可能更是微乎其微。

当然还有另一种可能，即《玉台新咏》编竣之后，在流传过程中使用草书抄录，导致了宋代以后刊行的各版本中产生误字。可惜《玉台新咏》现在仅有一个唐写本可资比勘（见图 3，据罗振玉辑《鸣沙石室古籍丛残》，1917 年珂罗版印本），所存内容只有寥寥五十余行，对应于今本卷二的后半部分。尽管其中不少文字“均可是正今本”（罗振玉《雪堂校刊群书叙录》卷下《〈玉台新咏〉残卷跋》，1918 年铅印本），但详其字体，显然是较为端

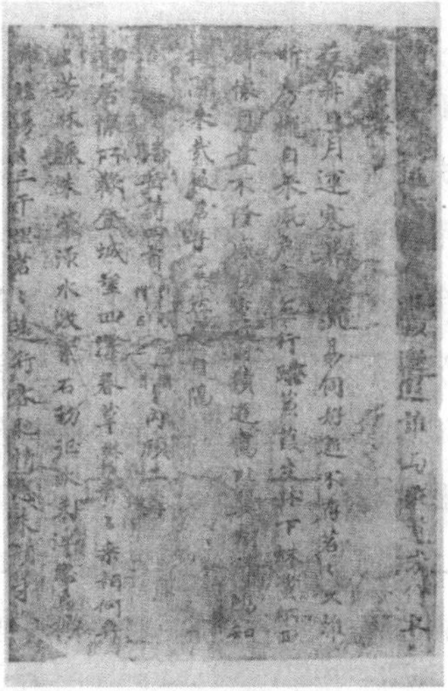

图 3　唐写本《玉台新咏》残卷

正工整的楷书。在缺少具体实物加以佐证的情况下，似不能率尔推断收入本书卷一的《古诗为焦仲卿妻作》存在以草书抄写而又引起误识的情况。

至于摩诃兄的意见，见其《也说“兰家女”：对杨焄教授文章的补白》（载2020年6月12日《澎湃新闻·上海书评》），其研究方法和徐复先生及拙文相近，即尝试从训诂角度对此做出合理解释。摩诃兄认可拙文提出的“蘭（兰）”和“阑”通假互用的观点，转而依据《说文解字》《广雅》等，认为“‘阑’与‘闲’为同义词，经常互训”，而“闲”字又可以和“止”字组合成双音词“闲止”，“其实就是一个同义副词，止也”，最后得出结论，“‘兰家’即‘阑家’，即‘闲家’，即‘止家’”，也就是“停留家中”，所谓“兰家女”意即“在家的女儿”。这一系列推论看起来环环相扣、严丝合缝，且引证也颇为翔实，故摩诃兄在文末非常自信地宣称：“又何用费力生出许多屈曲的解释呢？”然而详绎其论旨，辗转牵合似乎更为迂曲。而这种单线式的语意推衍是否确凿无疑呢？这不免让人联想到顾颉刚根据《说文解字》中“禹，虫也”的解释，便大胆认定神话中治水的大禹原本是蜥蜴一类的虫子（详见《讨论古史答刘、胡二先生》，收入《古史辨》第一册，朴社，1926年），最终惹来鲁迅在《故事新编·理水》篇里一顿奚落的旧事。恕我直言，摩诃兄的推论恐怕也有类似的问题。

语词训释还有一个基本的要求，即得出的结论必须适用于所有相关语例。尽管随着时代迁变，同一个词汇也会发生语意的演变分化，然而仔细考较其来龙去脉，前后之间还是存在千丝万缕的关系。将“兰家女”释作“在家女”，在《古诗为焦仲卿妻作》中固然不妨自成一说，但若依此诠解拙文中提到的宋人魏泰《东轩笔录》及清人顾千里《百宋一廛赋》里的“阑子”，显而易见就有些滞塞扞格了。而依照徐复先生的意见以及拙文所作的补充，将“兰”字作“某”字解，既符合当时的语言习惯，也能和后世的用例贯通，相较而言似乎更为可取。

《古诗为焦仲卿妻作》中的这段内容确实有点含混不清，非但“兰家女”一词费解，就连这番话究竟是谁对谁说的，历来也多有歧解。在缺乏更多证据的情况下，我还是觉得徐复先生的分析更为平实可信，即“说有兰家女”云云并非确指诗中女主人公刘兰芝，只是模拟媒人当时的口吻，泛泛而言罢了。士彪兄所说的“良家女”、摩诃兄所说的“在家女”，都认定这是指刘兰芝而言，可太指实了反而不妙，而且也不免求深反惑。

遥想十多年前拜读士彪兄的大作《魏晋南北朝文体学》，曾致函略表感佩钦挹之情，但此后山川阻隔，竟致音问久疏。与摩诃兄及其文中提到的仲远兄虽同居一地，且有多年共事合作之谊，但因疏懒散漫，平日里也绝少往来过从。时光匆遽，因为这首诗，又让大家隔空聚首，相与切磋商榷，得以暂时忘却纷扰喧闹的尘俗，真是幸何如之。一念及此，又不免略有些怅然，衷心祈愿大家都能平安康健，“何时一樽酒，重与细论文”！

原载2020年6月13日《澎湃新闻·上海书评》

《桃花源记》的深衷隐曲

陶渊明的诗文看似平易清浅，实则意蕴丰厚，往往需要从容涵泳，反复推敲，才能得其确解。比如那篇耳熟能详的《桃花源记》，说到渔翁进入桃源之后眼前呈现的场景，有“其中往来种作，男女衣着，悉如外人”数语。倘若囫囵吞枣地读过，恐怕不会给予过多的关注，甚至会想当然地认为这不过是说桃源中人的服饰打扮与外间全然相同罢了。实际上却并非如此，其中恐怕还别有深意，有待仔细寻绎。

导致漠视或误解产生的缘由，就在于读《桃花源记》的时候忽略了陶渊明另有一篇《桃花源诗》。关于这一记一诗，历来题名不一，或作“《桃花源记》并诗”，或作“《桃花源诗》并记”，究竟孰主孰从，暂且不作赘述；而两者可以彼此阐发、互相补充，则应该是确凿无疑的。《桃花源诗》里有一句“衣裳无新制”，对应的正是《桃花源记》中的那段描写。所谓“无新制”，并不是说衣物陈旧破败，而是指其不符合新的服饰制度。在古人的观念中，衣着服饰具有强烈的政治象征意味，恰如《礼记·大传》中所言：“圣人南面而治天下，必自人道始矣。立权度量，考文章，改正朔，易服色，殊徽号，异器械，别衣服，此其所得与民变革者也。”

《春秋公羊传·隐公元年》何休注也说："王者受命，必徙居处，改正朔，易服色，殊徽号，变牺牲，异器械。明受之于天，不受之于人。"王朝的兴衰交替，免不了一系列革故鼎新的举措，改易服色正是题中应有之义，在陶渊明生活的晋宋时期也概莫能外，只要翻一翻《晋书·舆服志》和《宋书·礼志》，就能发现不少相关记载。桃源中人自称先世为了躲避秦时战乱，率众逃入此间，其后便与世隔绝，"不知有汉，无论魏晋"。然而世间政权早就屡经更迭，服饰制度也随之多有变迁，因此，"男女衣着，悉如外人"云云，是说桃花源中的居民也像世人一样有衣裳蔽体，并不是未曾开化、赤身裸体的蛮族野人。至于身着衣物的具体形制，则显然还应该保持着秦代的式样，和外面的世界存在不少差异。

陶渊明亲身经历过晋宋禅代，耳闻目睹了种种酷虐无情的篡夺杀戮，又由于家世背景的影响，"耻复屈身后代"，"不复肯仕"（《宋书·隐逸传·陶潜》）。尽管不便在诗文中直言，却时常通过廋词曲笔来纾解内心的痛切愤激。《桃花源记》虽似小说家言，却非游戏笔墨。宋人洪迈早就指出，陶氏"乃寓意于刘裕，托之于秦，借以为喻耳"（《容斋随笔·三笔》卷十《桃源行》）。今人陈寅恪也强调，此篇虽为"寓意之文，亦纪实之文"（《桃花源记旁证》，收入《金明馆丛稿初编》，上海古籍出版社，1980年）。当陶渊明不动声色地讲述着"男女衣着，悉如外人"，与此同时又貌似漫不经心地提及"衣裳无新制"，两者交融互证，影射的恰是现实中易代之际的政令递嬗。只是其中潜藏的深衷隐曲，正如桃源中人所说的那样，“不足为外人道也”。唐代王维有一首取材于此的《桃源行》，诗中有云“樵客初传汉姓名，居人未改秦衣服”，对原作意旨的领会倒是颇为细致贴切，堪称陶公知音。

原载 2017 年 8 月 10 日《文汇报·笔会》

附记：本篇发表后，承业师杨明先生赐教，谓《春秋公羊传》何休注所谓“易服色”之“服”即“使用”之意，不可拘执为“服饰”，所言良是。唯《礼记·大传》将“易服色”与“别衣服”相提并论，本文所述似亦可自圆其说，故未予改动补正。

陶渊明的父亲

尽管从好友颜延之的《陶征士诔》、文集编纂者萧统的《陶渊明传》，至《宋书》《晋书》和《南史》等官修史籍，都叙述过陶渊明的生平经历，但对其家世背景却多有语焉不详的地方，尤其是其父亲的名号行迹，一概付之阙如。宋元以后出现的文献则对此众说纷纭，相继出现过陶回、陶逸、陶敏等不同说法，又称他曾经担任过姿城太守或安城太守。然而这些记载均来历不明，或于史籍无征，或与史传龃龉，令人难以采信。

要考察陶渊明父亲的情况，唯一可以放心依凭的资料，其实还是陶渊明本人在《命子》诗中所提到的“于皇仁考，淡焉虚止。寄迹风云，冥兹愠喜”。近现代学者就多据此立论，如丁福保的《陶渊明诗笺注》（医学书局，1927 年）在“寄迹风云”句下注云：“言身涉仕途也。”梁启超的《陶渊明年谱》（收入梁启超《陶渊明》，商务印书馆，1923 年）说：“先生父名无考，此云‘寄迹风云’，知必尝仕宦。”古直的《陶靖节诗笺》（聚珍仿宋印书局，1926 年）则称：“靖节父不见于史，名爵无考。玩此诗意，盖尝为方镇参佐也。”廖仲安的《陶渊明》（上海古籍出版社，1979 年）也同样认为，这几句是“说他父亲虽然曾经‘寄迹风云’（身入宦途），却能够‘冥兹愠喜’（无论官位升降得失，都无喜怒之色）”。尽管各家所述并没有牵强比附“姿城太守”一类的不实之词，却不约而同都认为陶父曾经有过一段仕宦经历。究其原委，当与诗中“风云”一语息息相关，正如逯钦立在校注《陶渊明集》（中华书局，1979 年）时所言，“古人常把当官叫作‘风云际会’，本之《易经·乾卦》‘云从龙，风从虎’”。

以“风云”喻指因应时势以建功立业，确实是汉魏以来屡见不鲜的习语，可是以此来诠解陶诗，却难免让人疑窦顿生。原因其实很简单，倘若真如上述诸家所推测的那样，陶父曾经出仕任职，甚至位居方镇参佐，那么在注重家世门第和仕宦经历的晋宋时期，为什么那些早期传记资料对此避而不谈，其他史籍文献中也都没有留下任何蛛丝马迹可供追索呢？

其实“风云”一语可径指自然风景。西汉枚乘在《柳赋》里形容柳树枝叶繁茂，就说“出入风云，去来羽族”；东晋庾肃之的《山赞》描摹山中景致，有云“悬岩杳翳，神明攸居。官府风云，怀吐川渠”；齐梁时刘勰在《文心雕龙·神思》中刻画作家的想象之功，谓其“眉睫之前，卷舒风云之色”，都是典型的例证。由此稍作引申，“风云”又可指隐逸山林而超脱尘俗。西晋陆云有《赠郑曼季往返八首》组诗，其中《南衡》五章前有小序，介绍其主旨在于“言君子遁世不闷，以德存身”，随即在第四章开篇就出现了“风云有作，应通山渊”的诗句；稍后牵秀的《王乔赤松颂》称赏王子乔、赤松子等仙人，说他们能够“齐迹风云，超远姿微”；东晋葛洪在《抱朴子·内篇·明本》中指斥俗世昏乱，“彼有道者，安得不超然振翅乎风云之表，而翻尔藏轨于玄漠之际乎”；梁陈时徐陵的《山斋》中有“桃源惊往客”“宁辨汉将秦”数句，显而易见源出于陶渊明的《桃花源记》，而诗中又提到“复有风云处，萧条无俗人”。有时即使将“风”“云”二字分拆开来，仍然能够表达同样的意思，范晔的《后汉书·逸民传赞》就曾以“远性风疏，逸情云上”来概括隐士们的超脱性情。依照这样的理解，再来仔细推敲陶渊明所说的“寄迹风云，冥兹愠喜”，恐怕是指其父淡泊名利而无意仕途，甘愿隐逸于乡野山林，由此也就泯灭了各种喜怒之情。陶渊明在《祭从弟敬远文》中提到自己和从弟两人，“父则同生，母则从母，相及龆龀，并罹偏咎”。据古直在《陶靖节年谱》（《陶靖节诗笺》附录）中考证，“父母分举，正谓己髫年丧父，敬远向龀丧母耳”，可以推知其父在陶渊明十二岁左右时就已去世，因而在早期各类文献中名姓不彰、事迹无考，也就情有可原了。不过即便如此，对父亲的嘉言懿行，陶渊明依然记忆犹新，否则也不会在《命子》诗中留下那样的追忆了。他日后之所以会有弃官归隐的决定，想来或多或少也受到父亲立身处世方式的濡染熏陶。元人李公焕《笺注陶渊明集》

在《命子》篇末引赵泉山的评论，虽然感叹“靖节之父，史逸其名”，“其行事亦无从考见”，但同时又特别指出“其父子风规盖相类”，于此也可得到进一步的印证。

如果再做深究，还有一些事情值得注意。《晋书·隐逸传》载有陶渊明叔父陶淡的生平，说他离群索居，“于长沙临湘山中结庐居之”，为了躲避州郡长官的征辟，最后竟然逃入深山，“终身不返，莫知所终”。而在陶淡传之后，紧接着就是陶渊明传，叔侄两人的行事也颇多相似，如前者“家累千金，僮客百数”，“终日端拱，曾不营问”，而后者则“不营生业，家务悉委之儿仆”。此外，陶渊明在《癸卯岁十二月中作与从弟敬远》中说自己“寝迹衡门下，邈与世相绝。顾盼莫谁知，荆扉昼长闭”，颇有孤高傲物的意味，但最后又郑重致词，“寄意一言外，兹契谁能别”，将从弟视为心意相通的知己。可惜敬远不幸早逝，陶渊明为此又撰《祭从弟敬远文》，着重表彰他“心遗得失，情不依世”的处世态度，又陈说他平日“绝粒委务，考槃山阴”的生活方式和“晨采上药，夕闲素琴”的兴趣爱好，而两人志趣相投，以至“常愿携手，置彼众议”，敬远无疑也是一位安贫乐道、遗世独立的隐士。由此可见，隐逸俨然已经成为陶氏家族世代承袭的风尚，这也是考察陶渊明仕隐观念时不容轻忽的一个方面吧。

原载 2018 年 3 月 20 日《文汇报·笔会》

南窗与北窗

钱锺书在早年的一篇散文《窗》（收入《写在人生边上》，开明书店，1941 年）中提到："窗子打通了大自然和人的隔膜，把风和太阳逗引进来，使屋子里也关着一部分春天，让我们安坐了享受，无须再到外面去找。古代诗人像陶渊明对于窗子的这种精神，颇有会心。"用来作为佐证的便是《归去来兮辞》和《与子俨等疏》里的片段。如果吹毛求疵一番，这两个例证似乎并不完全贴切。依照钱氏晚年在《管锥编》（中华书局，1979 年）里的考察，《归去来兮辞》的大部分内容都是陶渊明在挂冠临行时"悬拟倘得归之行事"，"非回忆追叙，而是悬想当场即兴"，因此文中所说的"倚南窗以寄傲，审容膝之易安"，不过是凭空想象辞官归家以后的情景而已，并非对亲身经历的真实记录，要说他对此"颇有会心"，不免稍有些牵强。至于《与子俨等疏》，陶渊明说得就更明白了，"常言五六月中，北窗下卧，遇凉风暂至，自谓是羲皇上人"，显而易见是盛夏苦暑时的体验，和"安坐了享受"春天并无丝毫关联。不过话说回来，陶渊明对窗户确实情有独钟，除了这两篇文章之外，诗作中也屡屡言及，如"有酒有酒，闲饮东窗"（《停云》）、"南窗罕悴物，北林荣且丰"（《五月旦作和戴主簿》）、“新葵郁北牖，嘉穟养南畴”（《酬刘柴桑》）、“荣荣窗下兰，密密堂前柳”（《拟古九首》其一）等等，寻常无奇的窗户被他信手拈来，不但能由此领略山野风物，更可以用来遣怀释闷。

陶渊明对窗户的这份偏爱，也不断引起后人的关注，频频予以激赏表彰。《宋书》《晋书》和《南史》在为他立传时，不约而同都提到了“北窗高卧”的细节，藉以展现他真率高蹈的性情。刘仁本在《寄傲轩记》中则指出“南窗寄傲”云云，“盖表其志之无他，而知自足也。知足故身不辱，无他故志不降，可以绝俗傲世，保身全节尔”，竭力推崇他恬退自守的志节。历代文士在创作时加以檃括点化的情况更是不胜枚举，象征着随遇而安、自得其乐的“北窗”尤其成为众人心摹手追的对象。李白有一首《戏赠郑溧阳》：“陶令日日醉，不知五柳春。素琴本无弦，漉酒用葛巾。清风北窗下，自谓羲皇人。何时到栗里，一见平生亲。”由于郑晏任职所在的“溧阳”与陶渊明归隐闲居的“栗里”字面相近，诗人就顺势将友人比拟为陶渊明，以“清风北窗”等来称赏对方的高情逸致。李商隐在《自况》中感伤坎坷多舛的身世：“陶令弃官后，仰眠书屋中。谁将五斗米，拟换北窗风。”俨然以辞官隐逸的陶渊明自居，不愿再为了区区俸禄而卑躬屈膝，舍弃悠游自在的生活。苏轼在《次韵子由绿筠堂》中铺叙隐士居所的清雅静谧：“爱竹能延客，求诗剩挂墙。风梢千纛乱，月影万夫长。谷鸟惊棋响，山蜂识酒香。只应陶靖节，会听北窗凉。”情不自禁就联想到北窗下的习习凉风。提及“南窗”的诗文在数量上虽然相对逊色，但也不乏其例，如王之道的《渔家傲》：“携窈窕，南窗聊得渊明傲。”李曾伯的《减字木兰花》：“寄傲南窗，堪羡渊明滋味长。”都对渊明斜倚南窗时的闲散孤傲表达了钦羡向往之情。

北窗用来夏日纳凉，南窗可以冬日负暄，两者本来各司其职，可在展现诗人特立独行、超迈流俗的气度时倒是殊途同归。因此喻良能在《游柴桑怀渊明二绝》其二中赞叹：“南窗寄傲北窗卧，买断清风不用钱。”便将两者等量齐观而捉置一处，尽显渊明傲岸洒脱的襟怀。而李之仪在《题韦深道寄傲轩》中则故弄狡黠：“南窗何似北窗凉，寄傲来风各有方。”看似略有高下轩轾之别，实则两者依然各行其是而并行不悖。

有意思的是，后人在吟咏熔炼之际，有时会不经意地将“南窗”与“北窗”混为一谈。陆龟蒙在《和同润卿寒夜访袭美各惜其志次韵》里提到：“如能跂脚南窗下，便是羲皇世上人。”将原本在“北窗”之下遥想追慕的“羲皇上人”，移植到了“南窗”名下。王安石则恰好相反而又相映成趣，他在《北山三咏》其二中说：“岁晚北窗聊寄傲，蒲萄零落半床阴。”李壁《王荆文公诗笺注》已经引录《归去来兮辞》中的相关内容，指明其渊源所自，但没有解释诗人为何把原作中的“南窗”替换成“北窗”。而杨时在《病中作》其一中感叹："寄傲南窗容膝地，时时飞梦到羲皇。"虽然并未明白无误地道破，可在病榻梦境之中恐怕也有些莫辨南北。至于陆游在《北窗》中写道："北窗本意傲羲皇，老返园庐味更长。"又在《农家》中提及："何须北窗卧，始得傲羲皇。"尽管都意在翻新出奇，认为不必刻意仿效渊明高卧北窗，也能够充分感受无拘无束的山野闲趣，可仍然将原先由"南窗"寄托的"傲"杂糅进了在"北窗"遐想的"羲皇"之中。

在诸多移花接木的作品中，最有名的也许得数元好问的《论诗三十首》，他在这组论诗绝句的第四首中对陶诗有过如下的考语："一语天然万古新，豪华落尽见真淳。南窗白日羲皇上，未害渊明是晋人。"今人对此诗要旨多有考索，郭绍虞的《元好问论诗三十首小笺》（人民文学出版社，1978年）综辑历代评析，认为前人多以"自然"论陶诗，"而元好问之语，更为概括，故后人亦视为定论"，可惜并没有进一步探究元氏为何要把"南窗"和"羲皇"截搭在一起。而陈湛铨在《元遗山论诗绝句讲疏》（香港商务印书馆，2014年）中推测，"陶公置榻于北窗下，即是面迎南窗之凉风矣，故遗山变之云'南窗'也"。其实，依照古人房屋的结构安排，北窗所在的位置应略微偏东，与位于东南的门户遥遥相对，陶渊明卧于北窗之下，迎受的应该是从敞开的门户中吹拂进来的清风，与位置稍偏于西南的南窗恐怕并无直接的关系。

归根结底，不管是"南窗"，还是"北窗"，都能从中窥见陶渊明闲适自得的生活态度和真淳狷介的性格特质，并没有此疆彼界、泾渭分明的差别。况且在他下笔之际，原本就含有蹈虚悬想的成分，并不都是据实直录。陶渊明在《五柳先生传》中曾有“好读书，不求甚解”的说法，李治《敬斋古今黈》认为“不求甚解者，谓得意忘言，不若老生腐儒为章句细碎耳”，并指出《归去来兮辞》中的“悦亲戚之情话，乐琴书以消忧”，以及《与子俨等疏》中的“少学琴书，偶爱闲静，开卷有得，便欣然忘食”，均与此语主旨相通。在看待“南窗”与“北窗”错综交织的现象时，也大可效法“不求甚解”的阅读方式，最重要的还是去涵泳体味陶诗的独特意趣。

原载 2018 年 8 月 4 日《文汇报 · 笔会》

陶渊明与柳下惠

陶渊明去世后不久，颜延之撰《陶征士诔》以表彰其嘉言懿行，意味深长地提到“黔娄既没，展禽亦逝”。将亡友比作黔娄还比较容易理解，陶渊明在《咏贫士》其四开篇就说：“安贫守贱者，自古有黔娄。”对其持节固穷推崇备至。在《五柳先生传》篇末赞语中也说：“黔娄之妻有言：‘不戚戚于贫贱，不汲汲于富贵。’”从沈约《宋书》、萧统《陶渊明传》开始，就都认为渊明“尝著《五柳先生传》以自况”。尽管不能率尔将此等同于陶氏自传，但黔娄的狷介不苟显然激起过他的强烈共鸣。将他们相提并论，自是顺理成章。不过与此同时，颜延之又将渊明和展禽等量齐观，就让人略感困惑费解。

这篇诔文稍后被梁昭明太子萧统选入《文选》，唐李善注仅指出展禽即春秋时鲁国大夫柳下惠，并未予以深究。柳下惠在后世虽以“坐怀不乱”著称，但颜氏取意显然并不在此。寻绎早期文献中有关柳下惠的零星记载，其言行几乎都与政事息息相关。然而在称道他能以直道事人之时，各家也多存未慊于心之意，甚至不无惋叹同情。比如在《论语·微子》篇中开列过一份“逸民”名单，还引述了孔子的相关评论：“不降其志，不辱其身，伯夷、叔齐与！”“柳下惠、少连，降志辱身矣；言中伦，行中虑，其斯而已矣。”比起卓立不羁的伯夷、叔齐，柳下惠等人只能采取自贱自污的方式来待人处世，尽管其言谈举止尚能恪守法度，并预先筹划周详，但也仅此而已。孟子虽然将伯夷和柳下惠并称为“百世之师”（《孟子·尽心下》），但细究起来，这两人还是大有分别。伯夷“非其君不事，非其友不友”（《孟子·公孙丑上》），很有兀傲旷达而清介自守的气概，柳下惠却“不羞污君，不卑小官”（《孟子·公孙丑上》），不免有些低声下气而与世俯仰的窘迫。正因如此，扬雄《法言·渊骞》在提到诸如柳下惠这样避世于庙堂之上的“朝隐者”时，就直截了当地批评道：“古者高饿显，下禄隐。”意即自古以来人们都尊崇安于穷困而声名显扬之辈，鄙薄贪求禄位却标榜隐逸之徒。近人汪荣宝《法言义疏》（1933年铅印本）认为扬雄之意，“言虽柳下惠，亦非君子所当取法者也”，可谓深得其旨。

后人追慕陶渊明的高情逸致，很容易联想到“采菊东篱下，悠然见南山”（《饮酒》其五）的超然洒脱；即便涉及他归隐前的仕宦经历，也大抵聚焦于“在官八十余日”（《归去来兮辞》）的彭泽令任上，容易被“我不愿为五斗米折腰向乡里小儿”（《宋书》本传）的豪言所吸引。由于历代层累造成的印象，他俨然已经成为隐逸不仕、孤高特立的代名词。以此反观“展禽亦逝”之论，难免令人感到有些比拟不伦，或许还会认为颜延之对陶渊明颇有微词而求全责备。实际情况究竟如何呢？《宋书》本传说渊明“起家州祭酒”，“复为镇军、建威参军”，最后才出任彭泽令。在出处行藏之际，他其实有过多次反复，时仕时隐，犹疑未决，前后至少有十年之久。尤其值得注意的是“镇军参军”一职，本是“镇军将军参军”的省称，历代研究者多认为“镇军将军”即当时北府军的统帅刘裕。另据后人钩沉索隐，在出任镇军将军参军以前，他还有两三年左右在权臣桓玄手下充当僚佐。而无论桓玄还是刘裕，都是东晋末年呼风唤雨、颠倒乾坤的威权人物。桓玄自恃功高，曾废黜晋安帝而自立为帝，刘裕旋即起兵征讨。其后桓玄兵败伏诛，刘裕趁机独揽朝政，最终假托禅让而代晋建宋。这一系列瞬息万变、波谲云诡的政局变幻，陶渊明非但亲眼目睹，还极有可能不由自主地被裹挟其中。

在后世绝大多数评论家看来，陶渊明在政治上爱憎分明而立场坚定，甚至认定陶诗“晋时所作者皆题年号，入宋所作者但题甲子而已。意者耻事二姓，故以异之”（《文选》卷二十六陶渊明《辛丑岁七月赴假还江陵夜行涂口》五臣刘良注），毋庸赘言很难接受陶渊明曾先后替桓玄和刘裕这两位篡晋自立的“乱臣贼子”效力的事实。不过陶渊明本人对这两段经历并不讳言，在桓玄手下任职时写有《庚子岁五月中从都还阻风于规林》《辛丑岁七月赴假还江陵夜行涂口》，既眷恋家居生活的悠游自在，“静念园林好，人间良可辞”，又悲叹仕宦生涯的艰辛劳苦，“怀役不遑寐，中宵尚孤征”；随后转投刘裕麾下，又有《始作镇军参军经曲阿作》，同样感慨“目倦川涂异，心念山泽居。望云惭高鸟，临水愧游鱼”。当最朴素、最平实的祈盼都无法实现时，种种悔恨、苦闷、失落、迷惘便交织成执拗而强大的力量。可是在直面琐屑庸碌的现实时，又不得不依违彷徨而虚与委蛇，竭力抑制这些情感的自然流露。这样的委曲求全乃致隐忍苟且，倒确实和柳下惠“不羞污君，不卑小官”的表现相似。

陶渊明在诗文中也曾提及柳下惠，只是不够直白显豁，很容易被人忽略罢了。比如《饮酒》其十八云：“有时不肯言，岂不在伐国？仁者用其心，何尝失显默。”前人早已指出，前两句语本《汉书·董仲舒传》，谓鲁国国君准备讨伐齐国，事先向柳下惠征求意见。柳下惠在加以劝阻之后，“归而有忧色曰：‘吾闻伐国不问仁人，此言何为至于我哉？’”扪心自问，颇多自责。而从后两句看，渊明仍然称许柳下惠为“仁者”，很能设身处地体谅其处境之艰难不易。清人陶澍注《靖节先生集》认为这正反映了渊明对柳下惠的仰慕，也体现了他“和光同尘”“道合中庸”的处世之道。更值得注意的是《五柳先生传》，文章开头就耐人寻味地说：“先生不知何许人也，亦不详其姓字，宅边有五柳树，因以为号焉。”而据许慎《淮南子注》云，“展禽之家树柳，行惠德，因号柳下惠”（《艺文类聚》卷八十九引）；《淮南子·说林训》高诱注也说，柳下惠“家有大柳树，惠德，因号柳下惠”。展禽得名柳下惠的缘由，竟然也与此相同。陶渊明在运思落笔之际，或许即受此启发而涉笔成趣。

颜延之在诔文中回忆道：“自尔介居，及我多暇。伊好之洽，接阎邻舍。”《宋书》也说：“先是颜延之为刘柳后军功曹，在寻阳与潜情款，后为始安郡，经过，日日造潜。”可知两人过从频密已在渊明归隐园田之后。尽管就双方当时的身份而言，一官一隐，差异悬殊，但并不影响两人的交谊。从“展禽亦逝”的评价中，更足见两人的相知相契。颜延之在撰写诔文时虽不便直书其事，但也能抛却俗套，不为虚美，借此发遑亡友的心曲隐衷。而依然在宦途上奔波劳顿的他，对柳下惠和陶渊明所承受过的漫长而苦痛的挣扎与煎熬，应该也是别有一番滋味在心头。

原载 2019 年 4 月 26 日《文汇报·笔会》

陶渊明的孩子们

陶渊明写过一首饶有趣味的《责子》诗，历数膝下几个孩子的种种不肖，“虽有五男儿，总不好纸笔。阿舒已二八，懒惰故无匹。阿宣行志学，而不爱文术。雍端年十三，不识六与七。通子垂九龄，但觅梨与栗”，看来平日里个个都好吃懒做而无心向学。对他们的游手好闲，日渐衰颓的陶渊明也有些束手无策，只能徒呼奈何，“天运苟如此，且尽杯中物”，失落懊恼之余只能借酒浇愁，聊以自宽。诗中所述究竟是切身体验的如实写照，还是故甚其词的戏谑调侃，着实让后人颇费猜疑。杜甫就觉得确有其事，还直言不讳地指摘道，“陶潜避俗翁，未必能达道”，“有子贤与愚，何其挂怀抱”（《遣兴五首》其三）。在他看来，貌似超然通达、毫无挂碍的陶渊明终究未能免俗，因为孩子们的顽劣愚笨而辗转难安，以至忧形于色。黄庭坚对此却不以为然，认为“观渊明之诗，想见其人岂弟慈祥，戏谑可观也”（《书渊明〈责子〉诗后》），强调这并非板起脸来训诫斥责，只是虚张声势的玩笑而已，由此反倒显露出诗人的慈爱可亲和童心未泯。后人经过比勘斟酌，大抵多以黄说为是，张廷玉称许“山谷此言得乎情理之正”（《澄怀园语》卷四），胡适视此为“诙谐的诗”

(《白话文学史》第八章《唐以前三百年中的文学趋势》,新月书店,1928年),都是非常典型的例证。不过,杜诗中特意标举的“何其挂怀抱”仍然值得特别留意,甚至不妨藉此寻绎陶渊明在出处取舍之际的矛盾心理。

陶渊明的笔下经常会闪现孩子们的身影,足见其爱子心切并溢于言表。长子呱呱落地时,他就按捺不住兴奋提笔赋诗,一方面追溯悠久辉煌的家族历史,另一方面对这新生儿的未来满怀希冀:“既见其生,实欲其可。人亦有言,斯情无假。”毫不掩饰急切渴盼的心情。到最后还不忘自嘲几句:“夙兴夜寐,愿尔斯才。尔之不才,亦已焉哉。”(《命子》)虽然朝思暮想都盼着孩子将来能够出人头地,但日后若不幸事与愿违,也只能听天由命了。等到几个孩子陆续降生,“幼稚盈室,瓶无储粟”,在带来诸多欢乐的同时,也给日常生计造成极大负担,使他不得不奔赴百里之外的彭泽去任职谋生。而在忍受了一番“违己交病”“心为形役”的屈辱折磨之后,他又毅然决定“自免去职”,令他念兹在兹的依然是“稚子候门”“携幼入室”(《归去来兮辞》)的温馨场景。他时常迫不及待地要向友人们炫耀田园生活的安逸快乐:“弱子戏我侧,学语未成音。此事真复乐,聊用忘华簪。”(《和郭主簿二首》其一)“好味止园葵,大欢止稚子。”(《止酒》)看着牙牙学语的孩子们围在身边嬉戏玩闹,顿时让人万虑尽消,这种发自内心的闲适欢畅又岂是案牍劳形的仕宦生涯所能提供的？他还苦口婆心地规劝朋友，人生苦短，稍纵即逝，“今我不为乐，知有来岁不？命室携童弱，良日登远游”（《酬刘柴桑》），不惜现身说法，展示携子出游的逸乐足以遣闷销愁。对陶渊明而言，孩子们确实是他时刻牵挂心头、绝难割舍忘怀的。

在历经数度进退仕隐的摇摆以后，陶渊明最终做出了辞官归隐的抉择。后人往往据此着力表彰他的特立独行和高蹈出世，却每每忽略由此导致的一系列严重后果，不仅需要他本人去承担和化解，其实更需要整个家庭的认同和付出。尤其是那五个孩子，此时都尚未成年，就要共同承担起原本完全可以蠲除的重负。为了谋取食物以供家人果腹，陶渊明有时甚至还腆颜向邻人乞讨，“饥来驱我去，不知竟何之。行行至斯里，叩门拙言辞”（《乞食》），总算鼓起勇气敲开了门，却又一时语塞，不知该如何开口，真是潦倒窘迫至极。王维对此有过极为严厉的批评，认为渊明在彭泽令任上如果能与世浮沉，稍稍委屈一下自己，就足以“安食公田数顷”，何至沦落于斯，“一惭之不忍，而终身惭乎？”（《与魏居士书》）所言自属人之常情，并非求全责备。陶渊明还有一组《咏贫士七首》，细致描摹前代贫士食不果腹、衣不蔽体的日常生活。其中如“量力守故辙，岂不寒与饥”“倾壶绝余沥，窥灶不见烟”“弊襟不掩肘，藜羹常乏斟”“刍稿有常温，采莒足朝餐”云云，想必都融入了个人不堪回首的惨痛体验。最后一首又进而感喟："一朝辞吏归，清贫略难俦。年饥感仁妻，泣涕向我流。丈夫虽有志，固为儿女忧。"看着绝望无助的妻子，心意已决的丈夫或许还可以勉强隐忍自持；可是一旦面对饥寒交迫的孩子，无能为力的父亲就不能不为此深感茫然焦虑。这些不足为外人言说的隐痛，毋庸赘言更有夫子自道的深长意味。

在晚年写给孩子们的《与子俨等疏》中，陶渊明的歉疚愧悔表达得更为直接明了。他坦言自己"少而穷苦，每以家弊，东西游走。性刚才拙，与物多忤。自量为己，必贻俗患。僶俛辞世，使汝等幼而饥寒"，狷介执拗的性格既让自己无法因应世俗而委曲求全，也让懵懂无辜的孩子平白遭受株连牵累。为人父母者总想竭尽所能为下一代提供最好的生活，一直深爱着孩子们的陶渊明毫无疑问更不会例外。所以当他回想起孩子们在童年时所经历的诸多艰辛时，就不由自主地深切自责："汝辈稚小家贫，每役柴水之劳，何时可免？念之在心，若何可言。"这种锥心刺骨的酸楚显然已经郁积许久，直到此刻方能一吐为快，尽管孩子们对此或许早已记忆淡漠，并无任何怨言。他在信里还特意提到东汉隐士王霸（字孺仲）夫妇的轶事，"余尝感孺仲贤妻之言，败絮自拥，何惭儿子"，小心翼翼地为自己当年所做的抉择辩白申说。据《后汉书·列女传·王霸妻》记载，王霸早年与令狐子伯相交为友，其后子伯出任楚相，命其子奉书于霸，"车马服从，雍容如也"。

正在田间耕作的霸子闻讯后赶回家中拜见客人，居然自惭形秽而不敢仰视对方。王霸为此深觉愧疚，卧床不起，慨叹故人之子“容服甚光，举措有适。而我儿曹蓬发历齿，未知礼则，见客而有惭色。父子恩深，不觉自失耳”。自家孩子非但形貌丑恶，而且不通礼数，作为父亲显然难辞其咎。幸亏霸妻在旁劝解宽慰，勉励丈夫“奈何忘宿志而惭儿女子乎”，才令他转忧为乐。想来“抱兹苦心，良独内愧”的陶渊明正欲藉此稍稍纾解难以直言的隐衷，以获取孩子们的体谅理解，顺势也可以求得一己之心安。

从他时隔多年依旧耿耿于怀并备受煎熬来看，陶渊明当初做出退隐闲居的决定，虽然并不是罔计后果的一时冲动，恐怕也不能算义无反顾的彻底决绝。他本人回归园田确实心甘情愿，与其说是迫于政治环境的被动选择，毋宁说是依循自由天性的本真展现。然而身逢晋宋易代递嬗，正是世相波谲云诡、人事浮沉升降的敏感时期，孩子们的生计和前途必定让他举棋不定，久久处于犹豫彷徨之中。究竟是希望他们可以衣食无忧，甚或位至公卿，却难免因此变得唯唯诺诺，乃至蝇营狗苟而降志辱身，还是祈盼他们能够安贫乐道，即使庸常平凡，也能够胸怀坦荡而毫无愧怍，保持纯然朴厚的天性不受沾染？在反复权衡利弊得失之后，他终于艰难而郑重地替孩子们选择了后者。尽管他们从此就必须付出自食其力的沉重代价，而他自己也将终生笼罩在挥之不去的负疚阴影里，可是一想起那个让自己始则踌躇满志、终至视若畏途的浑浊官场，他还是绝不愿意孩子们深陷其中而重蹈覆辙的。可见在陶渊明的心目中，不受扭曲摧折而得以尽情舒张的人性才是最可宝贵、最值珍视的。

这五个成天嬉闹而胸无大志的孩子最终只在父亲的诗文里留下了天真活泼的生动剪影，后世史籍对他们长大成人后的经历没有任何记载可供追寻。就此而言，《责子》诗虽然确有幽默调笑的意味，但其中娓娓讲述的那些片段，大概也反映了部分真实情况。当然，有时候能够泯然众人，平安宁静地度过一生，未始不是世间最大的幸事。而一位时或开怀大笑、时或忧愁低徊的父亲，也远比一位忘却情累、仿佛不食人间烟火的隐士，更能深深触动读者的共鸣。

原载 2020 年 5 月 11 日《文汇报·笔会》

读《世说新语校笺》漫录

鲁迅在《中国小说史略》(人民文学出版社,1973年)中表彰《世说新语》一书,“记言则玄远冷俊,记行则高简瑰奇,下至缪惑,亦资一笑”(见该书第七篇《〈世说新语〉与其前后》)。尽管历来都备受推崇,可《世说新语》中留存的讹误疑难依然不少。近年来召集诸生研读讨论,比勘参证过不少近现代学人的研究,徐震堮先生所撰《世说新语校笺》(中华书局,1984年)便是其中之一。一方面,固然因为作者晚年写定此书时曾得到门下诸多弟子的襄助,而其中有不少位都是我熟识敬重的师长,所以在阅读时自然而然会产生一种莫名的亲切感;另一方面,若论其渊综广博,此书虽较别家稍有逊色,但独具清通简要之长,而某些细节更能发覆起潜,言人所未言。

徐先生早年还编选过一本《汉魏六朝小说选》(古典文学出版社,1955年),“主要的来源是《世说新语》”,原因就在于该书“无论从作品的意义说,或从文字的隽洁说,在汉魏六朝中是应当首屈一指的”(见该书《前言》)。虽说只是供初学者披览的普及读物,注释力求简明扼要,但也融入不少个人心得,不妨视作《世说新语校笺》的雏形。比如《文学》篇中有一则,讲述西晋文士左思的《三都赋》初不为世人所重,乃恳请名士皇甫谧为其撰序，于是先前的批评者转而称赞不已。梁代刘孝标在为《世说》作注时对此事的真实性提出质疑，认为“皇甫谧西州高士”，“非思伦匹”，所谓的序言“皆思自为，欲重其文，故假时人名姓也”。意即左思家世寒微，与出身世族的皇甫谧无由交接过从，《三都赋序》当出于左思自撰而假托作者。可是稍后昭明太子萧统编定《文选》，依然选录了署名为皇甫谧的《三都赋序》。唐人在纂修《晋书》时，也同样认为“安定皇甫谧有高誉，思造而示之。谧称善，为其赋序”（见《左思传》）。究其原委，恐怕是因为刘孝标所论虽言之成理，但毕竟缺少确凿无疑的证据。《汉魏六朝小说选》在选录此篇时附有按语，根据《晋书》所述另一位作家陆机听闻左思准备撰写《三都赋》，遂予以讥讽嘲笑的记载，认为“陆机入洛在晋武帝太康之末，那时赋尚未成，而皇甫谧早在太康三年死去。所以刘孝标注以为序是左思自己做的，假托时人姓名，来抬高自己文章的声价”，通过对时间先后的排比分析，进一步证成刘孝标的推测。徐先生曾发表过一篇《世说新语札记》（载1948年《浙江学报》第二卷第二期），意在“取诸史比勘，疏记异同”，其中有一条已经提到“二陆入洛，在太康之末，赋尚未成。皇甫士安卒于太康三年，安能为思赋作序”。他在编选注释时所加的那则按语，毫无疑问即源于此前对史料所做的辛勤爬梳，而最终完成的《世说新语校笺》在此也相沿未改，认定“孝标之言，盖得其实”。

将《汉魏六朝小说选》与《世说新语校笺》的相关部分加以比对，更能看出作者在治学中一丝不苟、精益求精的不懈追求。例如《政事》篇有一则，提到东晋名将陶侃出任荆州刺史时曾命令属下收集贮藏木屑，众人起初都不明其用意，“后正会，值积雪始晴，听事前除雪后犹湿，于是悉用木屑覆之，都无所妨”，终于物尽其用，变废为宝。文中“正会”一语似乎寻常无奇，《汉魏六朝小说选》中便径直注作“元旦集会”，不过到了《世说新语校笺》中却改释为“正旦大会僚属”，虽然语焉未详，甚至略嫌费解，实则更为贴切准确，也为其他研究者提供了重要线索。张永言主编的《世说新语辞典》（四川人民出版社，1992年）便将“正会”释为“皇帝（或封疆大吏）正月初一朝会群臣（或僚属）”，而在该书所附《主要参考书目》中，徐氏《校笺》就赫然位列群书之首。吴金华的《世说新语考释》（安徽教育出版社，1994年）也称许《校笺》所言甚是，并在此基础上详加疏释，指出“‘正会’是每年正月初一举行贺仪的例会。‘正’指正月初一，‘会’指君臣聚会；这种君臣之会分别在中央和地方同时举行。……本文所讲的‘正会’，则是在荆州刺史陶侃公府厅事举行的，这是州下僚属向最高长官朝贺的大会”。由此可见徐氏在推求文义时的精审，而《校笺》所述要言不烦，也足资寻绎参酌。

徐震堮先生是华东师范大学首批六位文科博士生导师中的一位，还出任过华东师范大学古籍所首任所长。可屈指算来，毕生的学术著述其实寥寥无几。不过正是在这种优游不迫而又严谨笃实的心态下，他才能沉潜往复，从容含玩，精心结撰出《世说新语校笺》这样足堪传世的佳著。然此可为知者道，难为俗人言。在急功近利而又好大喜功的世情侵扰之下，这样的古风逸韵大概只能让后人徒增叹惋了。

原载 2019 年 1 月 11 日《文汇报·笔会》

读《汉魏六朝小说选》札记

古典文学出版社在 1955 年底出版了一本徐震堮编注的《汉魏六朝小说选》，全书篇幅并不算大，却采摭了十多部不同类型的作品，力求呈现唐以前小说创作的整体风貌。虽说这只是提供给一般读者浏览的普及读物，只能做大致的介绍和简略的注释，可编注者为此还是颇费心力，尽可能融入个人的研究心得。《前言》中特别提到，“就整部书来说，最有现实意义的，当然要推《世说新语》，虽然都是零碎片段的记载，可是汉末到东晋逐渐形成的士族阶级，也就是当时主要的统治阶级的生活思想，全部展开在读者的面前，读这样一部书，比之读一部历史更能深入了解那一个时代的真实面貌”，所以在编选取舍方面，“主要的来源是《世说新语》”，“《世说新语》选得独多，无论从作品的意义说，或从文字的隽洁说，在汉魏六朝中是应当首屈一指的”，对此书的偏爱推崇溢于言表。这番说明很容易让人联想到徐氏晚年才着手写定的《世说新语校笺》（中华书局，1984 年），该书《前言》同样强调，“《世说新语》一书所载的许多遗闻轶事，给读者从各方面勾划出这一历史时期的生动画面”，“言简味永，栩栩如生，得到的印象，比之读一部史书，更加集中，更加深刻”，和《汉魏六朝小说选》的论旨显然一脉相承。他在《校笺·前言》中还回顾了多年来的研究历程，说起“此校笺稿乃是二十余年前的札记，当时读这部书，颇多不易通晓之处，曾取《后汉书》《三国志》《晋书》互相参校，遇有异同，就写在书眉上”。此处所说的“札记”当指他早年发表的一篇《世说新语札记》（载1948年《浙江学报》第二卷第二期），其主旨虽然仅在于“取诸史比勘，疏记异同”，尚未臻于细密周备，但也已略引端绪，堪称大辂椎轮。而从最初草创的《世说新语札记》发展到稍具雏形的《汉魏六朝小说选》，以至最终修缮完备的《世说新语校笺》，前后历时已逾三十载，足见他于此书寝馈极深而孜矻不懈了。

稍事比勘《札记》《小说选》和《校笺》的相关部分，不难看出徐震堮旁搜远绍、精益求精的努力。比如《世说新语·文学》篇中有一则，述及西晋文士左思的《三都赋》起初不为世人所重，乃恳请名士皇甫谧为其撰序揄扬，终使先前的批评者另眼相待，“莫不敛衽赞述焉”。此赋在当时备受推重，非但有皇甫谧鼓吹称赏，更有张载、刘逵分别为其作注，尔后卫权还撰有《略解》，甚至出现“洛阳纸贵”的盛况。梁代昭明太子萧统在编定《文选》时，已经将左思的《三都赋》和皇甫谧的《三都赋序》悉数收入。唐初纂修《晋书》，也提到“安定皇甫谧有高誉，思造而示之。谧称善，为其赋序”（《晋书·文苑·左思传》）。稍后李善在注释《文选》

时则强调因为张、刘二家曾为此赋撰注，“自是之后，渐行于俗也”，还迻录刘氏旧注以供参考。然而梁代刘孝标在为《世说》作注时，却对其真实性表示怀疑，认为左思与皇甫谧等无由交接过从，而刘逵、卫权等则早已去世，所谓的序和注其实都出于左思自撰，“欲重其文，故假时人名姓也”。真相究竟如何，恐怕一时难以遽断。清人严可均就对刘孝标的质疑不以为然，坚持认为“皇甫高名，一经品题，声价十倍”，至于刘逵、卫权两人虽然早逝，“何不可为思赋序、注？况刘、卫后进，名出皇甫下远甚，何必假其名姓？今皇甫序、刘注在《文选》，刘序、卫序在《晋书》，皆非苟作”（《全上古三代秦汉三国六朝文·全晋文》卷一百四十六《思别传》案语），仍然依从《文选》和《晋书》的说法。《汉魏六朝小说选》也采录了此篇，徐震堮根据《晋书》所述当时陆机听说左思拟撰《三都赋》，便在给其弟陆云的信中予以讥讽嘲笑的记载，推断“陆机入洛在晋武帝太康之末，那时赋尚未成，而皇甫谧早在太康三年死去。所以刘孝标注以为序是左思自己做的，假托时人姓名，来抬高自己文章的声价”，通过对相关事件先后顺序的排比分析，发现了唐修《晋书》自相龃龉，难以自圆其说。其实《世说新语札记》里已经有一则提到，“二陆入洛，在太康之末，赋尚未成。皇甫士安卒于太康三年，安能为思赋作序，孝标之言，盖得其实”。他在编选注释时所加的那则按语，无疑就源于先前对史料所做的爬梳钩稽。而到了《世说新语校笺》中，他根据刘孝标注引《思别传》所述齐王司马冏曾邀请左思出任记室参军，而左思并未接受，“时为《三都赋》未成也”，又提供了一项新的佐证，“二陆入洛，在太康之末，齐王冏诛赵王伦入洛，更在其后，其时赋尚未成”，更进一步证明刘孝标的猜测也许更加近实可据。

类似的例子并非绝无仅有。另如《世说新语·自新》篇载有西晋名臣周处年少时欺凌百姓，其后受到陆云的谆谆教诲而幡然悔悟，最终改过自新的故事。文中说周处“为乡里所患，又义兴水中有蛟，山中有邅迹虎，并皆暴犯百姓，义兴人谓为三横”，《世说新语札记》对此并未深究，《汉魏六朝小说选》则补充说：“‘邅迹’的意义不详。《晋书·周处传》作‘白额虎’。”一方面揭示其他文献中的不同记载，另一方面则坦言对其语意尚未明了。而《世说新语校笺》则依据刘孝标注引《孔氏志怪》中所说的“义兴有邪足虎”，指出“‘邅迹’之义，当即注引《孔氏志怪》所云‘邪足’也”。其意应与“斜足”相近，即指跛足而已，历来积疑未泮的困惑终告涣然冰释。后来的研究者也由此获得启发，张永言主编的《世说新语辞典》（四川人民出版社，1992年）、张万起编纂的《世说新语词典》（商务印书馆，1993年）等，都依据《校笺》中的考释来解说“邅迹虎”。在同一条中又提到，周处后来“乃自吴寻二陆”。徐震堮在《世说新语札记》中已经发现，“《晋书》本传，‘自吴’作‘入吴’”；《汉魏六朝小说选》也提醒读者，“自吴，《晋书·周处传》作‘入吴’”。两者虽然只有一字之差，意思却大相径庭。可惜他在考校异同之后并没有判定是非，想必是因为缺乏确凿无疑的证据，不得不采取多闻阙疑的态度。直至《世说新语校笺》才予以补正道：“‘自吴’，影宋本及沈校本并作‘入吴’，是。《晋书》本传同。”通过参校其他善本，终于确定通行本《世说新语》存在传写讹误，此处当以《晋书》所载为是。此类细微的考订增补看似无关宏旨，却恰恰显示出作者的严谨不苟和持之以恒。

除了《世说新语》部分可谓承传有自以外，《汉魏六朝小说选》的其他部分也时有精彩的发明。比如《列异传》中的“宗定伯”一则，讲述宗氏夜行遇鬼，在骗取对方信任后将其带至集市，待鬼化为羊后，卖之乃去。这个故事在后世流传极广，《法苑珠林》《太平广记》《太平御览》等都有过征引，文中述及鬼在半途曾向宗氏提议“步行太亟，可共迭相担也”，“太亟”或又作“太迟”。相较之下，“太亟”稍显费解，似不如“太迟”来得文从字顺。然而徐震堮在选录时仍以“太亟”为是，且要言不烦地注明“亟，疲乏”。此处的“亟”其实是“極（极）”的省写，徐氏稍后撰有《〈世说新语〉里的晋宋口语释义》（载《华东师大学报》1957年第3期），依据《世说新语》中出现的多处用例，列有“极”这一条目，释为“疲极也”，并引申说“体中小不适，亦曰‘小极’”，正可和《小说选》里的那条注释参看。倘若不明就里，有时便不免郢书燕说了。中国科学院文学研究所曾经遵照“最高指示”编选过一本《不怕鬼的故事》（人民文学出版社，1961年），意在“破除迷信，解放思想”，这则“宗定伯捉鬼”（该书依据其他文献改为“宋定伯”）便位列所收各篇之首。时任文学研究所所长的何其芳在为该书作序时还撮述过这则故事的梗概，但仅称“鬼建议两人轮流背着走”，对“太亟”一语的具体所指则避而不谈。考虑到此书取材均为文言，普通读者难以理解，不久之后就由正在人民文学出版社任职的张友鸾将其改编为白话本《不怕鬼的故事》（人民文学出版社，1962年）。他在《译写说明》中声称：“本书译写文字，力求浅显明白，以能表达原文的精神为主，忠实于原文，但并不完全采用直译的方法。”那句“步行太亟”被译为“步行又慢又累”，看来他也未完全理解“亟”字的确切含义。《不怕鬼的故事》不断重印，还陆续衍生出各种翻印本、改编本、连环画，甚至英译本、俄译本等，各本在此处也都陈陈相因，以讹传讹。至于后出的一些选本如沈伟方、夏启良编选的《汉魏六朝小说选》（中州书画社，1982年），更是牵强附会地将此词释为“太急，赶得慌”，全然不顾上下文义扞格难通。好在专精俗语词考释的郭在贻在《训诂学》（湖南人民出版社，1986年）中深入讨论了这则故事，借助更多的用例来说明，“此‘亟’字当为‘极’

的省借，'极'是汉魏六朝时期习见的俗语词，有疲惫之意"，原文是说"步行太疲劳"，"'共迭相担'正是解除疲劳的一种办法"（见该书第九章《训诂学的新领域——汉魏六朝以来方俗语词的研究》），足以验证徐氏当初所作的注释精确无误。

近现代出现的数种《世说新语》校注本各擅胜场，徐震堮的《世说新语校笺》独以语词笺释见长。他在《前言》中就郑重提及："除了它的历史价值和文学价值之外，本书还保存了一部分当时士大夫中间的口语，为历来辞书所没有著录的，可供研究汉语变迁史者爬梳探索。"上述那篇《〈世说新语〉里的晋宋口语释义》就是他辛勤考索的初步成果，此后经过反复润饰删订，改题为《〈世说新语〉词语简释》，附于《〈世说新语〉简论》一文后，再次发表于《中华文史论丛》1979年第四辑；最终又经过细致的斟酌损益，才作为附录收入《世说新语校笺》。他对"太亟"一词所作的确切诠释，想来正得益于长期以来反复涵泳、仔细推敲《世说新语》等书中所含的大量俗语词。而从《汉魏六朝小说选》中还可以发现不少相似的例证，如《灵鬼志》"嵇中散"一则注释称："魏晋人自称'身'，等于说'我'。"《幽明录》"刘晨阮肇"一则注释称："捉，拿。晋宋人的口语。"同书"舒礼"一则注释称："'为'作'还是'解，是晋宋人常语。"《续齐谐记》"阳羡书生"一则注释称："仍，晋宋人常作'因'字用。"《冥祥记》"陈秀远"一则注释称："妪，老妇人的通称。但六朝人常用来称年轻的女人。”诸如此类，不一而足，大多可以和《〈世说新语〉词语简释》中的相关条目互相参证。至于见诸《世说新语》的大量俗语词，他晚年潜心结撰的《世说新语校笺》和《〈世说新语〉词语简释》自然是后出转精的集成之作，可《汉魏六朝小说选》中的某些注释，也同样可资借鉴参酌。比如《排调》篇“桓大司马乘雪欲猎”一则述及刘惔见到桓温“装束单急”，便问道：“老贼持此欲何作？”“老贼”一词在《校笺》里并无诠说，《词语简释》也未予立目，《小说选》则注明：“老贼，朋友之间的戏称，不是辱骂。”对读者准确领会文意仍然大有裨益。

《汉魏六朝小说选》在选录时有明确的时间断限，可徐震堮在介绍评议之际并未拘囿于此，而是尽量前后勾连，引导读者拓宽视野。有时为追索覆按某些故事的源头提供重要线索，如《启颜录》“晏婴”一则有按语云：“这一个故事全取《晏子春秋》内篇杂下第九、第十两节，略加删节，连缀成文。”他在《前言》里介绍过鲁迅在《中国小说史略》里对早期小说内容所作的推测，“诸书大抵或托古人，或记古事，托人者似子而浅薄，记事者似史而悠缪者也”（见该书第一篇《史家对小说之著录及论述》），由此也可以得到部分印证。有时则概述某些故事在后世的递嬗演变，如《幽明录》“焦湖庙祝”一则有按语称：“这一篇故事虽短，却是后来许多同性质故事的来源。最著名的如唐沈既济的《枕中记》，明代大戏曲家汤显祖又把它演为《邯郸记》传奇。此外如唐李公佐的《南柯太守传》、《太平广记》所引的《樱桃青衣》，一直到《聊斋志异》的《续黄粱》，都是同一题材的故事。”足见他在《前言》中所强调的“这些作品，它的思想和故事内容，千余年来，已经融化在诗、词、歌、赋、小说、戏曲中间，成为中国文学遗产的不可分割的部分。后来的作家或用它的情节，或用它的词句，我们不知道这些作品，就不可能彻底了解后来的诸多文学作品”，绝不是毫无凭据的敷衍夸饰。而有些简介说明似乎还和他当时的研究兴趣密切相关，比如《搜神记》“韩凭夫妇”一则的按语说：“这故事在民间是不断地在发展着的，敦煌写本中有一篇《韩朋赋》，不知道是什么时候的作品，比《搜神记》所记更曲折生动，文辞也更加美丽。”还有《幽明录》“舒礼”一则的按语称：“这一篇里出现了类似地狱的描写。关于这一类的叙述，《冥祥记》的‘赵泰’一则最为详细（《幽明录》也记载），是中国小说采取佛经中地狱变相作为题材的最早的例子。”提到的“敦煌写本《韩朋赋》”“地狱变相”等都是近现代学界日渐重视的俗文学研究资料。徐震堮在这方面想必早就有所关注，并已经尝试着做一些深入探究。因而两三年之后，由王重民、王庆菽、向达、周一良、启功、曾毅公等人合编的《敦煌变文集》（人民文学出版社，1957 年）刚问世不久，他就率先发表《〈敦煌变文集〉校记补正》（载《华东师大学报》1958 年第 1 期）

和《〈敦煌变文集〉校记再补》（载《华东师大学报》1958年第2期。按，上述二文均已收入《梦松风阁诗文集》，华东师范大学出版社，1991年），其中便包括对《韩朋赋》和《地狱变文》这两篇文字校录的商榷补正。

徐震堮在1952年初曾奉命进入华东人民革命大学政治研究院，接受知识分子思想改造。在事后所写的《批判我的超阶级、超政治思想》（载1952年4月18日《解放日报》，又收入《教师们的思想改造》，华东人民出版社，1952年）一文中，他自我检讨道，“我在解放前，一向自以为超政治、超阶级，不但对政治不发生兴趣，就是与政治有关的人物，也很少交往，从来没有参加过任何党团或政治活动，教了一辈子书，不问外事，上课也很少说题外的话”，而通过两个多月持续不断的学习，包括“阅读文件、听大报告、班报告、漫谈、讨论、批评与自我批评”，他终于“深深认识了自己思想作风上的许多病根，深深认识自己有改造的必要”。这番自觉反省在他随后编注的《汉魏六朝小说选》里也偶有体现，比如在《世说新语》“王子猷作桓冲骑兵参军”一则后他评议说：“这一段事情最可以见出晋人崇尚清谈，以不问世事为高的风气。做了官，不知道自己的官该管些什么事，甚至连自己的官名是什么也不知道。等到上司问到的时候，靠言谈便捷，用几句俏皮话对付过去。这样的事情当时不但不以为奇，而且传为美谈。政事的腐败也就可想而知了。”魏晋名士素以不理政事、超然俗务为尚，历来都令人神往称羡。而原本同样自觉疏离于政治的徐震堮却对这样的风气批评甚严，其中或许也隐含着几分“以今日之我否定昨日之我”的意味，足见当时思想改造工作颇具成效。可是，这样一份“忍不住的关怀”一旦从故纸堆里转移到现实之中，有时候就难免因言贾祸，引火烧身。徐震堮晚年弟子刘永翔在《徐言》（收入《蓬山舟影》，汉语大词典出版社，2004年）中提到过他在此后侥幸脱险的遭遇：“1960年开政协知识分子座谈会时，他对当时举行教师批判会，事先不让被批判对象知道，组织好了‘火力’，到时突然袭击的做法提出了异议，曾大大触怒了当时的上海市委第一书记柯庆施，未戴上‘右派’帽子只因为‘反右’活动已过之故。”当然，在随后接二连三的历次运动中，他最终还是未能幸免于难。书生意气十足的徐震堮对这样的结果恐怕也始料未及，当他日后重温《世说新语·品藻》篇中殷浩的那句名言“我与我周旋久，宁作我”时，不知又当作何想呢？

原载2019年2月2日《澎湃新闻·上海书评》

诗人已逝，诗人不朽！

诗人杨牧在三月中旬于台北悄然病逝，相关报道大多聚焦于他在新诗创作方面所取得的卓著成就，甚至称许为诺贝尔文学奖的有力争夺者，却很少提及他同时还是一位杰出的古典文学和比较文学专家。他编著过一本非常别致的《陆机文赋校释》（洪范书店，1985年），就很能彰显其独特的研究旨趣和深湛的专业造诣。之所以说“非常别致”，是因为此书乃以陈世骧的《文赋》英译本*Literature as Light Against Darkness*（北京大学出版部，1948年）和徐复观的《陆机文赋疏释初稿》（载1980年台湾大学《中外文学》第九十七期）为基础，在将两者逐段胪列对照之后，附以他本人的校议评释。徐复观是现代港台新儒家学派的重要代表，也是杨牧早年就读于东海大学时的任课教师；陈世骧则是繁衍生息蔚为大观的“抒情传统”论的倡导者，又是杨牧赴美留学攻读博士学位时的指导教授。据杨牧在该书《自序》中所述，自己研读《文赋》，“最初是获得陈世骧先生的启发”，“徐复观先生既作《陆机文赋疏释初稿》，乃恳切命我取之与陈先生译本详细比较”，可知这迹近僭越之举完全是出于对师命的尊奉。尽管当他正式着手此项工作时，陈、徐两位已先后辞世，似乎不必再心存顾虑，然而要居间对治学宗旨多有异趋、撰著形式更是大相径庭的两位师长加以考较调停，显而易见仍是一件劳神费心而不免左右为难的麻烦事。

徐复观与陈世骧早年曾围绕刘勰的《文心雕龙》有过往还商讨，双方意见虽然不尽相同，却因此惺惺相惜而互相推重。杨牧在《柏克莱——怀念陈世骧先生》（收入《杨牧自选集》，黎明文化事业公司，1975年）一文中回忆道：“每当我在文学的题目里写信向徐先生问疑时，他总在回答以后附加一句：‘如果陈先生的解释与我不同，宜从陈先生。’我追随徐先生读书多年，深知他品评学术人物的标准和脾气，能受他推崇如此的，似乎很难找到第二人。”徐复观此刻对杨牧再度委以重任，想必是希望能继续从亡友那里得到切磋取鉴的机会，与此同时应该也考虑到杨牧多年来随侍问学，对陈世骧和自己的学思历程多有真切感受，在覆核参验之际当能切中肯綮，不致有空泛肤廓之弊。正如杨牧此后在《动乱风云，人文激荡——敬悼徐复观先生》（连载于1982年6月6日、7日《中国时报》）中所推想的那样，“徐先生写《文赋疏释》真是为了试探我离开师门十五年以后所锻炼的学养”。而《陆机文赋校释》的最终问世，也充分证明杨牧确实不负厚望，对他们蕴藉未发的微言深意多有深入的体察、补充和演绎。

陈世骧将古奥艰深的《文赋》翻译成文从字顺的现代英语，既要关注文意的准确传达，又需顾及文化的分歧差异，还刻意采用韵文的形式以便展现原作的声韵之美，自诩“唯有以诗之韵文翻译，才可能充分掌握并欣赏这篇作品的灼见、语言和理路”（《以光明对抗黑暗：〈文赋〉英译叙文》，吴潜诚译，载1990年《中外文学》第十八卷第八期）。要对这篇精心结撰的译文做出恰如其分的评议，中英文兼擅且熟悉译者行文风格的杨牧毫无疑问是当行出色的不二人选。对陈氏译笔的精审雅致，他时常不由自主发出由衷赞叹，谓其“出入中西文学传统，斟酌比较，殚精极思，始获得内外辞意的平衡”，“运用英文之兰心匠手，锦绣缜密，不辞典雅，于此可见一斑”。这些推挹称赏都建立在逐字逐句的详细校覆之上，所以绝非敷衍塞责而对老师故作谀词。如《文赋》曾用两个很形象的比喻“或因枝以振叶，或沿波而讨源”来描述行文布局时的不同情状，陈世骧将其译作“He makes barren twigs put forth luxuriant foliage as they sway,/or by endless waves he traces to the remote fountainhead”。杨牧细心地指出，在古人观念中“沿与溯相反”，“沿波只能入海，不能讨源。故译文改读‘沿’为‘溯’，逆流而上；译文于‘因枝’‘沿波’二句率意渲染，虽添改字句，不失其旨”，提醒读者关注译文的随机应变和摇曳多姿。陆机在下文又以“或操觚以率尔，或含毫而邈然”来彰显创作中迟速难易的差别，陈世骧的译文作“No matter if the work be accomplished in one flash on the page,/or is the result of the most deliberate pen”。杨牧先是分析原文在遣词造语时的微妙变化，“陆机用‘操觚’‘含毫’等实际表情的文字（graphic language），而放弃前文种种的暗喻（metaphorical conceits）”，接着指出译文也随之变通调整，“陈先生译‘含毫而邈然’又将实际表情的文字推向诠析性的转文（interpretative rendition），想必是中西书写文具差别太大，若直译笔毫腐朽，英文读者无从领会，岂仅邈然而已。译事之难，可见一斑”，对翻译中处理“归化”疑难的甘苦得失深有感触，也引导读者沉潜往复，从容欣赏译文风格的不拘一格。

据陈世骧在译本问世数年后自述，“我的翻译多拜早岁记忆《文赋》之思想与声韵所赐，也以成年后的文学经验与研究为凭藉”（《以光明对抗黑暗：〈文赋〉英译叙文》），足见他并不满足于铢两悉称、亦步亦趋地传达原作意旨，而更努力尝试融注个人的文学体验和研究心得。作为陈世骧“最得意的门生”，杨牧在求学期间“同他的恩师有四年多差不多天天见面”（夏志清《悼念陈世骧——并试论其治学之成就》，收入《文学的前途》，纯文学出版社，1974年），嗣后多年也一直请益讨教不辍，对其治学的整体格局和重心所在深悉熟知。译文中夹带的那些细微隐秘的“私货”，若非他潜心爬梳抉剔，读者或许就会失之眉睫。如陆机曾以“耽思傍讯”来描摹作家构思伊始时的特殊状态，陈世骧将其译作“Perpetual thought itself gropes in time and space”，居然节外生枝地增加了原文中所没有的内容。杨牧对此特别强调，“译文于‘耽思傍讯’一句渲染为深长之思维在时空中探索，是为陈先生文学理论的发挥，在广大空间之外附诸绵亘的时间”，随即又补充道，“陈先生论古典文学，屡次探讨时间的意义，这方面的关注已经构成他的文学观之骨干，其实践论见于《时间与律度在中国诗之示意作用》，起源论见于《中国诗字之原始观念试论》，而最重要的综合考辨则见于《论时：屈赋发微》（*The Genesis of Poetic Time*）”。这里提到的前两篇中文论文均已收入杨牧搜集整理的《陈世骧文存》（志文出版社，1972 年），以供“年轻一代的有心人细细玩味前辈治学的风范”（杨牧《〈陈世骧文存〉编辑报告》）；第三篇英文论文更是陈氏辞世前一年倾尽全力之作，“故意着笔于荦荦大端，所涉意广”（陈世骧 1970 年 12 月 26 日致杨联陞，引自杨联陞《陈世骧文存序》），稍后另有中译本发表（古添洪译，连载于 1977 年《幼狮月刊》第四十五卷第二、三期）。读者若能依此指示按图索骥，对译者借题发挥的苦心孤诣就不难产生同情之理解。陆机在后文还提到“其为物也多姿”，感慨文章体貌的变化多端。杨牧点明译文中“composition”一语乃“承前文‘物无一量’而来，指文章之为物”，进而提醒读者对此特加留意，“陈先生以此体会为根据，曾撰专文《姿与 Gesture》”，“以比较文学的观点详论文学之本质、发生、结构等问题，可以参阅”。

这篇副标题为“中西文艺批评研究点滴”的论文同被收入《陈世骧文存》，详细辨析了《文赋》中所说的“姿”与现代英美文艺批评里的新术语“gesture”之间的异曲同工，其根本宗旨在于“一面把西洋理论以中国观点看，辉映之下，可更增加些理趣；一面对中国的历来文艺思想，发掘一下，指出值得注意的地方，对照西洋方法与精神推求”。读者如能取资参证，自能增进对其治学祈向的深入了解，恰可弥补译文囿于体例而无法详述所导致的缺憾。

对徐复观所作的诸多注疏诠释，杨牧也旁搜远绍而务求确解。为了精密贴切地表达自己的意旨，徐氏往往不愿蹈袭成规而别铸新词。对《文赋》在小序中所说的“余每观才士之作，窃有以得其用心”，他就注明“此两句言常由才士之作品，而可以得到他写此作品时心理活动的历程，亦即所谓‘追体验’”，所谓“追体验”就是典型的例证。如果不熟悉其特殊的用语习惯，难免茫然不知所云。杨牧对此详作考察，提示说：“‘追体验’之理论基础不详；惟徐先生曾在《环绕李义山（商隐）〈锦瑟〉诗的诸问题》中使用过这个术语。”接着不惮其烦地引述文中相关片段，阐明其内涵是“读者与作者，在立体世界中的距离，不断地在缩小，最后可能站在与作者相同的水平、相同的情境，以创作此诗时的心来读它”，以供读者参酌。此文收入徐氏所撰《中国文学论集》（学生书局，1965年），正文前另有题记，略叙其撰述因缘，源于1963年他应邀在东海大学中文系所做的一场学术报告。杨牧当时正在东海就读，与徐复观过从频密，想必也曾至现场亲聆謦欬。而自此以后，“追体验”便成为徐复观极为看重的治学方法，在不少论著中都有所述及。在《中国文学论集续篇》（学生书局，1981年）的《自序》里，他还对此有过提纲挈领式的总结，直言考察文学、艺术除了运用一般治思想史的方法以外，“还要以‘追体验’来进入形象的世界，进入感情的世界，以与作者的精神相往来”。经过杨牧这番悉心追索，读者对这个语焉未详的术语便能略窥一斑。

徐复观在注疏中还有一些兴之所至却点到即止的评论，如在分析“立片言而居要，乃一篇之警策”时，他断定这是指“纲领性的片言，必使其居于一篇中紧要之地，乃可发挥警策全篇的作用”，由此批评“陆氏在这里说得很有点近于含混”，遂结合相关理论研讨和创作实践，旁征博引予以详尽阐说。可在最后总结时，他突然提到“在西方现代文学中，有更多的发展研究”，带过一笔之后便戛然而止。这段疏释的要旨又见于他此前所撰的《中国文学欣赏的一个基点》（收入《中国文学论集》），但其中也没有提供任何可供追寻覆按的线索。杨牧于此仍然丝毫不敢怠慢，尽管坦言徐氏所云“不知何指”，还是勉力体会揣摩，认为“也许这其中包括了艾略特（T.S.Eliot）之论‘相关客体’（objective correlatives），姑附此存疑”。杨牧曾嘲讽过“我们有许多看不懂艾略特原文又拼命崇拜艾略特的批评家”(《纪念朱桥》，收入《杨牧自选集》)，他本人对这位二十世纪英语世界里最重要的诗人和批评家当然不会陌生，早年还曾尝试“写了一首近两百行的‘挽歌’，大量使用李义山诗谜的技巧，拿来和艾略特等现代西方诗人的意象互相交织”（《动乱风云，人文激荡——敬悼徐复观先生》），并得到过徐复观的欣赏和推荐。“相关客体”说出自艾略特评论莎剧的名篇《哈姆雷特》，主张“用艺术形式表现情感的唯一方法是寻找一个‘客观对应物’；换句话说，是用一系列实物、场景，一连串事件来表现某种特定的情感，要做到最终形式必然是感觉经验的外部事实一旦出现，便能立刻唤起那种情感”（据王恩衷译文，收入陆建德主编《艾略特文集·传统与个人才能》，上海译文出版社，2012年）。尽管他在推测时态度极为审慎，并未遽作断语，但对读者寻绎徐氏的意旨恐怕还是不无启发的。

陈、徐两位对《文赋》的理解其实多有出入，杨牧在比勘参证的过程中也坦率直陈，毫无避忌。如围绕“收百世之阙文，采千载之遗韵”两句，他便对两家意见详加辨析，认为“译文以两句合读，保存了原文的多义性”，“注疏间接从亭林之说，并不可取”，“译文于繁琐中扣紧了原意，注疏则逸出轨道”，甚至“不免越考越远”，“引起吾人理解的障碍”，陈译显然优于徐疏。针对后文“亮功多而累寡，故取足而不易”，他又对双方理解进行了翔实考较，指出“陈先生未译‘亮’字，而以‘轻易’解‘累寡’；徐先生引《文心雕龙·附会》篇‘无棼丝之乱’，更较接近文义及李善注‘累’之意，陆机拙涩之原文亦得以朗显”，徐疏无疑更胜一筹。遇到诸如此类的情况，他并不做简单的是非评判，而是追根溯源，努力推寻某一方致误的缘由所在，故措词虽有时不免严峻，但还是秉持公心而绝无偏私，完全能够以理服人。

由于考察视角各有侧重，陈、徐两位的某些分歧，小到字句训释，大至篇章主旨，一时也很难判定孰是孰非，杨牧对此多持包容弥合的态度。如陆机将“伫中区以玄览”视为激发创作冲动的缘由之一，陈氏译文作“Erect in the Central Realm the poet views the expanse of the whole universe”；徐氏疏解则根据唐人李善注而再做引申，认为“伫中区”包含两层意蕴，“一是站在时代活动的中心来玄览此一时代”，“也可作不偏不倚的客观态度来‘玄览’自身所处的时代”。杨氏对此评判说，“疏守中国传统所限定于文学的固定位置，载道，反映时代，并且直接迅速地参与历史社会；译则扩大文学超然的精神以及无限的潜在本质”，“疏译合观，去文学发动的真理不远”。认为两者所言虽殊，但也并行不悖。《文赋》还以相当长的篇幅缕述创作中出现的各种弊病，杨牧首先揭示陈、徐两位在理解上的歧异，“陈先生认为此强调作者执笔时遭遇五弊之所自来，徐先生则指出是不同文体（如隐逸诗、玄言诗、情诗）之利害所由”；

随后推求双方立论的依据，“陈先生所见乃是一作者写作过程中的犹疑去留，甘苦自觉的经验；徐先生以士衡为放眼文苑检讨翰林的批评家”；最后再予以折衷调和，“前者偏重理论经验，后者强调实际观摩。以《文赋》自序度之，二说均可成立”，可见两说并不龃龉矛盾，实可相辅相成。读者若也能兼收博采而融会贯通，对这篇被前人誉为“博洽玄微，周详委曲”（邹思明《文选尤》）的赋作，势必会有更丰富更深永的领会。

对陈、徐两位的意见都不甚认可时，杨牧也时常直抒己见并另树新意，大有当仁不让的气势。如《文赋》自“诗缘情而绮靡”以下罗列过十种文体的风格特征，最后一项“说炜晔而谲诳”颇遭后世非议。刘勰在《文心雕龙·论说》里认为，“自非谲敌，则唯忠与信，披肝胆以献主，飞文敏以济辞，此说之本也”，强调“说”体立意应该正当确切，除了欺骗敌人以外，对主上必须披肝沥胆，讲求忠诚信实。他由此对《文赋》的界定大惑不解，质疑“陆氏直称说炜晔以谲诳，何哉？”今人许文雨在《文论讲疏》（正中书局，1937年）里率先指出，“刘勰独持忠信以肝胆献主之义反驳陆说，不知陆氏乃述战国纵横家游说之旨也”，认为陆机是以战国纵横家的游说之词作为立论的张本。徐复观的注疏即承袭此说，以为“陆机此言，系以《战国策》纵横之士的游说为背景”。陈世骧的译文则作“The Argument（shuo） with glowing words and cunning parables persuades”，按照杨牧的理解体会，“陈先生译文于字面上强调纵横家游说之旨，间接为陆机回答刘勰的疑问”，意见和徐氏并无不同。不过刘勰在《论说》篇上文已提及“战国争雄，辨士云涌。从横参谋，长短角势”，对其发展源流绝非懵然无知，各家的批评回应似乎并不足以令人信服。杨牧对此则有更深入详悉的考辨，认为刘勰的责难“并不合文学表现和归旨的道理；表现技巧炜晔而谲诳，归旨仍然可以忠信为本；前者为文章的外在结构和面貌，归旨为文章‘完成的内容’（achieved content）所决定”。陆机所谓的“谲诳”本着眼于表现技巧，刘勰却以归趋主旨视之，才产生这样的误解。杨牧还以《诗经》中描写男女欢爱的作品为例进一步引申发挥，指出这类作品“在表现技巧上大胆露骨，归旨也公然强调男女野合的逸乐，但因为辞藻和意理结合得密切整齐，其‘完成的内容’乃升高了诗的艺术层次，注入诗艺的精神世界，甚至可以超越作品本身所流露的肉体的逸乐，提供一种崇高的教诲作用或喜悦（aut prodesse aut delectare）”。杨牧对《诗经》深造有得，在《钟与鼓——〈诗经〉的套语及其创作方式》（谢谦译，四川人民出版社，1990 年）第五章《结论》里曾有总结陈词：“一个研究古代诗歌的现代学者可以不用注意诗歌技巧而去体验古代诗人的经验感受，但他却不能以同样的方式去体验古人的诗歌——‘已经完成的内容’。”同样将“诗歌技巧”与“完成的内容”明确区分开来，与《校释》所论恰可相互印证。这些分析阐发不仅有助于揭示陆机、刘勰意见相左的症结所在，对于理解文学创作和批评中的复杂矛盾现象也同样深具启示。

陈世骧在翻译中不时融注个人的文学体验和研究心得，耳濡目染且承其衣钵的杨牧也同样如此。在诠释“暨音声之迭代”一句时，他认为“迭代之音声则不但悦耳，也控制了根本的气势”，随即宕开一笔，颇有些突兀地说起，“反观七十年来的新诗运动，纵使规律化之呼声不断，以其实际精神求之，无非是对于天籁自然的再认与追求，主张依恃natural candence写作，虽不必以口语为准，但于音声迭代及荡宕之间，用心不可谓不苦”，更近而要求“今日习现代诗而关切音声偕调的作者，宜多读齐梁以前的文学，揣摩体会，或能得之”。杨牧从中学时代即开始发表新诗，二十岁时就出版了第一本诗集《水之湄》（明华书局，1960年），此后相继又有《花季》（明华书局，1963年）、《灯船》（文星书店，1966年）、《非渡集》（仙人掌出版社，1969年）、《传说》（志文出版社，1971年）、《瓶中稿》（志文出版社，1975年）、《北斗行》（洪范书店，1978年）、《禁忌的游戏》（洪范书店，1980年）、《海岸七叠》（洪范书店，1980年）等多部诗集问世。所以这番议论看似离题万里，不着边际，其实和他多年来的新诗创作经验密切相关，大有现身说法、夫子自道的意味。

杨牧赴美后入加州大学伯克利分校比较文学系，在陈世骧的指导下攻读博士学位。数年间“除了跟他读《诗》、《骚》、《文心雕龙》、唐诗以外，并在他的鼓励和批准下继续研究中世纪英国文学”，“互相印证两种文化背景和美学标准下的产物，追求先民在启齿发言刹那间，必然流露的共通性”（杨牧《柏克莱——怀念陈世骧先生》）。他的博士学位论文 *The Bell and the Drum:Shih Ching as Formulaic Poetry in an Oral Traditon*，就借鉴了西方现代诗歌批评方法，依托套语（formulas）理论来分析《诗经》。经历了这样的专业训练和学术积累，对他继续研读《文赋》也产生了直接影响。《校释》最初发表在1984年台湾大学文学院编印的《文史哲》第三十二期上，前言里明确宣称要“斟酌中西文学批评的重要观念”。在具体评释中有时还只是略引端绪而未遑深究，如讨论“悲落叶于劲秋，喜柔条于芳春”时，他提到“陆机以春秋二季概例四时的永恒迭代，为中国古典修辞学特征”，“与英诗之标示夏冬交流适为相反”；在阐说“情曈昽而弥鲜，物昭晰而互进”时，他认为这是说“情志鲜明，则物象自动地、有秩序地互为援引而呈现，犹英诗解析法之所谓 imagistic development”，这些发现显然与他对英诗创作及批评的熟悉密不可分。有时他更是触类旁通而下笔不休，在评说“若夫应感之会、通塞之纪”一段时，就和西方的“灵感”观念相互比较，洋洋洒洒有过大段讨论。首先指出“英文灵感一词之意义源远流长，可以推回到古希腊的典籍”，并强调“西方诗人往往在作品开端祈求神灵天使扶持感动，如荷马、但丁和米尔顿之史诗”，接着如数家珍般列举历代诗论予以印证，“如弼德（Bede）之记芥蒙（Caedmon）发言为诗，薄伽修（Boccaccio）之论诗之起源，乃至于英国文艺复兴时代才子，如席德尼（Sir Philip Sydney）《诗辩》（*Defence of Poetry*）、培根（Sir Francis Bacon）《进学》（*Advancement of Learning*）、江森（Ben Jonson）《发微》（*Discoveries*）等都强调诗人有待灵感之策动”，最后又述论“十九世纪以降之心理学家则主张灵感是诗人内心劳碌营求的结果”，只不过“言之凿凿，事实上并未能真正解答这个问题”，几乎就是一篇要言不烦的“灵感”观念史。其行文间又穿插着对徐复观意见的回应，显得尤为生动波俏。徐氏认为若能从生理、心理、学力方面三管齐下，就可以“从根本上解决了陆氏所提出的问题”。杨牧对此则大唱反调，“我们知道即使勠力如此，天机灵感之神秘性仍然存在，问题并未解决”。虽然充分肯定老师的设想“阖合西方心理学者之尝试”，可在他看来，最终大概还是“在彼如何，在此亦然”，竟然谑而不虐地拿老师开起了玩笑。

《校释》最初于《文史哲》上发表时，杨牧在前言中交代，筹备过程中曾“参考唐代以降至当代人所撰各种注疏”；全文经修订正式出版之际，《自序》里又再次宣称，“多采前贤时彦之说”。除了陈世骧、徐复观以外，书中明确参考过的今人著述，约有程会昌《文论要诠》、许文雨《文论讲疏》、郭绍虞《中国历代文论选》、瞿兑之《汉魏六朝赋选》、钱锺书《管锥编》等。最值得注意的是他对钱锺书《管锥编》（中华书局，1979年）的批评，竟称“钱氏评《文赋》，极尽割裂粉碎之能事，其引据经典虽广，行文之间伦类十分可疑，即片段解析偶有可采之说，于《文赋》全篇意义之显现，并无重要发明”，甚至指摘“其言杰格撷搽，恃才使气，虽有所见，亦难逃井蛙之讥”，措词极其刻薄酷虐。若与其诸多师长对钱氏的推重仰慕相较，他的非议责难就更显得离奇出格。夏志清在《悼念陈世骧——并试论其治学之成就》里曾将年纪相仿且治学经历也相似的陈、钱二人相提并论，称道钱锺书“博闻强记”，“治西洋文学造诣特高”，“致力于中国旧诗的研究”，此文后来即被用作杨牧编辑的《陈世骧文存》的序言之一。徐复观则托人将其《疏释初稿》转呈钱锺书，钱在回信中推许其“注则训诂精博，疏则解析明通”，还称自己“独学无友，闭门造车，而竟不孤有邻，出门合辙，又窃以自壮也”，以致徐复观在将此文修订收入《中国文学论集续篇》时，又附缀数语略述此事始末，感慨“钱先生以风骨及宏博为国内外推重，其谦冲若此。惜无缘相识，又地隔山河，不能多多请教也”。对这些评赞，杨牧肯定不会陌生，何以置若罔闻而独行其是呢？

如果效法杨牧对陈世骧、徐复观所作的考较，对他本人的评释也做一番梳理覆核，就会令人惊异地发现，虽然他对钱锺书多有苛责，但或明或暗地依然因袭了《管锥编》中的大量意见。有些地方明确表示参考过钱氏之论。如赋云“立片言而居要，乃一篇之警策”，唐人李善《文选注》在训释“警策”时说这是“以文喻马也”，“若策驰”；清人俞正燮《癸巳存稿》则认为“策乃篇本编册也”，并非李善所说的鞭策。《管锥编》就此批评道，“果若俞说，‘策’为‘策书’，则‘策’即‘册’，‘警’即‘居要’之‘片言’，是‘一篇’短于一册而一册才著‘片言’也”，指出俞氏所言自相矛盾而不能自洽；接着又引录相关文献以资佐证，“贾谊《过秦论》：‘振长策而御宇内。’李善注亦曰：‘以马喻也。’一世之主‘振策’犹夫一篇之主‘警策’”，可见李善之说证据确凿而足资采信；最后还申说陆机所述“警策”与后世所言“警句”有别，“警句得以有句无章，而《文赋》之‘警策’，则章句相得始彰之‘片言’耳”，不能将两者混为一谈。稍稍比对一下杨牧所作的评释，“警策为马箠之说，亦见于李善注贾谊《过秦论》（‘振长策而御宇内’，以马喻也），俞樾《癸巳存稿》斥之，并以‘策’为‘册’，可谓蚍蜉撼大树”，“钱氏力排曲园之谬，并分别‘警策’与‘警句’不同，其体会不可谓不深”，无论观点还是理据，都显然承袭自钱锺书。更有意思的是《管锥编》引述《癸巳存稿》时并未注明作者，后文也仅以“俞说”

代之，而杨牧在匆忙之际未及检核，居然张冠李戴地将作者误为俞樾。有时《校释》虽然并未明言，其实也因循蹈袭了钱锺书的意见。如针对“选义按部，考辞就班”两句，《管锥编》有按语称，“侯方域《壮悔堂文集》卷三《与任王谷论文书》：‘六朝选体之文最不可恃，士虽多而将嚣，或进或止，不按部伍。’侯氏少年习为俪偶，过来人故知个中患弊。机赋此语正防患对症而发”。杨牧的评释则说，“‘部’虽泛指部位，更指谋篇的规则，即侯方域《与任王谷论文书》所批评的六朝文人‘或进或止，不按部伍’之谓‘部’，乃是俪偶时代为文的特殊要求”，想来也参酌过钱氏之论而未能及时注明。类似的情况并不鲜见。赋中有“或虎变而兽扰，或龙见而鸟澜”两句，历来聚讼纷纭。钱锺书批评李善注“碎义逃难，全不顺理达旨”，对此另作诠释串讲：“主意已得，陪宾衬托，安排井井，章节不紊，如猛虎一啸，则百兽帖服；‘妥帖易施’，即‘兽扰’之遮诠也。新意忽萌，一波起而万波随，一发牵而全身动，如龙腾海立，则鸥鸟惊翔；‘岨峿不安’，亦即‘鸟澜’之遮诠矣。”杨牧在评释中介绍陈氏的译文“训诂全部来自李善，顺势加以整理”，“徐先生主张‘鸟澜’从朱骏声改读为‘鱼连’”，而自己的看法和陈、徐均有不同，这两句应该是说“一虎现形，群兽驯服，犹下文‘妥帖而易失’；一龙现形，众鸟惊飞涣散，犹‘岨峿而不安’是也”，所释即撮述钱说而成，显然也渊源有自，绝非戛戛独造。

既然屡屡借鉴倚重《管锥编》，杨牧为什么还要对钱锺书如此严词厉色，不免令人在深觉荒唐无稽之余更感到费解好奇。钱锺书在评说《文赋》时有一段不经意的议论："迩来《文赋》，译为西语，彼土论师，亦颇征引。然迻译者蒙昧无知，遂使引用者附会无稽，一则盲人瞎马，一则阳焰空花，于此篇既无足借重，复勿堪借明也。"尽管注释中所举出的例证并非陈世骧的译本，可难保说者无心而听者有意，无形之中兴许就令杨牧先入为主产生了误会。他在《动乱风云，人文激荡——敬悼徐复观先生》中就回忆道，病榻上的徐复观和自己聊起"钱锺书最近为文谈到美国有人译《文赋》为英文，而根据钱的看法，译本颇有问题，甚至英文也不佳云云"，他听闻以后的直接反应便是"无论如何我还是敢断定陈先生对于《文赋》的理解一定高过钱锺书"，"陈先生的英文比钱锺书写得典雅漂亮，可见钱之所指当非陈先生的译本"。尽管如此，大概仍不免心存芥蒂，以致他总要借机为乃师出头争胜，在评释译文时三番两次都要强调"多年后钱锺书亦持此说"，或挑明"钱锺书（《管锥编》一三八）之说近之"，以争夺发明权的归属。其实陈、钱两位一译一释，旨趣各异而体式不同，稍事比勘即不言自明。陈氏译本起初流传也并不广泛，以致数年后就改头换面，易名为 *Lu Chi:Essays on Litureture*，内容也删繁就简，在美国重新付梓（Portland:Anthoensen Press, 1953）。以当时的政治形势推断，钱锺书也不可能有机会披览陈译，所以即使某些观点与其相近，也绝非故意攘善掠美，而正如钱在回复徐复观时所说的那样，只是闭门造车而出门合辙罢了。对此耿耿于怀，甚而作意气之争，似乎大可不必。

不过相形之下更重要的原因，恐怕还是双方对《文赋》根本价值的判定相去极为悬殊。钱锺书欣赏《文赋》，乃在其“于‘作’之‘用心’、‘属文’之‘情’，其惨淡经营、心手乖合之况，言之亲切微至，不愧先觉，后来亦无以远过”，故以“作文”为焦点，着力于阐幽抉微。反观陈世骧、徐复观和杨牧师弟三人，却并非如此。陈世骧最初别出心裁地为自己的译本题名为 *Literature as Light Against Darkness*，是想藉此“主张人类须释放心灵，并盈注光明，以对抗外在的黑暗”（《以光明对抗黑暗：〈文赋〉英译叙文》）。他甚至认为陆机创作《文赋》是在深陷荒谬绝境时的一种自我救赎方式，“救赎来自他对人类潜能的极限具有不可屈挠的信念，这信念即使一时受挫于眼前的俗务，在一心一意的奉献与追求中也能实现”，最终可以“证明不朽乃是人力所能企及的”。正因为他赋予《文赋》更多形而上的附加值，所以尽管此后还有其他英译本问世，且在旁人看来“译笔实在分不出高低”（夏志清《悼念陈世骧——并试论其治学之成就》），可他却明确予以否认，“惟其精神和风貌，容我指出，与拙译实不相同”（《以光明对抗黑暗：〈文赋〉英译叙文》）。与陈世骧不谋而合，徐复观也并不单纯从文学的角度来审视《文赋》，而是屡屡借机陈说，“作者个人创作源泉的深浅，可以说是决定于他的心灵、脉搏，能与他所处的时代相通感的深浅的”，“断乎没有与时代隔绝而可以成为成功的作者的”，并最终升华提炼道，“中国文学传统，不孤立地看文章的功用、价值，而常系弥纶整个人生活动之所及以为言”。杨牧在考校评释之际，既着重表彰陈世骧“倡言文学为黑暗中灼燿升华之光明，其认识之深，体会之痛，不言可喻”，又竭力推许徐复观“试图提高陆机《文赋》的时代意义，将它与当时的文学风气和艺术问题连接起来，主张陆机具有落实的文学史观，而《文赋》初非一篇泛论文学原理的著作而已”，对两位恩师的心魂所系，毫无疑问是了然于胸且拳拳服膺的。他指摘钱锺书“片段解析偶有可采之说，于《文赋》全篇意义之显现，并无重要发明”，并“断定陈先生对于《文赋》的理解一定高过钱锺书”，当即着眼于此。所以在《校释》即将完稿时，他趁势接过徐复观的话头，郑重指出“‘弥纶整个人生活动之所及以为言’其实也是西方文学传统看文章功用价值的精髓骨干”，而且纵观西方文学史的递嬗迁变，“不难看到历代都有为诗辩护之作，睿智博学之士每发慷慨反击之声，批判社会俗辈对于文学艺术之误解，并藉机重申文章的功用价值”，然而出人意料的是在中国文学传统里，除了陆机这篇难能可贵的《文赋》，“这种竭力的自卫可谓绝无仅有”。他为此深感痛惜遗憾，终至大声疾呼：“惟其诗人不孤立地看文章的功用价值，欲以之弥纶整个人生活动之所及，诗便不仅是为了温柔敦厚的教养一端而已。诗须拔脱浮俗，教诲时代，须为生民立命，开往继绝。诗须超越而介入，高蹈而参与。诗是赞颂，也是质问，诘难，批判的一种手段。”杨牧对陆机的推重和阐发是否确切，对钱锺书的偏见和嘲讽是否恰当，容或都可以做进一步的商榷研讨，不过他本人对诗人职责的坚守倒确实是始终不渝的，正如多年后在《诗关涉与翻译问题》（收入《隐喻与实现》，洪范书店，2001 年）一文中所重申的那样，“诗人志在继承和延续，首先便须能面对他的时代文化，判别虚实，区分优劣，惟恐和他的时代产生隔阂。当然，我们也看出来真正的诗人往往是对当代文化不以为然，亟思以自己的创作针砭，矫正之”。读来掷地有声而风骨宛然，让人不由感叹：诗人已逝，诗人不朽！

原载 2020 年 5 月 4 日《澎湃新闻 · 上海书评》

唐写本《文心雕龙》残卷的披露、传播和疑云

南朝齐梁时期的文学批评家刘勰撰有《文心雕龙》一书，因其“体大虑周”“笼罩群言”（章学诚《文史通义·诗话》）而在历代诗文评著作中影响深远。然而由于时代邈远，文字多有讹误脱衍，虽经明清以来诸多学者辨析勘订，仍因载籍阙略无征而尚存大量待发之覆。1900年在敦煌莫高窟意外发现了大批古代写本和印本文献，为传统文史研究开拓新境提供了极佳的契机，诚如陈寅恪在《陈垣〈敦煌劫余录〉序》（收入《金明馆丛稿二编》，上海古籍出版社，1980年）中所言，“一时代之学术，必有其新材料与新问题。取用此材料，以研求问题，则为此时代学术之新潮流。治学之士，得预于此潮流者，谓之预流。其未得预者，谓之未入流。此古今学术史之通义，非彼闭门造车之徒，所能同喻者也。敦煌学者，今日世界学术之新潮流也”。在这批敦煌文献中恰好有一份唐人用草书抄录的《文心雕龙》，尽管只残存自第一篇《原道》篇末赞语至第十五篇《谐讔》篇标题，篇幅仅及原书五十篇的四分之一左右，但也弥足珍贵。可惜这份残卷不久就被匈牙利裔考古学家斯坦因（Stein）携至英国，随后又入藏大英博物馆，编号为S.5478。普通人自然无缘得见，更难以从容考校。

率先对此残卷进行研究的是日本汉学家铃木虎雄，他根据另一位汉学家内藤湖南提供的残卷照片，着手撰写《敦煌本〈文心雕龙〉校勘记》（载《内藤博士還曆祝賀支那學論叢》，弘文堂，1926年）。他强调唐写本之所以可贵，不仅在于它是现存《文心雕龙》中最古老的版本，更重要的是和通行本相较存在大量异文，令人读罢顿生“原来如此”的感慨。全文共分三部分：第一部分“校勘记前言”，简要说明残卷的基本情况和自己的校勘原则；第二部分“敦煌本《文心雕龙》原文”，对残卷内容加以辨识写定；第三部分“敦煌本《文心雕龙》校勘记”，则将残卷与宋人编纂《太平御览》时所引《文心雕龙》片段以及清人黄叔琳《文心雕龙辑注》加以比对，逐一胪列其异同。他在数年后又撰写了《黄叔琳本〈文心雕龙〉校勘记》（载1928年《支那學研究》第一卷，中译本载范文澜《文心雕龙注》，人民文学出版社，1958年），提到自己先前“既有校勘记之作，今之所引，止其若干条耳。余所称敦本者，即此书也”，再次采摭唐写本的部分内容来勘订黄注本的疏漏。

几乎就在同一时间，中国学者赵万里也发表了《唐写本〈文心雕龙〉残卷校记》（载1926年《清华学报》第三卷第一期），同样认为“据以迻校嘉靖本，其胜处殆不可胜数，又与《太平御览》所引及黄注本所改辄合，而黄本妄订臆改之处亦得据以取正。彦和一书传诵于人世者殆遍，然未有如此卷之完善者也”，充分肯定了残卷的文献校勘价值。他在题记中还撮述了自己的校订经过："去年冬，余既假友人容君校本临写一过，以其有遗漏也，复假原影片重勘之，其见于《御览》者亦附著焉。"虽然语焉不详，没有具体说明照片的来源，但显然与铃木虎雄并不相同，也并不了解铃木对此已有研究。

这两位学者对唐写本的研究逐渐引起中日学界的广泛重视，众多学人纷纷予以参考引录。在无锡国学专修学校任教的叶长青，曾将授课讲义整理成《文心雕龙杂记》（福州铺前顶程厝衕叶宅，1933年）。书前冠有黄翼云所撰序言，盛赞叶氏能"取敦煌古本正今本刘著之舛误"。可逐一覆按书中提到的唐写本内容，其实都迻录自赵万里的校记。铃木虎雄的弟子斯波六郎在1953年至1958年间陆续发表《〈文心雕龙〉札记》（载《支那學研究》第10、12、15、19卷，中译本载王元化编选《日本研究〈文心雕龙〉论文集》，齐鲁书社，1983年），引录过老师的不少意见，并加以引申阐发。范文澜早年撰著《文心雕龙讲疏》（新懋印书局，1925年）时还不知道有这份残卷，随后将此书删订增补为《文心雕龙注》（人民文学出版社，1958年），在《例言》里就明确交代参考过"铃木虎雄先生校勘记，及友人赵君万里校唐人残写本"。刘永济的《文心雕龙校释》（中华书局，1962年）在《前言》中也提起："海外有唐写残卷，原出鸣沙石室。我曾取国人录回之文字异同，校《太平御览》所引，同者十之七八。"同样非常倚重赵万里的校订成果。甚至在王重民编纂的《敦煌古籍叙录》（商务印书馆，1958年）中，在《文心雕龙》条目下也直接引录赵万里的题记以供读者参考。

然而由于铃木虎雄和赵万里依据的残卷照片来源有异，双方所持的校勘标准也不尽相同，因此两人考订所得也就多有出入。如残卷中《原道》篇赞语仅存十三字，铃木共校出三处异文，赵氏则阙而未论；而像《宗经》篇“其书言经”句，赵氏指出唐写本“言”字作“曰”，又称《太平御览》所引“与唐本正合”，可铃木对此却只字未提。此外，因为唐写本字体潦草，照片质量想必也不高，许多地方并不容易辨认，两人偶有疏漏也在所难免。专注于《文心雕龙》研究的户田浩晓在 1958 年征得大英博物馆的同意，取得一份新的缩微胶片，经过仔细比勘覆核，撰有《作为校勘资料的〈文心雕龙〉敦煌本》（载 1968 年《立正大学教养部纪要》第二号，中译本收入《文心雕龙研究》，曹旭译，上海古籍出版社，1992 年），就直言不讳地指出铃木的工作“‘校’详而‘勘’疏”，只是列异同，并未定是非，而且“校勘记中未曾言及的地方还很多”，需要再做全面的考察。当然，绝大部分学者都不可能拥有如此优越的研究条件，得以直接利用残卷的缩微胶片，而只能通过铃木虎雄或赵万里的校勘成果，或是想方设法寻求其他途径，去间接了解残卷的相关信息。杨明照在《文心雕龙校注》（古典文学出版社，1958 年）中就深为感慨：“敦煌莫高窟旧物，不幸被匈牙利人斯坦因盗去，今藏英国伦敦博物馆之东方图书室。……实今存《文心》之最古本也。原本既不可见，景片亦未入观，爰就沈兼士先生所藏晒蓝本迻录，比对诸本，胜处颇多。吉光片羽，确属可珍。惜为帝国主义掠夺，不得一睹原迹为恨耳！”由此造成的缺憾自是不言而喻。

日本东洋文库所设的敦煌文献研究联络委员会在1953年选派专门人员远赴英伦，协助大英博物馆整理馆藏敦煌文献。任教于香港大学的饶宗颐此时正在竭力搜集敦煌资料，闻讯后当然绝不愿错失良机。他事后回忆道：“往岁英国博物馆得东洋文库榎一雄、山本达郎两先生之助，将所藏斯坦因取去之敦煌写卷全部摄成显微胶卷。时郑德坤教授在剑桥，为余购得一套，得于暇时纵观浏览。是为余浸淫于敦煌学之始。”（《〈法京所藏敦煌群及书法题记〉序》，《饶宗颐二十世纪学术文集》第八卷《敦煌学（下）》，新文丰出版公司，2003年）在随后进行的研究中，他也注意到了这份唐写本《文心雕龙》。在《敦煌写卷之书法》（载1959年《东方文化》第五卷第一期，收入《书学丛论》，《饶宗颐二十世纪学术文集》第十三卷《艺术》，新文丰出版公司，2003年）一文中，他扼要评述了残卷的书写特点，认为“虽无钩锁连环之奇，而有风行雨散之致，可与日本皇室所藏相传为贺知章草书《孝经》相媲美”。数年之后，由饶宗颐主编的香港大学中文学会年刊《文心雕龙研究专号》（香港大学中文系，1962年）出版，书中收录了他撰写的《文心雕龙探原》《刘勰以前及其同时之文论佚书考》《刘勰文艺思想与佛教》《文心雕龙集释·原道第一》等多篇论文，书后还附有唐写本《文心雕龙》残卷的影印件以及他为此撰写的说明。台湾明伦出版社在 1971 年又翻印过这本《文心雕龙研究专号》，使残卷照片得到更广泛的传播。饶宗颐后来编订个人论文集《文辙》（学生书局，1991 年），将这份影印说明也收入其中，并增加了一段后记，由此改题为《敦煌唐写本〈文心雕龙〉景本跋及后记》。他在后记中忆及此事，自诩“拙作实为唐本首次景印公诸于世之本，于《文心》唐本流传研究虽不敢居为首功，然亦不容抹杀”。仔细梳理唐写本在此后的流传过程，他确实有着当之无愧的首创之功。

在为影印件撰写说明时，饶宗颐也认同前人的判断，认为唐写本文字“颇多胜义”，“较旧本为优”，可同时又发现其中颇有蹊跷。在铃木虎雄和赵万里的校勘记中，都明确提到残卷中完整保留着自《征圣》迄《杂文》共计十三篇的内容，但在他得到的这份缩微胶片中，从《征圣》篇下半部分到紧随其后的《宗经》篇上半部分却出现了大段阙漏。他由此推测，“岂此显微影本，由第一页至第二页中间摄影时有夺漏耶？”只是因为还没有亲自勘验过写本原件，这个疑问只能暂时搁置不论。

饶宗颐在 1964 年又赴法国研究敦煌经卷，顺道转至大英博物馆检核这份唐写本残卷。蓄疑已久的谜题终于解开，确实是东洋文库的工作人员在拍摄时大意疏忽，遗漏了一整页内容。饶氏还没来得及撰文说明相关情况，就发现“日本户田浩晓先生关心于此，特著文讨论”（《敦煌唐写本〈文心雕龙〉景本跋及后记》），也就是那篇《作为校勘资料的〈文心雕龙〉敦煌本》。户田在1958年得到英方授权而获取的胶片，同样是由东洋文库负责拍摄的，他对其中的文字阙漏也困惑不解。他注意到饶宗颐为残卷影印本所写的说明，在论文中说起“饶氏的这一推断是正确的。我也很早就注意到这一问题，遂于1961年再次向大英博物馆寻求援助，并得到了完整无缺的胶卷”。既然日本学者已经发现症结所在，并圆满地解决了问题，饶氏当然也就毋庸赘言了。

东洋文库所摄缩微胶片内容阙漏的原因虽然已经查明，但饶宗颐据此刊布的影印件终究并非完璧，还是让人感到未惬于心。好在没过多久，香港中文大学新亚研究所的潘重规整理出版《唐写〈文心雕龙〉残本合校》（新亚研究所，1970年），不仅“综合诸家之说，亲就原卷覆校，附以己见”，提供了一个全新的汇校本，而且还将自己早年访书英伦时拍摄的“中无脱漏”的残卷照片“复印附后，俾读者得自检核，而知有所别择也”，唐写本《文心雕龙》残卷的照片至此才得以完整示人。而后陈新雄、于大成主编的《文心雕龙论文集》（文光出版社，1975年）又转载了潘氏的合校本，尽管并未同时附上残卷照片，但也为有兴趣的读者提供了重要线索。

饶、潘两位先后公布的唐写本影印件都在港台地区出版，大陆众多学者根本无法寓目，依然颇有遗憾。复旦大学在1984年主办中日学者《文心雕龙》研讨会，筹备期间曾委托上海古籍出版社影印上海图书馆所藏元至正刻本《文心雕龙》。原来还计划同时附印唐写本残卷，以便学者参考利用，可当时北京图书馆（即今国家图书馆）虽藏有这份缩微胶片，却正是由东洋文库拍摄的那种，内容原本就有阙漏，加之保存不善，以致文字漫漶，难以辨识，因此最终只能作罢。会议召开期间，时任中国《文心雕龙》学会副会长的王元化与日方代表户田浩晓顺便谈及此事。户田返回日本后，立即将北图所藏胶片中脱漏的那一页复印件寄来。数年之后，王元化又得到了潘重规的《唐写〈文心雕龙〉残本合校》。他随即委托友人专程赴大英博物馆，再次摄取原件的缩微胶片，以便详细比勘。经过数年的搜集积累，有关唐写本残卷的文献资料已经颇为齐备了，而王元化“不敢自秘，遂请托林其锬、陈凤金贤伉俪整理出版，以供学人研究之用”（王元化《〈敦煌遗书文心雕龙残卷集校〉序》，载林其锬、陈凤金《敦煌遗书文心雕龙残卷集校》，上海书店，1991年）。林、陈两位的整理成果最先发表于《中华文史论丛》1988年第一期（上海古籍出版社，1988年）。随后经过修订补充，加上《宋本〈太平御览〉引〈文心雕龙〉辑校》，并附上所有图片，由上海书店于1991年正式出版。美中不足的是这些图版资料，尤其是唐写本照片的印制效果相当糟糕，只能算是聊胜于无。所幸中国《文心雕龙》学会和全国高校古籍整理委员会此后在王元化的积极建议下，合作编纂《〈文心雕龙〉资料丛书》（学苑出版社，2004年），将包括唐写本在内的历代重要版本汇为一编，颇便学者取资。而林其锬、陈凤金两位更是精益求精，在多年后又推出《增订〈文心雕龙〉集校合编》（华东师范大学出版社，2011年），不仅校勘内容更为细密精审，所附图版资料也经过修复处理，较诸饶宗颐、潘重规先前公布的照片更为清晰，研究者们终于可以充分利用这份唐写本残卷了。

不过，围绕着唐写本残卷，还有些疑云有待廓清。潘重规在《唐写〈文心雕龙〉残本合校》中介绍各家的校勘成果，最后总结道："上来诸家，或未见原卷，或据影本而中有脱漏，且有见所据参差，因疑敦煌原卷或有异本者。"饶宗颐注意到这番议论，特意指出："惟潘君称有人致疑别有敦煌异本，则殊易引起误会——因《文心》敦煌草书写本仅有Stein五四七八此册而已，实别无它卷也。"（《敦煌唐写本〈文心雕龙〉景本跋及后记》）认为这种怀疑缺乏依据，根本没有必要。可是，除了大英博物馆所收藏的那份残卷，是否还另有其他唐写本《文心雕龙》留存世间，确实很容易令人遐想——甚至可以说是期待。

有些揣测当然纯属误会，比如王利器在《文心雕龙校证》（上海古籍出版社，1980年）的《序录》中提到过一些"已知有其书而未得征引的"版本，首先提及的就是"前北京大学西北科学考察团团员某藏唐写本，约长三尺"，只是未曾指名道姓，让人颇费猜疑。幸亏他晚年对此事做过澄清，在《我与〈文心雕龙〉》（收入王贞珉、王贞一整理《王利器学述》，浙江人民出版社，1999年）中，他提到赵万里曾经告诉自己："你的北大同学黄某，藏有敦煌卷子《隐秀篇》。"他为此还特意与黄某交涉，最后"方知他所收藏的实乃是唐写本《文选序》，并非《文心雕龙·隐秀篇》"。这位"黄某"即三十年代中后期担任过西北科学考察团专任研究员的考古学家黄文弼。此事的来龙去脉，王世民在《所谓黄文弼先生藏唐写本〈文心雕龙〉究竟是怎么一回事》（载朱玉麒、王新春编《黄文弼研究论集》，科学出版社，2013年）中做过详细考辨，可知完全是由于黄氏本人疏忽大意而造成的以讹传讹。

除了这类子虚乌有的情况以外，真正经眼甚至校读过唐写本的确实不乏其人。范文澜在《文心雕龙注·例言》中说起"畏友孙君蜀丞尤助我宏多"，而"孙君所校有唐人残写本"。杨明照在撰著《文心雕龙校注》时，利用过"沈兼士先生所藏晒蓝本"。王利器在《文心雕龙校证·序录》中说曾见过"傅增湘先生手校本（底本为张之象本），乃是对校唐写本"，而且"近人校唐写本的，还有几家"，只是各家都"无所发明"，他才觉得"没有提及的必要"。尤其引人注意的是，原上海合众图书馆总干事，后任上海图书馆馆长的顾廷龙晚年曾对林其锬说起："《文心雕龙》敦煌写本肯定尚有一种。我清楚记得：一九四六年农历九月二十八日，张元济八十岁生日。当日下午，他为避寿来到合众图书馆。……张元济来时拿了一卷敦煌写本，是黑底白字的复印件，是直接照书扣照的，是《文心雕龙》写本，大约有几张；还拿了一部《四部丛刊》本《文心雕龙》。他把两种本子都交给我，并叫我校一下。我一看，那敦煌写本是正楷写的，所以校起来很快，一个晚上便校好了，到第二天上午就送走。”（林其锬《顾廷龙谈〈文心雕龙〉敦煌写本》，载林其锬、陈凤金《增订文心雕龙集校合编》附录三《承教录》）张元济在当年10月22日生日这天确有一张给顾廷龙的便条，提到“今送去唐人写本《文心雕龙》影片四十五张，又重复者八张（浅深不同，可以互证）”（收入张树年、张人凤编《张元济书札》，商务印书馆，1997年），可证顾氏的回忆大体无误。在后来给林其锬的信中，顾廷龙又再次谈及此事：“我想起我说的一本《文心雕龙》，一定在台湾，不知在台湾谁手耳！将来总会再发现的。”（载林其锬、陈凤金《增订文心雕龙集校合编》附录三《承教录》）张、顾两位都精于版本鉴定，而顾更是兼擅书艺，绝不可能将那份用草书抄写的残卷误认为正楷，他们提供的线索无疑值得重视。绝大部分敦煌文献目前都收藏于英、法、俄、日、中等国的博物馆和图书馆，并且都已编号登录，甚至刊行过图版以供学者研究；但与此同时，确实还有一部分散落于各地私人收藏家之手，有些甚至迄今仍秘而不宣。不知其中是否确有那份曾经惊鸿一现的唐人用正楷抄写的《文心雕龙》？倘若这份残卷尚存天壤之间，如今的拥有者是否也能像饶宗颐、潘重规、王元化等诸位先贤那样，本着学术为公的宗旨将其公诸于世呢？这的确令人充满期待，尽管可能性也许非常渺茫。

原载2018年3月23日《澎湃新闻·上海书评》，修订稿又收入顾宏义主编《刘永翔教授严佐之教授荣休纪念文集》（上海古籍出版社，2019年）

叶长青《文心雕龙杂记》述略

叶长青（1899—1946？），本名俊生，字长青（又作长清、长卿），以字行，福建侯官（今福州）人。付梓于1933年的《文心雕龙杂记》，是他在无锡国学专修学校任教期间完成的一部著作。全书对《文心雕龙》逐篇加以校注（仅《议对》《才略》两篇未曾论及），内容包括主旨阐发、文字校勘以及对前人研究成果的征引和驳正。尽管其内容稍显单薄，分析尚欠周详，但依然是现代龙学史上一部颇具特色的著作。然而由于此书原为私人自印本（版权页上所署发行者为“福州铺前顶程厝衕叶宅”），故流传未广，知者寥寥。目前仅见詹锳先生在《文心雕龙义证》（上海古籍出版社，1986年）中对书中议论多有征引，而诸多龙学史专著却并无论及。本文拟钩稽相关史料，对其撰述背景和学术特点略作绍介平议。

一

在清光绪二十九年（1903）颁行的《奏定大学堂章程》中，文学科大学中国文学门科目内明确列有“古人论文要言”，规定授课内容为“历代名家论文要言（如《文心雕龙》之类，凡散见子史集部者，由教员搜集，编为讲义）”。说明《文心雕龙》等传统诗文评著作已经被正式纳入现代大学的课程体系之中，用于进行专业的文学教育。根据1933年编纂的《无锡国学专修学校概况》，在该校当时的课程表中，选修科辞章类的“文学批评”一项里确实依照规定列有《文心雕龙》这门课程。由此不难推知，《文心雕龙杂记》原本是叶长青为教学之需而编著的一部讲义。

《文心雕龙杂记》卷首冠有陈衍、黄翼云所撰两篇序言，对此书多有褒奖。陈氏在序中说：“长青富著述，近又出视《文心雕龙杂记》，其所献替，虽使彦和复生，亦当俯首，纪河间以下毋论矣。读刘著者，可断言其必需乎此也。”推重此书议论精当，即使刘勰本人也应拜服，纪昀等前代研究者更是相形见绌。黄翼云在序言中也同样提到：“长青叶先生劬学嗜古，著作甚富，迩笺《诗品》方毕，复取敦煌古本正今本刘著之舛误，使读者晓然于缣帛时代因传钞而脱漏，而臆改，致失其真，为之疏通证明，归于完善。更举诸家评本札记，矫其偏颇。其研虑之精，条举之密，皆至惬当可传。”对其在校勘、疏证等方面所取得的成绩大为称赏。然而揆诸事实，却令人感到两人所言稍有揄扬失当之嫌。叶氏虽然利用敦煌出土的唐写本对《文心雕龙》加以勘订，却仅是罗列异同而未判定是非；虽然征引过明清以来多家论说，但自己所做评断阐发其实并不多。陈、黄两位如此推许，固然有出于礼节考虑而不得不加以溢美的缘故；不过与此同时，恐怕还应该注意到此书原属课堂讲义，其主要作用是为课堂讲授提示线索，在具体授课时，教师完全可以根据实际情况借题发挥。因而只需粗陈梗概便已足够，并不要求事无巨细，面面俱到。要对此书做出恰如其分的评价，必须充分考虑这一前提。

陈衍此前对叶长青还有过另一番评价，因为涉及《文心雕龙杂记》的学术渊源，值得再做分析研讨。他在1931年与前去拜望的钱锺书闲谈起叶氏，称其“人尚聪明，而浮躁不切实”，“《文心雕龙》《诗品》二注，多拾余牙慧”（钱锺书《石语》，中国社会科学出版社，1996年），对叶氏所著颇多鄙薄贬斥，和自己在书序中的论调截然相反。其称赏固然多有溢言虚美，其苛责也不尽符合事实。叶氏早年就读于厦门大学教育系，确实因为喜好诗文、勤于治学而经常向时任厦大国文系主任的陈衍问学请益；而叶氏至无锡国专赴任后不久，就向校长唐文治大力推荐，聘请陈衍担任该校专任讲师，足见师生之间情谊颇深。在编撰《文心雕龙杂记》的同时，叶氏另著有《钟嵘诗品集释》（华通书局，1933年），同样作为授课时使用的讲义。陈衍所说的“《文心雕龙》《诗品》二注”，显然就是指这两部书。《钟嵘诗品集释》中确实引述过陈衍的不少意见，书后所附《引用各书书目及著者姓名》中，也列有陈氏所撰《钟嵘诗品平议》和《诗学概论》。但在《文心雕龙杂记》中，却并无一言提及陈衍。就两人的关系而言，如果叶长青确实参考过陈氏的论著，绝无可能故意干没，或是讳而不言；陈衍更不会在序言中漠然置之，隐忍不言。因此，陈氏所谓“拾余牙慧”，只是指《钟嵘诗品集释》而言，《文心雕龙杂记》不过是连带而及罢了。

尽管《文心雕龙杂记》并非如陈衍所说的那样“拾余牙慧”，可的确参考过不少前人论著。仔细寻绎书中透露的诸多线索，结合叶长青的治学经历，可以大致考见其学术渊源。叶氏世居福建，叶长青自少及长都在厦门求学，故与福建籍学者多有联系。《文心雕龙杂记》中征引最多的是籍贯同为侯官的吴曾祺所撰《涵芬楼文谈》（商务印书馆，1911年）。吴氏早年受聘于商务印书馆编译所，协助筹建涵芬楼图书馆，不但利用馆藏编纂《涵芬楼古今文钞》，同时还“就平生所得笔之于编”，汇为《涵芬楼文谈》。他在书中开宗明义地说：“昔刘彦和著《文心雕龙》一书，极论文章之秘，识者以为知言。”所发议论也每每依傍刘勰之说而加以引申发挥。叶长青早年问学于吴曾祺，吴氏在为叶氏所著《闽方言考》（中华书局，1922年）作序时，格外称许他“年少耆学，凡有述造，必期有用于世”，足见对其青睐有加。《文心雕龙杂记》在称引其说时，均尊称他为“先师吴翌亭先生”，且对其议论深表赞同，没有任何批评商榷。另一位受叶长青推崇的福建籍学者则是林纾。林氏所著《春觉斋论文》（都门印书局，1916年）系统研讨文章写作之道，推崇《文心雕龙》为“最古论文之要言”。叶长青在称引其说时，均尊称他为“林畏庐太世丈”，也未曾有过任何指摘商讨。

除了吴、林两位前辈乡贤，《文心雕龙杂记》中还征引过不少其他近现代学者的意见，同样能透露出特定的学术因缘。例如同在北京大学任教过的黄侃和刘师培，都曾讲授过《文心雕龙》，并分别有《文心雕龙札记》和《文心雕龙讲录》流传于世。叶长青于1927年考取北京大学研究所国学门通讯研究生，尽管黄侃早在1919年就已离开北大，刘师培也在同年辞世。但就常情推测，叶长青对北大知名教授的论著不会不加以特别的关注，对两人论说多有引述也在情理之中。另如在1927年至1936年担任无锡国学专修学校教授的钱基博，和叶长青有过一段时间较长的共事经历。钱氏也开设过《文心雕龙》课程，其《文心雕龙校读记》虽然要到1935年才作为“无锡国学专修学校丛书”的第十种正式出版，但叶长青在《杂记》中已经引述过其中不少片段，并称其为“吾友钱基博”，从中不难推想双方交谊之深厚。

在征引前代各家论说时，叶长青并非全盘接受，有时也会加以补正辩驳。清人纪昀所评《文心雕龙》在后世影响深远，叶氏在借鉴参考之余，也对其疏失提出过批评。如《文心雕龙·练字》篇强调撰写文章时，必须做到“避诡异”“省联边”“权重出”“调单复”。针对“调单复”一项，刘勰分析说：“单复者，字形肥瘠者也。瘠字累句，则纤疏而行劣；肥字积文，则黯黕而篇暗。”所谓“单复”“肥瘠”，当指文字笔画的繁简；所谓“累句”“积文”，则指笔画数相近的字积聚在一起。而纪氏对此有评语道：“复字病小，累句病大，故宁相犯。”误解了《文心雕龙》的行文脉络，将此与刘勰在讨论“权重出”时所说的“若两字俱要，则宁在相犯”混为一谈，以为“复”指前后文字重复，而“累”指牵累拖累。叶长青对此加以指正：“‘单复’论字画之繁简，其病相等，无所谓小大。‘累句’与下‘积文’相对，‘累’读上声，纪氏误为去声矣。至‘两字俱要，宁在相犯’，乃‘重出’之事，与此条何涉？”要言不烦地匡正了纪昀的疏误，对读者确切理解原文大有助益。

晚清孙诒让所撰《札迻》是校勘学名著，其中涉及《文心雕龙》的虽仅有十余条，却以考订精审而著称于世。《文心雕龙·奏启》篇末赞语有云：“皂饬司直。”孙氏有校语云：“‘饬’，疑当作‘袀’。《续汉书·舆服志》云宗庙‘均服袀玄’，刘注云：‘《独断》曰：“袀，绀缯也。”《吴都赋》曰：“袀，皂服。”’‘皂袀’，即‘袀玄’也。”今人李详《文心雕龙黄注补正》、范文澜《文心雕龙讲疏》等均采纳其说。叶长青在引述其说后却有按语称：“孙说非是。袀为戎服，何与奏启？”其所云“袀为戎服”，系据顾野王《玉篇》所释。而作为孙诒让说重要佐证的左思《吴都赋》注，正文原本作“六军袀服”，李善注：“《左氏传》曰：‘袀服振振。’”所引见《左传·僖公五年》，今本作“均服振振”，杜预注：“戎事，上下同服。”陆德明《释文》：“均，如字，同也。字书作‘袀’，音同。”可见叶氏提出的质疑确然有据，而孙氏所作校改颇为牵强，不能轻易采信。

除了纪昀、孙诒让等前代学者，叶长青对同时代学者的意见也时予商讨。如黄侃在《文心雕龙札记》（北平文化学社，1927年）的《夸饰》篇中全文引录章太炎《征信论》，认为“其于考案前文，求其谛实，言甚卓绝，远过王仲任《艺增》诸篇，兹录于左，以供参镜”。叶氏对此颇不以为然，强调说：“夸饰乃文章应有之事。黄侃引其师章君《征信论》以释兹篇，殊为未当。‘征信’辨事实之情伪，何与夸饰？所谓‘酌诗书之旷旨，剪扬马之甚泰’者，酌剪而已，夸饰又安可废哉？篇中历举汉赋，意在惩侈，亦其旨也。”认为章氏论旨与刘勰并不相同，不能任意附会。另如《文心雕龙·乐府》曾提及汉武帝时“朱马以骚体制歌”，前人对此并无诠说。范文澜在《文心雕龙讲疏》（新懋印书局，1925年）中依据《汉书·佞幸传》所载“是时上欲造乐，令司马相如等作诗颂”，认为此处“‘朱马’当是‘司马’之误”。叶氏则辩驳道：“近人范文澜谓‘朱马’当为‘司马’之误，非也。唐写本正作‘朱马’，下文‘缪朱所致’一语，亦可证。”根据唐写本指出范氏之说不可信从，且从书中寻找内证来证成己说。（按：叶氏所言“缪朱所致”亦据唐写本，今本《文心雕龙》作“缪袭所致”。）

范氏后来在《文心雕龙注》（人民文学出版社，1958年）中也参酌陈汉章的意见，修正了自己原先的看法，认为“朱或是朱买臣”，“买臣善言《楚辞》，彦和谓‘以骚体制歌’，必有所见而云然。唐写本亦作‘朱马’，明‘朱’非误字也”。叶氏的研讨虽不及其细致深入，所作判断则准确无误。

二

除了援据诸家议论，间或加以商榷驳正之外，叶长青对前人忽略的地方也时有措意，或诠释全篇要旨，或分析文句含义，或校订文字讹误，都有一些独到的心得，值得参考借鉴。兹各举一例，略作阐述。

刘勰在《序志》篇中交待《文心雕龙》全书五十篇的结构特点：“位理定名，彰乎大衍之数，其为文用，四十九篇而已。”可知除《序志》篇相当于自序而可暂置勿论外，第四十九篇《程器》实际上处于全书殿后压阵的位置，其作用自然不容小觑。但前人往往未能尽窥其深意，如纪昀就浮泛地以为“此亦有激之谈，不为典要”，“观此一篇，彦和亦发愤而著书者”。叶长青对此篇的性质和作用做了更为周详缜密的分析：“兹篇为本书之终篇。四十八篇以上，文之体用具矣。殿以《程器》者，体用，华也；程器，实也。无器何有于用？孔门四科，首德行而末文学。故孔子曰：‘文莫吾犹人也，躬行君子，则吾未之有得。’又曰：‘行有余力，则以学文。’盖德行为文之本。有德有文，相得益彰；无德无文，徒为文过济恶之资。宇宙间何贵有此文哉！然则以上四十八篇，与兹篇等量齐读可也；即先读兹篇，而后读四十八篇亦可也。又‘形而上者谓之道，形而下者谓之器’，器者所以求道。彦和首《原道》而终《程器》，示我周行矣。”首先从华实相辅的角度，认为此前的四十八篇具体阐明作文的宗旨和技巧，而《程器》则论述文人的品德和识见，应该等量齐观，相互参酌，方能相得益彰。其次又从道器贯通的角度，认为《程器》篇与首篇《原道》遥相呼应，体现出刘勰对文学创作的终极要求，以及在结构安排上的良苦用心。这样的研讨言之有据，鞭辟入里，颇能启人深思。此后，张立斋《文心雕龙注订》、李曰刚《文心雕龙斠诠》等都表达过类似的见解，詹锳《文心雕龙义证》更是整段迻录这番议论，足以说明叶氏此论颇有见地。

刘勰在讨论各体文章的写作之道时，会逐一追溯其源流嬗变，由于涉及的文章体裁种类繁多，又都需要归结至“文能宗经”的主旨，有时不免令人感到费解。如《论说》篇提到“若夫注释为词，解散论体，杂文虽异，总会是同”，并举毛苌、孔安国、郑玄、王弼等各家经注为例，认为这些著作“要约明畅，可为式矣”。然而笺注典籍毕竟和撰作文章的情况不同，刘勰所言似乎颇为牵强，纪昀就认为“训诂依文敷义，究与论不同科。此段可删”。叶长青则细予考辨：“注释者依文敷义，分别训诂，文虽散杂，然总会全注则论矣。《世说新语·文学》篇：‘何平叔注《老子》始成，诣王辅嗣，见王注精奇，乃神伏曰：“若斯可与论天人之际矣。”因以所注为《道》《德》二论。’可证。又《朱子语类》：‘汉儒解经，依经演说。晋人则不然，依经而作文。’亦可证。”不但从体式上推究刘勰立论的依据所在，指出将典籍中分散的注释整合连缀，就能具有“论”体的特点；还援引《世说新语》中的事例和《朱子语类》中的议论作为佐证，对于准确推求刘勰的原意，提供了重要借鉴。詹锳《文心雕龙义证》便迻录了这段分析，以供读者参考。

《文心雕龙》版本繁多，讹脱误衍的情况较为严重。叶长青虽然利用唐写本做过一些文字校订，但受客观条件限制，或许也与课程性质有关，并未广搜各本，详勘异同。不过他对文字学、训诂学一直都有浓厚的兴趣，此前就撰有《闽方言考》《文字学名词诠释》等。在《文心雕龙杂记》中，也偶尔可见他针对文字校订所做的探讨。如《序志》篇中有云“虽复轻采毛发，深极骨髓”，叶氏按语称：“‘采’疑作‘釆’。‘釆’，辨也。‘采’‘釆’形近而误。此即‘毛举其目’之意。”虽然没有版本上的直接依据，但形近致误的情况在《文心雕龙》中并不鲜见，叶氏在此适当运用理校，所述似也不无可取之处。

三

在无锡国学专修学校任教期间，叶长青先后开设过不少专书研读课程，除了《文心雕龙》之外，还有《诗品》《文史通义》《汉书·艺文志》等，并撰有《钟嵘诗品集释》《文史通义注》和《汉书艺文志问答》等相关著述。在这些不同领域中的深造自得，也推动了他对《文心雕龙》的研究，彼此之间构成前后贯通、相辅相成的关系。

《钟嵘诗品集释》（华通书局，1933年）剪裁排比各家论说，间或加以按断，基本反映了当时《诗品》研究的整体格局和最高水平。由于《诗品》与《文心雕龙》同时出现于齐梁时期，后世学者往往会对两者加以比较，叶氏当然也不例外。如刘勰在《明诗》篇中历数诗歌发展的源流递嬗，《文心雕龙杂记》中就屡屡引录钟嵘《诗品》作为参照，并有按语称："彦和、记室，各有短长，此自仁智之见耳。"又如在《事类》篇中，叶氏征引《诗品序》中"夫属词比事，乃为通谈。若乃经国文符，应资博古；撰德驳奏，宜穷往烈。至乎吟咏情性，亦何贵于用事"等议论，指出"语虽论诗，实与彦和相发。兹篇亦针砭时弊者"。既提示读者比较刘勰、钟嵘意见的异同，又指出双方殊途同归的特点。

《文史通义注》（无锡国学专修学校，1935年）甫一出版，就得到唐文治"文词博雅，意义纯正"（《文史通义注》引"唐蔚芝先生评”）的佳评。章学诚在《文史通义·文德》中推溯《文心雕龙》的学术渊源，认为：“古人论文，惟论文辞而已矣。刘勰氏出，本陆机氏说而昌论文心；苏辙氏出，本韩愈氏说而昌论文气，可谓愈推而愈精矣。未见有论文德者。”叶长青在《文心雕龙杂记》的《原道》篇中征引其说，又批评道：“章氏此说，未免厚诬彦和。《文心》开宗明义已揭橥文德，而《论衡》所著尚属在前。至谓本陆机而立论，尤为无据。《序志》篇固讥士衡‘照隅隙而鲜观衢路’也。”一方面指出章氏闻见不周，王充在《论衡》中对“文德”早有论述；另一方面批评章氏立论偏颇，刘勰对陆机并非全盘承袭，而是多有批驳。其后在《文史通义注》中，他也同样强调“刘氏《文心》非所取于陆氏，章氏误矣”，两处所论恰可比观参照。尽管《杂记》中的有些地方并未明言，其实也参考过章学诚的意见。如《文心雕龙·杂文》篇在追溯“连珠”体的缘起时说：“碎文琐语，肇为连珠。”叶氏有注释说：“《韩非·储说》比事征偶，连珠之所肇也。”这个看法实际上就本自《文史通义·诗教上》。而叶氏在《文史通义注》中又针对章氏的这个意见施加按语说：“今韩非书无‘连珠’之目，《文选》注：‘傅玄叙《连珠》曰：“兴于汉章之世，班固、贾逵、傅毅三子受诏作之。”’”为研索“连珠”体的发展嬗变提供了参考。

《汉书艺文志问答》最初在1936年至1937年的《国

专月刊》上连载，至1940年才结集成书，由正中书局出版。叶氏在这方面的学术积累对其研讨《文心雕龙》同样多有裨益。如《文心雕龙·颂赞》篇中提到："至相如属笔，始赞荆轲。"而《汉书·艺文志·诸子略》中著录有"《荆轲论》五篇"，据班固自注："轲为燕刺秦王，不成而死，司马相如等论之。"可见司马相如所撰究竟是"赞"还是"论"，刘勰和班固的说法并不一致。由于原作早已散佚，后人也无法做出判断。近人李详在《文心雕龙黄注补正》（连载于1909年至1911年《国粹学报》第五卷第八号至第七卷第十七号）中说："详疑彦和所见《汉书》本作'荆轲赞'，故采入《颂赞》篇。若原是'论'字，则必纳入《论说》篇中。"认为刘勰所见《汉书》与今本文字不同，试图以此来调和"论""赞"之间的差异。刘师培在《左庵文论·文心雕龙颂赞篇》（连载于1941年《国文月刊》第一卷第九、十期）中则索性不予深究，认为司马相如之作"究为论为赞，今不可考"。叶长青在《杂记》中虽然引录李氏的意见作为参考，但并不认可，而是另作辨析："论赞之论，与论说不同。相如曰论，班固曰赞，其实一也。果如李氏所言，则王隐曰议，刘昞曰奏，将入《奏启》《议对》之篇耶？"指出《荆轲论》之"论"当指"论赞"而言，因此"论""赞"二者并无差别，班固和刘勰的说法并无矛盾。他所列举的"王隐曰议"云云，实际上出自刘知幾《史通·论赞》篇。刘氏指出历代史著中所附论赞的名称并不一致，"荀悦曰论，《东观》曰序，谢承曰诠，陈寿曰评，王隐曰议，何法盛曰述，扬雄曰撰，刘昞曰奏”，“其名万殊，其义一揆”。叶氏借此来反驳李详的说法，自然极有说服力。其后在《汉书艺文志问答》中又涉及这一问题，叶氏再次强调“论、赞同实异名”，并明确征引《史通·论赞》篇作为佐证，和《文心雕龙杂记》所述一脉相承。

综上所述，可知叶长青在治学方面涉猎颇广，在各个不同领域中都曾潜心钻研，这为其研究《文心雕龙》提供了不少重要借鉴。而在具体讲授《文心雕龙》《诗品》《文史通义》《汉书·艺文志》等专书时，既可以各有偏重，又能够彼此参证，形成前后贯通、相互交织的学术视野。这不仅是《文心雕龙杂记》卓具特色的地方，也是叶长青在治学方法上对现代学者的一个重要启示。

原载《古典文学知识》2017 年第 6 期

附记：《国家图书馆藏王国维往还书信集》（中华书局，2017 年）内有陈衍致王国维手札一通，提及在厦门大学国文系任教时从学诸生，“可蕲成就者，廑得二人”，其中之一即叶长青，并谓其“潜心考据之学”，“以本大学三年级高材生拔充国文系助教，僭任国文文法学，文字学形义、音均各门功课。衍老矣，喜其勤奋，然其孤寒犇走，不能常共几席，极欲其肄业研究院，受诸大师陶成。惟须乞清华校长特别待遇，准予免试入院”，向王国维竭力称扬推荐。事虽未果，亦足征其对叶之赏识器重。故《石语》所记恐为一时大言，聊以自炫，不足凭信。另，拙文《〈石语〉内外的叶长青》（收入拙著《却顾所来径》，三联书店，2018 年）对叶氏所撰《钟嵘诗品集释》有更详细具体的讨论。《集释》一书又收入拙编《钟嵘诗品讲义四种》（上海古籍出版社，2018 年）。

启人深思的“谬见”

唐宪宗元和元年（806）的岁末，白居易与陈鸿、王质夫等友人闲谈起唐玄宗和杨贵妃悲欢离合的往事，感叹唏嘘不已。受王质夫的鼓动，白居易提笔写下了《长恨歌》，随后陈鸿又撰《长恨歌传》。在传世的白氏诗集中，《长恨歌》前就附有陈传。可惜前人在讽诵评赏之余，很少议及两者的关联。陈寅恪在1947年发表《长恨歌笺证——元白诗笺证稿之一》（载《清华学报》第十四卷第一期），勾稽大量史料以阐发隐晦未彰的诗旨，并尝试藉此考察不同文体之间的相互关系。他留意到南宋赵彦卫在《云麓漫钞》中提起过唐代盛行的“行卷”“温卷”风气，即参加科举考试的士子预先将自己的诗文分数次投献给主考官，尤其是传奇小说一类的作品，“盖此等文备众体，可以见史才、诗笔、议论”，从而达到提高声誉、确保及第的目的。他据此大胆推测，《长恨歌》与《长恨歌传》“本属一体”，“《长恨歌》为具备众体体裁之唐代小说之歌诗部分，与《长恨歌传》之为不可分离独立之作品，故必须合并读之、赏之、评之”。通过考辨这个“小问题”，他还想进而揭示一个更重要的“大发现”，“即今日所谓唐代小说者，亦起于贞元、元和之世，与古文运动实同一时，而其时最佳小说之作者实亦即古文运动中之中坚人物是也”。他顺带提到此前用英文发表过一篇《韩愈与唐代小说》（载1936年《哈佛亚细亚学报》第一卷第一期），“其要旨以为古文之兴起，乃其时古文家以古文试作小说而能成功之所致，而古文乃最宜于作小说者也”。恰好就在这一年，程会昌（程千帆）将这篇英文论文译出（载1947年《国文月刊》第五十七期），其中特别强调韩愈的《石鼎联句诗并序》《毛颖传》等近于小说，“前者尤可云文备众体，盖同时史才、诗笔、议论俱见也”，确实可以和《长恨歌笺证》中的议论互相印证，足见陈寅恪得出这一结论经过长期深思熟虑，绝非一时心血来潮而信口乱道。

不过这个新发现并未立即得到学界的认可，夏承焘在日记中就提到：“陈学恂处借来其友人戎女士在西南联大听陈寅恪讲授笔记，有说《琵琶行》《新乐府》《长恨歌》《连昌宫词》各章，考证有甚琐者，亦有甚可喜者。”（《天风阁学词日记》1949年3月4日条，《夏承焘集》第七册，浙江古籍出版社、浙江教育出版社，1997年）虽然语焉不详，但稍后他就在《读〈长恨歌〉——兼评陈寅恪教授之〈笺证〉》（载1949年《国文月刊》第七十八期，收入《夏承焘集》第八册《词学论札》）中做了详尽的论述。他虽然充分肯定“陈氏著书，精于用思”，“兹篇以其隋唐制度专家之学绩，考此妇孺皆知之名歌，尤为生新可喜”，也补充了一些陈氏因疏忽而遗漏的资料以证成其说，但对白诗与陈传不可分离的推论则持有异议，“以为实有不可强通者”。在他看来，《长恨歌传》作于《长恨歌》之后，即便陈鸿不撰此文，“白歌亦已成为独立之体”；况且白居易在此之前早已进士及第，根本不需要“以此为温卷之用”；更重要的是《云麓漫钞》所说的情况并不能得到普遍的验证，“似不应执赵氏一家之聊尔之言以绳唐代一切小说”。他由此得出结论，《长恨歌》“只是一篇故事诗而已，陈君必牵率以入小说之林，又强绳以赵彦卫温卷之体，求之过深，反成失实”。文章脱稿之后，夏承焘曾与弟子陈广汉商讨过其中内容，然而在为这篇论文题写跋语时，陈广汉却认为《长恨歌》“恍惚迷离，不着议论，在白诗中实为别具风格”，如果用白居易所倡导的“文章合为时而著，歌诗合为事而作”（《与元九书》）来加以衡量，似乎确有意犹未尽之处，“故歌成后，复使陈鸿传之”，两者“互有详略，歌多隐讳，传则直书”。他显然更倾向于接受陈寅恪的推断，并未信从老师的意见。

《长恨歌笺证》经过修订增删后收入《元白诗笺证稿》（岭南大学中国文化研究室，1950年）作为开篇第一章，陈寅恪在疏证诗中“春寒赐浴华清池”数句时补充了一则重要资料，并郑重声明：“此条失之眉睫，友朋中夏承焘先生首举以见告，甚感愧也。”而夏承焘在翻阅此书时则据此推测，陈氏“曾见予《读〈长恨歌〉》之文”（《天风阁学词日记》1951年4月14日条）。可知所谓“举以见告”并非当面告知，而是指那篇商榷文章。然而陈寅恪在采摭资料的同时并未接受夏氏的批评，依然坚持自己原先的推论，甚至在数年后发表的《论韩愈》（载《历史研究》1954年第二期）中，又重申《元白诗笺证稿》中的意见，再次强调“退之之古文乃用先秦两汉之文体，改作唐代当时民间流行之小说”。个中缘由其实不难推测，尽管夏承焘反对将《长恨歌》与《长恨歌传》合为一体，以附和赵彦卫的“温卷”之说，但态度却有些游移不定，陈广汉就提到“师固谓白诗不欲自言者，陈传代为点明矣。是亦歌、传不分离有助读者了解之一事也”。与此同时，夏承焘又充分肯定陈氏所言“元和古文与小说有关系之说，诚治文史者未有之妙谛”。陈寅恪推断白诗和陈传本为一体，最终就是为了证明唐代古文兴起与小说创作关系密切；夏氏对此既然并无异议，足证大体已立，自然不必再纠缠于枝节末叶的琐屑问题了。

随后的事实也证明，有不少学者陆续接受了陈寅恪的论断。早年受业于陈寅恪的刘开荣撰有《唐代小说研究》（商务印书馆，1947年），虽然为了因应时势的变化，后来做过大幅度删改，可在修订本（商务印书馆，1955年）中，仍然提到《长恨歌传》“完全用散文重述《长恨歌》之内容”，“到末了作者忽然板起面孔说出一篇甚么‘惩尤物、窒乱阶’的迂腐教训来，实在是有些‘画蛇添足’，然而凡明了传奇小说产生背景及其与‘古文运动’及进士科举的密切关系者，疑惑自然便不攻而破了”（见该书第二章《传奇小说勃兴与古文运动、进士科举及佛教的关系》），显而易见受到陈寅恪立论的影响。苏仲翔编注的《元白诗选》（古典文学出版社，1957 年）在《长恨歌》后附有题解，称“此歌原与陈鸿《长恨歌传》并行。陈传原为补《长恨歌》之所未详”，“此正以‘史才’‘议论’补‘诗笔’的不足，珠联璧合，相得益彰”，并明确交待参考过陈寅恪的论著。在稍后出版的《白居易传论》（古典文学出版社，1957 年）中，苏仲翔又有引申发挥：“《长恨歌》既从一篇幅完整的小说（包括歌及传）分出别行，世人习诵，久已忘其与传文本属一体；它本身既无真正收结，亦无作诗缘起，实不能脱离传文而独立。至如元稹的《连昌宫词》，虽然深受《长恨歌》的影响，但已更进一步，脱离‘备具众体、诗文合并’的当日小说体裁而成一新体，即使史才、诗笔、议论诸体都能汇集融贯于一首诗中，自成一独立的整体。”稍作比对，就会发现这段文字其实直接迻录自《长恨歌笺证》。周绍良在二十世纪五十年代中期着手搜集相关材料，准备为鲁迅辑校的《唐宋传奇集》作笺注。其中一篇《长恨歌传笺证》（收入《唐传奇笺证》，人民文学出版社，2000 年）颇多依傍《长恨歌笺证》，在引述陈寅恪所说的“陈氏之《长恨歌传》与白氏《长恨歌》非通常序文与本诗之关系，而为一不可分离之共同机构”云云时，也肯定“这样理解是不错的”。他后来又撰有《唐传奇简说》（收入《唐传奇笺证》），在介绍《长恨歌传》

时，称《长恨歌》“可以看作这个传奇故事的附属部分”，也和陈寅恪的意见一脉相承。程毅中的《唐诗与唐代小说》（载《周绍良先生欣开九秩庆寿文集》，中华书局，1997年）甚至认为“唐代文人把诗文结合，创造了传奇的一种体制。他们往往把诗序写成了传记体的小说，而且有时还由两个不同的作者分工合作”，所举例证就包括《长恨歌》与《长恨歌传》，同样承袭了陈寅恪的观点。

不过仍有学者对此说持不同看法，并继续予以商榷辩驳。黄云眉在《读陈寅恪先生〈论韩愈〉》（载《文史哲》1955年第8期，后收入《韩愈柳宗元文学评价》，山东人民出版社，1957年）中就有过针锋相对的批评。他在文章中指出，陈氏认为白居易、元稹、韩愈等人既是古文家，又是小说家，“古文与小说的关系，在一身二任的作者身上，便显得异常密切”，然而这个判断只是根据《云麓漫钞》的记载，“把这些诗歌传序套上呆板公式”，“唐代小说有它们一定的体制，但不会像陈先生所说是一种史才、诗笔、议论首尾搭配的综合物”。夏承焘对陈寅恪的意见还颇有些依违两可，黄云眉则完全不认同唐代古文与小说之间存有关联。只是此文涉及范围较广，并没有集矢于文学创作；又受到论题的限制，未能针对《长恨歌》与《长恨歌传》的分合关系做集中研讨。紧随其后，王运熙发表《试论唐传奇与古文运动的关系》（载1957年11月10日《光明日报》，后收入《王运熙文集》第二卷《汉魏六朝唐代文学论丛》，上海古籍出版社，2012 年），完全赞同黄氏的意见，并做了进一步补充，认为“元、白与韩愈虽都作韵散合体的小说，但其风格迥不相同”，“文辞写得细腻、通俗化，内容多述情爱，是元、白诗文（包括《长恨歌》《莺莺传》在内）的特色，这种特色是为韩、柳古文派所反对的”，所以“古文运动不可能依靠试作传奇成功而兴起”。虽然也没有详细讨论白诗与陈传的关系，但通过辨析唐代小说与古文的风格差异，明确指出陈氏的推论并不符合实际情况。所谓“皮之不存，毛将焉附”，是否还能将这两篇作品合并在一起视作众体兼备的小说，也就令人疑窦丛生了。吴庚舜在《唐代传奇繁荣的原因》（载《文学研究集刊》1964 年第一册，人民文学出版社，1964 年）中同样不同意陈寅恪的看法，强调所谓诗歌与小说两者韵散结合的方式“根本不是唐传奇的本来面貌”，更不能将不同作者用不同体裁写成的作品“生拉活扯硬拼在一起算作一个作品”。即使再退一步，姑且承认陈氏所说的《长恨歌》与《长恨歌传》“本属一体”，可是将这样两人合作的作品投献出去，究竟能够“见谁的‘史才、诗笔、议论’呢”？陈氏的推论在逻辑上似乎也难以自圆其说。罗联添的《〈长恨歌〉与〈长恨歌传〉一体结构问题及其主题探讨》（载《中国史新论：傅乐成教授纪念论文集》，学生书局，1985 年；修订后改题为《〈长恨歌〉与〈长恨歌传〉“共同机构”问题及其主题探讨》，收入《唐代文学论集》，学生书局，1989 年）则进一步推测陈氏立论偏颇的缘由，或许是受到白氏诗集中

《长恨歌》与《长恨歌传》相连合刻的影响。他又根据流传于日本的《白氏长庆集》古抄本，判断宋代以后白集的编次、标题都存在讹误脱漏，“遂使歌成为传之附庸，进而容易产生歌、传一体的错觉”。林文月在《〈长恨歌〉对〈长恨歌传〉的影响》（收入《山水与古典》，纯文学出版社，1984年）中仔细考校过两篇作品的繁简异同，虽然并未提及陈寅恪，但也坚称“歌为歌，传为传，本不相关”。不过她居然认为白氏诗作中“竟无一言及陈鸿者”，由此怀疑两人并无交往，陈鸿只是选取《长恨歌》作为底本加以敷演而已，就不免有些矫枉过正了。林氏早年尽管研习过古典文学，但后来肆力于文学翻译和散文创作而无暇旁顾，此处所论就疏于检核，显然并不知道白诗《早朝贺雪寄陈山人》中的“陈山人”就是陈鸿（参见朱金城《白居易年谱》“元和五年庚寅”条，上海古籍出版社，1982年），未能恪守多闻阙疑之道。

仔细寻绎来自不同角度的种种质疑辩难，可知陈寅恪判定《长恨歌》与《长恨歌传》为“不可分离之共同机构”，并进而推测唐代古文运动的兴起与小说创作密切相关，其实是没有充分根据的臆断。但并不意味着这些推论徒劳无益而枉费精力，正是因为有了陈寅恪的“大胆假设”，才会引发后来众多学者的“小心求证”，并由此深入开掘、考索一系列相关问题。程千帆对早年翻译的《韩愈与唐代小说》极为重视，不仅特意将其收入自己的论文集《闲堂文薮》（齐鲁书社，1984年），还在陈寅恪的启发下仔细追溯唐人行卷的详情。在《唐代进士行卷与文学》（上海古籍出版社，1980年）中，他对陈氏的论说加以修正完善，认为陈氏指出的传奇小说在结构和内容上的特点，对读者依然大有裨益，只是不能以偏概全，“如果我们只说，在唐代传奇小说的某些作品中，出现过一篇之中兼备叙事、抒情、说理之体的情况，而这种情况的形成，则与进士们用它们来行卷，以便集中表现自己的多方面的文学才能有关，那就符合事实，因而也就没有什么可被訾议的了”（见该书第八节《行卷风尚的盛行与唐代传奇小说的勃兴》）。其后傅璇琮的《唐代科举与文学》（陕西人民出版社，1986年）又在陈寅恪、程千帆等人的基础上做了周详细致的研讨，更能引导读者准确了解唐人行卷的风气及其与文学创作的互动关系。

其实，如果加以必要的限定而不做过度的诠释，那么陈寅恪所揭示的《长恨歌》与《长恨歌传》的内在关联毫无疑问是客观存在的，《元白诗笺证稿》所做的大量比勘互证就足以说明这一点。即便是反对将此与古文运动牵合比附的学者，在这方面其实也并无异词。罗联添在《〈长恨歌〉与〈长恨歌传〉一体结构问题及其主题探讨》中就认为：“歌、传合并读之，可相互参证，有助于了解歌，亦有助于了解传。”王运熙还与弟子杨明合作撰写《唐代诗歌与小说的关系》（载《文学遗产》1983年第1期，后收入《汉魏六朝唐代文学论丛》），全面梳理唐诗与唐传奇之间的各种复杂关系，将陈传与白诗列入“一篇小说与一篇诗歌叙述同一故事”的模式之中，指出这种情况“应是更多地受到当时盛行于城市中的讲唱文学变文的影响”，补充了先前未暇详述的内容。学术研究并不是简单地判定完是非对错就可以置之不理了，很多时候，不断的“试错”和“证伪”也同样充满奇特的魅力，能够不断引人入胜。陈寅恪所做的推论虽然并不完全正确，但如此充满奇思妙想而不囿于常规的“谬见”，终究要比循规蹈矩却平庸无奇的“定见”更能启人深思。

原载 2018 年 1 月 24 日《澎湃新闻·上海书评》

《笔记文选读》的编撰和删略

由叶圣陶主编的《国文杂志》从1943年的第一卷第三期至第二卷第六期，陆续刊登了吕叔湘编撰的《笔记文选读》，先后择取刘义庆《世说新语》、李肇《国史补》、沈括《梦溪笔谈》、苏轼《志林》、庄季裕《鸡肋编》、陆游《老学庵笔记》、周去非《岭外代答》、周密《癸辛杂识》和《武林旧事》等九部笔记体著作，逐一介绍其内容、体例、版本、流传等情况，并从各书中选录若干条目，原著中无标题的还根据内容代为拟定，篇末则附以详尽的“注释与讨论”。在最后一次登载时，同时发表了叶圣陶的《谈语文教本——〈笔记文选读〉序》，扼要阐明吕叔湘的编选旨趣：“专选文言，为的是希望读者学习文言，达到精熟的地步。文言之中专选笔记，笔记之中又专选写人情，述物理，记一时的谐谑，叙一地的风土，那些跟实际人生直接打交道的文字，为的是内容富于兴味，风格又比较朴直而自然，希望读者能完全消化，真实得到营养。”连载的内容经过汇总润饰，由文光书店于1946年正式出版。卷首除了冠有叶序之外，又新增吕叔湘的自序，提到“笔记文种类繁多，选录的时候也大略定了个标准：搜神志异及传奇小说之类不录，证经考史及诗话文评之类也不录”，随后几乎原封不动地逐录了叶氏所做的概括，显而易见对这番介绍相当认可。

尽管预先设定的读者主要是初涉文言的中学生，可在选注过程中，吕叔湘依然尽心尽责，没有丝毫懈怠。在打头阵的《世说新语》部分，他就直言不讳地批评道：“坊间别有注本，节录刘注，略有增益，而纰缪错出。如‘桓公北征’条，以‘金城’为今甘肃地；‘桓南郡好猎’条，释‘会当被缚’为桓氏一门将有受缚之日。殆率尔成书，不足为法者。”虽然并未明言，但指摘的对象应该就是崔朝庆选注的《世说新语》（商务印书馆，1935 年）。此书被列入商务印书馆的“万有文库”及“学生国学丛书”，在当时流传极广。崔氏在《小序》中议及《世说》一书，“句或钩棘，语近方言，千数百年来，未能有人厘正，美犹有憾”，大有舍我其谁的气魄，可动起手来，大体上仍依傍梁代刘孝标的旧注，无所发明而屡有疏漏。吕叔湘也选录了这两条，指出“金城”应该是“地名，当时属丹阳郡江乘县，地当京口（镇江）与丹阳（南京，东晋国都）通道”。祖籍江苏丹阳的他，对这些地方自然再熟悉不过了；又注“会当”意为“总有一天要”，“注意此句已换主语，‘你动不动要捆人，我有一天要被捆’”。与强作解人的崔注相较，不仅更为准确贴切，还善解人意地提醒读者应该注意的细节。

有些貌似简单寻常的文句标点，吕叔湘想必也花费过不少精力。如《老学庵笔记》部分的“东坡食汤饼”条，记苏轼、苏辙兄弟于迁谪途中买汤饼(即面条)共食。苏轼不嫌粗恶,片刻即尽;苏辙却置箸而叹,难以下咽。"秦少游闻之,曰:'此先生"饮酒但饮湿"而已。'"注释中特意说明,"饮酒但饮湿"一句出自东坡《岐亭五首》之四,诗中尚有"我如更拣择,一醉岂易得"云云。读者藉此不难推知,秦观正是巧妙地借用东坡本人的诗句来称赞他随遇而安的处世态度。数十年之后,《老学庵笔记》有过一个完整的校点本(中华书局,1979年),上引数句却被整理者胡乱标点成"秦少游闻之曰:'此先生饮酒,但饮湿法已。'"简直不知所云,让人难以索解。吕叔湘读了该校点本后,专门写过一则札记,纠正标点和校勘中的疏失:"'饮酒但饮湿'是苏东坡的一句诗,应加引号,中间无逗号。苏东坡在黄州的时候喝不到好酒,只好不计较好坏,所以说'饮酒但饮湿'。'已'字疑应为'也'。《津逮秘书》本'法'作'而'。"(《读宋人笔记十种》五《老学庵笔记》,收入《标点古书评议》,商务印书馆,1988年)若非早年有过认真细致的翻检查考,恐怕很难如此信手拈来。相形之下,校点本的整理者就显得有些鲁莽灭裂了。

对于笔记类著作,吕叔湘并非浅尝辄止,而是一直保持着浓厚的兴趣,陆续写过不少读书札记。其中一篇商讨《梦溪笔谈》句读的文章(《读宋人笔记十种》十《梦溪笔谈》,收入《标点古书评议》),就引起了该书整理者胡道静的注意。胡氏在修订旧著《新校正梦溪笔谈》(中华书局,1957年)时郑重致意,感谢“前辈吕叔湘先生（中国社会科学院）指正了几处重大的标点错误”（《重印梦溪笔谈校证叙记》，载《梦溪笔谈校证》，上海古籍出版社，1987年），并引录《笔记文选读》中的一些注释以供读者参详。由此可见，叶圣陶当初在序言中竭力表彰吕氏“用心那么精密，认定他在指导读者‘读文言’，处处不放松”，确实所言非虚，并无夸张溢美。

值得注意的是，在每篇选文的注释之后，吕叔湘又别出心裁地设有“讨论”，其目的正如自序中所说的那样，“除一部分和词句的义蕴有关外，大率以引发读者的经历见闻和所读文字相印证为宗旨，希望能帮助养成一种比较良好的读书习惯”。这番良苦用心也让叶圣陶大为赞赏：“他的指导又往往从所读的篇章出发，教读者想开去，或者自省体验，或者旁求参证；这无关于文言不文言，意在使读者读书，心胸常是活泼泼地，不至于只见有书，让书拘束住了。”就讨论所涉及的范围而言，往往不拘一格，因势利导，的确很能彰显“活泼泼”的特色。如《志林》部分选了《记承天寺夜游》，“讨论”中评说道：“此篇寥寥数十字，而闲适之情毕见，其意境可与陶渊明之‘采菊东篱下，悠然见南山’相比。但渊明未曾一语道破，更见含蓄，此则诗与文不同也。”又引申说：“东坡自称为‘闲人’，须略说数语。唐宋贬官之制：或降级改任边远之地，如韩愈之贬潮州，柳宗元之贬永州是；若予以有名无实之官，而复加何处安置字样，则谪而近于成矣。贬官而犹有职守，仍不得为闲；谪降而本郡官承朝中之意加以监束，致言动皆不自由，亦仍不得为闲。东坡之在黄州，既无职守，复无拘箝，则真闲人也。然亦须人自能静心澄虑，方能享此闲福，若得失在怀，悔尤萦梦，虽有闲适之境，亦无闲适之情，此东坡所以谓‘世少闲人如吾两人’者也。”或提示意境相仿而机杼各异的作品，以便读者进一步寻绎比较；或逐层剖析作者的特殊境遇和微妙心态，引导读者设身处地去领略个中意趣，都做足了功夫，而绝不敷衍了事。有些讨论还直接联系现实，如《鸡肋编》“馓子”条述及宋代走街串巷售卖熟食的小商贩，“必为诡异标表语言，然后所售益广”，吕氏由此议论道：“各种叫卖之声实在是个很有趣味的东西。所用词语有形容恰当可味的，也有像此所说‘诡异’可笑的。在声调方面，有比较直率的，也有悠扬可听的。小楼深巷，偶然飘过一两声，往往令人神往。（现在的大廉价用铜鼓喇叭大吹大擂，或用播音器传送一些恶俗音乐，只能叫人掩耳而过。）读者能学说一种否？”娓娓道来，随意点染，本身就已是冲淡隽永的小品，读来饶有情趣，耐人寻味。

既然称之为“讨论”，编撰者自然不该持有定见，而应当鼓励读者各抒己意。如《老学庵笔记》中的“不了事汉”条，记施全刺杀秦桧未遂，反遭擒被诛，行刑之时，“观者甚众，中有一人朗言曰：‘此不了事汉，不斩何为！’闻者皆笑”。注释中最初并未诠说“不了事汉”的含义，“讨论”部分则一口气列出三项：首先，“秦桧当政，力主和议，自来评论，不一其说，试综述当时形势，下一断语”；其次，“此故事中所反映一般民众对于秦桧之态度如何？试就此事申论政府与民意之关系”；最后，“暗杀是否政治上有效之手段？何种政制之下可以不致有暗杀之事？”不久就有读者致书杂志编者，指出“‘了事’‘不了事’本为宋代成语”，原文中语带双关，“一方面固然指刺秦不成为‘不了事’，同时也等于说‘这个爱国军人还不应该杀吗！’闻者皆笑，因为这话表面上骂施全，而实际上却把秦桧骂得入骨三分，无话可辩”（则厂《关于“不了事汉”》，载1943年《国文杂志》第二卷第四期）。吕叔湘在结集之际尚未及采录其说，待重印时就从善如流，在《三版跋》中大段摘抄来信作为补正。这位读者的态度无疑是同情施全而憎恶秦桧的，很大程度上也代表了南宋以来舆论的主要倾向。但仔细玩味“讨论”中的措辞，似乎并没有如此爱憎分明，而是留有一定的余地以供商榷研讨。事实上确实有人并不认同似乎早有定谳的评价，吕思勉在早年所撰《关岳合传》（中华书局，1916年）中就强调，秦桧“不惟非奸臣，且为靖康末之劳臣，建炎时之忠臣”，应该“但责其公罪，而不诬及其私德”（见该书第十一章《秦桧》）。尔后在《白话本国史》（商务印书馆，1923年）中，他仍然持同样的主张，以为“和议的在当时，本是件必不能免的事”，“然而主持和议的秦桧，却因此而大负恶名”，并钩稽排比相关史料，详加分析，认为“秦桧一定要跑回来，正是他爱国之处；始终坚持和议，是他有识力，肯负责任之处”（见该书第三篇第一章第二节《和议的成就和军阀的翦除》）。吕著在当时多次重印，发行量极大。而吕叔湘在1932年至1935年期间曾担任过苏州中学图书馆馆长，亲力亲为撰写过不少书评，应该也留意过自己本家的这些专为中学生撰著，甚至直接利用中学授课讲义增补而成的论著。他本人后来还专门考释过秦桧将岳飞等人定罪时所说的“莫须有”一词（收入《语文杂记》，上海教育出版社，1984年），强调其意即“恐怕有”，带有测度疑问的意味，不能望文生义地理解为语气专断蛮横的“不须有”或“必须有”。语意理解上的细微差异，大概也会或多或少影响到对相关人事的评判。而此事归根到底，就像吕思勉后来所感慨的那样，“其实欲言民族主义，欲言反抗侵略，不当重在崇拜战将，即欲表扬战将，亦当详考史事，求其真相，不当禁遏考证也”（《三反及思想改造学习总结》，转引自李永圻、张耕华《吕思勉先生年谱长编》，上海古籍出版社，2012年）。严肃的学术研究本不应设置禁区，唯有提供自由平等的研讨空间，才能不断深入复杂隐微的历史。

由于选材精当，注释确切，“讨论”的内容也颇能益人心智，所以《笔记文选读》问世之后大受欢迎，文光书店在短短数年中就印行过三版，此后还有其他出版社在删去部分内容之后改版刊行。吕叔湘晚年对这部耗费过不少心力的小书依然情有独钟，又交付语文出版社在1992年再次付梓，不仅依据新见资料予以修订，如《梦溪笔谈》部分“重印时参考文物出版社影印元大德刊本、中华书局排印胡道静校注本”，《武林旧事》部分“重印时参考中华书局校点本”；还恢复了此前被删略的一些内容，因而在《重印题记》中指出，这一次“基本上恢复了原来的面貌”。遗憾的是，新版中并没有收入叶圣陶的序言，不便于读者了解其当年撰著和出版的背景。不过在其身后编成的《吕叔湘全集》（辽宁教育出版社，2002年）中，所收录的《笔记文选读》就以新版为准，毫无疑问已将此视为定本。

吕叔湘在《重印题记》中回顾了先前刊印时的波折：“五十年代以后曾经先后由新文艺出版社、中华书局上海编辑所、上海古籍出版社印过，他们互相授受，然后给我通知。在屡次重印过程中，篇目有所删减，注释之后的‘讨论’则一概削去。既成事实，我也无可奈何。”对出版社未经许可就擅作主张，显然有些耿耿于怀。然而，兴许是因为时间隔得太久，记忆不免略有舛误。比如所谓的“新文艺出版社”，其实应该是“古典文学出版社”。该社在1955年曾征求他的意见，率先重印过此书，为此他还另外撰有新序一篇（新版中也未收入）。而古典文学出版社和中华书局上海编辑所均为上海古籍出版社的前身，先后刊行此书只是利用原有纸型重印或是依照旧版修订重排，严格来说并不能算不同出版社之间的私相授受。《重印题记》中又称："现在重印，所删六篇，恢复了三篇。"也与事实不符而容易引起误解。此前数次重印时被删去的篇目数量并不相同，古典文学出版社 1955 年版仅删除三篇，中华书局上海编辑所 1959 年版相沿未改，而到了上海古籍出版社 1979 年版中则多达八篇。好在此类细节无伤大雅，可以暂置勿论。倒是那些篇目究竟为什么遭到删略，其内容和价值究竟如何，是值得略做探究分析的。

最初被古典文学出版社删除的三篇为《梦溪笔谈》的"以券招夷"条、《岭外代答》的"海外黎蛮"和"款塞"两条；在此基础上，上海古籍出版社又剔除了《梦溪笔谈》的"地图"条、《鸡肋编》的"俚语见事"条，以及《岭外代答》的"钦州博易场""蛮刀""蛮马"诸条。究其内容，绝大多数涉及境内的少数民族，还有一些则提到与高丽、交阯等周边国家的外交、贸易关系。原著作者受到"夷夏大防"观念的影响，在文中或轻慢地斥之为"蛮夷"，或流露出居高临下的骄纵姿态。在新时代和新局势下，这些地方势必让出版者担心会有所违碍，而不得不防患于未然，以免无端惹是生非。即便是语文出版社的新版，也仅恢复了被上海古籍出版社删去的那五篇。看来虽已今非昔比，可吕叔湘本人也不免心存顾虑。实际上，原作者的立场并不代表选注者的意见。早年留学英伦攻读人类学的吕叔湘，此前曾翻译过美国人类学家路威的《文明与野蛮》（生活书店，1935 年），在《译者序》

中尤为推崇此书“以破除‘文明人’之自大狂为主旨”，“对于自命为天之骄子的白种人，特别是他们里头的种族主义者，抨击不遗余力”，从中不难推知他对“夷夏”观念的态度。在选注这些笔记时，他也时常注意引导读者。讨论“海外黎蛮”条时，就指出作者记录黎族人歃血、斫石、折箭等习俗，“凡此诸事，在科学昌明之今日，皆可谓为迷信。然人为理性之动物，初民亦无绝无理智者，特应用乖方，终遭弃斥耳”，“吾人不得以其为‘迷信’而遂不推究其思考之过程也”，绝无丝毫歧视偏见。有些注释迄今仍然颇有参考价值，如“款塞”条所记多为瑶族人口头俗语，其中提到“男行把棒，女行把麻”，吕叔湘便指出：“‘男行’即‘男子们’之意，‘女行’同。‘把棒’或是指邻里守望，‘把麻’当是谓纺织女红。”要言不烦而能释疑解惑。而多年之后问世的杨武泉《岭外代答校注》（中华书局，1999年），对此却阙而未注。杨氏在《周去非与〈岭外代答〉——校注前言》中声称，“此书之校注，自宋以来，尚未之前闻”，“故对于这样一部有重要史料价值的书，校定其文字，诠释其词语，疏通其内容，指明其失误，以服务于读者，在当今整理古籍以适应学术发展的新时代，显然是很有必要的”，所言极是，但全书在词语诠释方面却多有阙略，看来也并不知道吕叔湘选注过此书。日后若能再做修订增补，似乎可以采摭一下《笔记文选读》。杨氏在《校注凡例》中还提到，“原书对一些少数民族族称有污辱性之文字偏旁者，依现代情况改正之”，或许和先前出版社删汰《笔记文选读》部分篇目一样，有着迫不得已的苦衷。这样做虽然情有可原，终究并不符合“整理古籍以适应学术发展”的基本规范。至于《笔记文选读》，尽管新版已经“基本上恢复了原来的面貌”，可日后改版重印时，倘若能将被删略的其余三篇，以及叶圣陶 1943 年所撰序言、吕叔湘 1955 年所作新序等，悉数搜辑起来作为附录，以供读者参酌，则不仅可以藉此略窥世事的递嬗迁变，更不至于令前辈学人付出的艰辛徒劳枉费。

原载 2018 年 4 月 9 日《澎湃新闻 · 上海书评》

作为古典文学研究者的戴望舒

只要一提到戴望舒，人们很自然就会在脑海里浮现出《雨巷》《乐园鸟》那些哀婉低徊的新诗名篇，或《塞万提斯的未婚妻》《洛尔伽诗钞》等备受称誉的诗文译作，对他在中国古典文学领域所取得的成就则所知甚少。实则除了创作和翻译之外，他还将大量时间和精力倾注到对古典文学的整理、推广及研讨之中。早在二十世纪三十年代中期，他就校点过《豆棚闲话》《石点头》等明清小说；到了四十年代初，在香港主编《星岛日报·俗文学》周刊之际，他不仅向孙楷第、赵景深、谭正璧、吴晓铃、叶德均等专家广泛约稿，自己也撰写过不少俗文学领域的评论、札记；在滞留香港的八年期间，他还陆续在《大众周报》《华侨日报》《香岛日报》上发表多篇有关小说、戏曲的论文；直至 1947 年，他又一度担任上海市立师范专科学校教授，开设过唐诗和中国小说史等课程。由此足见他对中国古典文学尤其是小说、戏曲长期保持着极为浓厚的兴趣，从事专门研究并非心血来潮而偶一为之。

1950 年 2 月 28 日，年仅四十六岁的戴望舒在北京猝然辞世，生前文稿由诸多好友分头裒辑整理。有关古典文学研究的部分经由吴晓铃的悉心编定，在数年后以《小说戏曲论集》之名正式结集出版（作家出版社，1958年）。尽管收录并不完备，而且有些篇目仅是依据其批校或手稿整理而成，不免略有讹脱，可依然展现出他在这一领域中卓立特异的才华。将其研究成果置于近现代学术的流变递嬗之中加以衡量，更能呈现出他在域外文献调研、方言俗语考释、作家生平考察以及作品内容评析等诸多方面所取得的卓异成就和产生的深远影响。

一、预潮流：域外文献的发现与研讨

近现代以来的文史研究在各个新兴领域得以开疆拓土，很大程度上依赖于新史料的发现、整理和研讨。诚如陈寅恪所言，“一时代之学术，必有其新材料与新问题。取用此材料，以研求问题，则为此时代学术之新潮流。治学之士，得预此潮流者，谓之预流（借用佛教初果之名）。其未得预者，谓之未入流。此古今学术史之通义，非彼闭门造车之徒，所能同喻者也”（《陈垣〈敦煌劫余录〉序》，收入《金明馆丛稿二编》，上海古籍出版社，1980年），“彼辈既不能利用，或无暇利用，不唯孤负此种新材料，直为中国学术独立之罪人而已”（《吾国学术之现状及清华之职责》，收入《金明馆丛稿二编》）。他的看法在某种程度上也反映了当时不少学者的共识，能否敏锐地发现新史料并尽可能予以充分利用，确实已经成为衡量研究者水平高下乃至中国学术独立与否的重要参照。对于在传统观念中不受重视的小说、戏曲等俗文学作品而言，研究者更是将新史料的发现和阐释作为主要突破口之一，并由此确立起诸如王国维《宋元戏曲考》、胡适《红楼梦考证》等学术新典范。戴望舒也颇能“预此潮流”，着重“在资料的搜集、校订和抉别上做工夫”（吴晓铃《编后小记》，收入戴望舒著、吴晓铃编《小说戏曲论集》）。早在1934年8月至11月期间，正在法国留学的他转赴西班牙考察，特别留心寻访中土散佚已久的文献典籍。在《西班牙爱斯高里亚尔静院所藏中国小说戏曲》一文中，他记录了自己在爱斯高里亚尔（今译作“埃斯科里亚尔”）圣劳伦佐皇家图书馆的见闻，文中提到：“其关于通俗文学者，有《三国志演义》一种，为诸家所未著录。书名《新刊按鉴汉谱三国志传绘像足本大全》，首页题‘新刊通俗演义三国志史传，东原罗本贯中编次，书林苍溪叶逢春彩像’，有嘉靖二十七年钟陵元峰子序，序中有‘书林叶静子加以图像，中郎翁叶苍溪镌而成之’等语。书凡十卷、二百四十段，每页十六行，每行二十字，图在上端，两边题字，古朴可爱，惜缺第三、第十两卷耳。案《三国志演义》，除元至治刊《全相平话三国志》及嘉靖元年刊《三国志通俗演义》外，见存诸本，当以此为最早。以滞留时期不多，未遑细览，至今引为憾事。”在明代诸多讲史演义小说中，《三国演义》是问世最早也最受欢迎的一部，出现过多种繁简不同、内容各异的刊本，彼此间的先后承传关系极其复杂。而自从清代康熙年间毛纶、毛宗岗父子的评点本广为流传之后，早期的诸多版本遂渐废而不行，更为追溯其源流递嬗增加了很多困难。现仅存于西班牙的叶逢春本不仅是能够确定具体刊行年份的最早的一种版本，而且也为梳理后世不同版本间的关联乃至小说情节的蜕变演化提供了非常重要的线索（参见英国学者魏安《三国演义版本考》，上海古籍出版社，1996 年；日本学者中川谕《〈三国志演义〉版本研究》第三章第二节，林妙燕译，上海古籍出版社，2010 年）。最先关注叶逢春本的是法国汉学家伯希和（Paul Pelliot），他在二十世纪二十年代末至西班牙访书，曾撰文简略介绍过此书的概况〔参见伯希和《关于西班牙所藏几部典籍的札记》（*Notes sur quelques livres ou documents conservés en Espagne*），载 1929 年《通报》（*T'ong Pao*）第二十六卷〕。戴望舒于 1932 年 11 月至法国留学，或许正是从伯希和的论文中获悉此书的基本情况，才会亲赴西班牙一探究竟，他也由此成为首位实地考察该书详情的中国学者。在此之后又过了二十年，方有其他中国学者前往探访（参见方豪《流落于西葡的中国文献》，载 1952 年《学术季刊》第一卷第二期；修订后又收入《方豪六十自定稿》，学生书局，1969 年）。而在戴望舒此次实地调研的前后，尽管有马廉、郑振铎、孙楷第等小说史专家仔细考索钩沉过《三国演义》的版本源流（参见马廉《旧本三国演义板本的调查》《三国演义版本六种》，均收入刘倩编《马隅卿小说戏曲论集》，中华书局，2006年；郑振铎《〈三国志演义〉的演化》，收入《中国文学研究》，作家出版社，1957年；孙楷第《中国通俗小说书目》，人民文学出版社，1982年），但由于并不知晓叶逢春本尚存天壤，因而所做研讨也多有补正商榷的余地。虽然因时间仓促而未及详作考论，但戴望舒无疑为后来的研究者提供了重要的线索。

除了在海外亲自探访稀见典籍之外，戴望舒对其他新发现的域外文献也极为重视。1929年秋，正在北京大学任教的马廉通过日本学者长泽规矩也的帮助，获得日本内阁文库所藏宋元话本的照片，随即由古今小品书籍印行会影印行世。由于书版中刻有“清平山堂”字样，可以推知为明代嘉靖年间洪楩所刻；为方便起见，马廉便将这些作品径称为“清平山堂话本”。数年之后，马廉又购得从宁波范氏天一阁流散出来的《雨窗集》和《欹枕集》两书残本，根据版式和内容判断，与先前印行的《清平山堂话本》当属于同类作品。这两批话本的发现意义非凡，因为“这类作品，不但体裁不同，文章上也起了变革，用的是白话，所以实在是小说史上的一大变迁”（鲁迅《中国小说的历史的变迁》第四讲《宋人之“说话”及其影响》，《中国小说史略》附录，人民文学出版社，1973年）。马廉在《清平山堂话本与雨窗欹枕集》（载1934年《国立北平图书馆馆刊》第八卷第二期，收入刘倩编《马隅卿小说戏曲论集》）中探讨过这些宋元话本的原貌，认为“这次发现的两本，在书根题字的排列上，觉得行款不同，似乎不是同时写的。所以我疑惑原书并无总称，当时乃随刻随印，而各家有不在同时得到的，其内容也就不相同了。范氏先后得此四册，为便于插架醒目起见，所以才题了这个雅号，似乎不是后人编目时临时题上的——或许就是与洪氏同时的这位大藏书家范东明先生（一五〇六至一五八五）所亲题的也未可知”。他还依据前后两批话本的编次方式，推测“原书总数的共计，或者是八册四十篇”；即便考虑到《雨窗集》中佚阙的五篇有可能与日本内阁文库藏本所缺的内容重合，那也“至少有六册三十篇，是现在可以断定的了”。（按：马氏还有《清平山堂话本序目》《影印天一阁旧藏雨窗欹枕集序》，均收入《马隅卿小说戏曲论集》，可一并参看。）对于马廉的意见，戴望舒并不认同，在仔细搜寻相关证据后予以商榷。他在《跋〈雨窗欹枕集〉》中指出：“今按嘉庆己未顾修《汇刻书目初编》，载《六家小说》，有《雨窗》《长灯》《随航》《欹枕》《解闲》《醒梦》等六集，《雨窗》《欹枕》二集，具在其中。顾修编目时，未必得见天一阁藏书也；又，明嘉庆间晁氏《宝文堂分类书目》卷中子杂目，亦载《随航集》十种，晁氏编目，更无据天一阁范氏之理。据此可知，各集题名为刊书者洪氏所定，每集包涵话本十篇，分为二册，此其一；洪氏所刊话本，至少有六集六十种，此其二。”通过对明清两代书目文献的细致爬梳和分析，他判定这些话本原先的总名应该是《六家小说》，并认为各集书名并非收藏者天一阁主人范钦所定，而是刊刻者洪楩所拟，作品总数则应有六十种之多。这些发现及时纠正了马廉的疏漏，为继续研讨宋元话本的流传提供了重要启示，也成为后来不少研究者的共识（参见胡士莹《话本小说概论》第五章《话本》第一节《话本的写定与刊印》，中华书局，1980 年；石昌渝校点本《清平山堂话本·前言》，江苏古籍出版社，1990 年；程毅中《清平山堂话本校注·前言》，中华书局，2012 年）。

戴望舒对稀见典籍尤其是域外文献如此关注，并非好奇趋新的心态使然，而是与其后续研究密切相关，因而也并未浅尝辄止。例如王古鲁于 1940 年在日本调查中国古典小说、戏曲，不仅拍摄了大量书影，还撰文披露过相关情况（参见《摄取日本所藏中国旧刻小说书影经过志略》《日本所藏的中国旧刻小说戏曲》《日光访书记》，均载苗怀明整理《王古鲁小说戏曲论集》，中华书局，2013 年）。其中有一部收藏在日光轮王寺慈眼堂的双峰堂刊本《忠义水浒志传评林》，在《水浒传》版本演变史上极为重要。此前仅知日本内阁文库藏有此书残本，孙楷第于 1931 年曾赴东京调查，并在《日本东京所见中国小说提要》（人民文学出版社，1958 年）中予以著录。但因当时所见仅为残本，所以在介绍时略有疏失。戴望舒也撰有《日本日光轮王寺所藏中国小说》，介绍过该寺所藏《水浒志传评林》，许为“天壤间孤本者”，特别强调其为“全本”，而“内阁文库藏本不全”。虽然很有可能只是撮述王古鲁的调查结果，但和他本人曾深入调查袁无涯刊《忠义水浒传》的真伪应该颇有关联（参见戴望舒《袁刊〈水浒传〉之真伪》）。戴望舒还谈到过宋刊二十卷本《醉翁谈录》，“书为日本长泽规矩也发现，云传自朝鲜者，由文求堂主人以珂罗版影印行世”，“卷首《舌耕叙引》，于宋代小说家数，颇有阐明”，“并罗列小说名目百余种，为治小说学者前所未闻”（戴望舒《跋〈醉翁谈录〉》）。宋代说话人的家数分类恰好是他极感兴趣的话题，先后写过《谈〈东京梦华录〉里的一个句读问题》《关于“合生”》等予以研讨，重视《醉翁谈录》自然顺理成章。由此可见，戴望舒对于域外稀见文献的调查和考察，并不是为了炫奇争胜，而是为日后的深入研讨奠定坚实的基础。

二、发凡起例：方言俗语的考释

古典小说、戏曲中的语言大多直接源自日常生活，有时更混杂了不少方言俗语（包括部分外来语），尽管因此显得格外尖新活泼，但后人在查考其确切含义时却往往感到棘手。而传统训诂学的研究对象主要是经史一类著作，在这方面也不能提供助益。或许是出于诗人的天性，戴望舒对文学语言有着与生俱来的敏感和好奇，有不少论文都肆力于考释各类生僻语词。他写过一篇《谈元曲的蒙古方言》，针对元曲中频繁出现的外来异族语言，指出“如果没有先把元曲中的方言俗语研究清楚，那么我们读元曲总还是等于囫囵吞枣一样，鉴赏元曲文章便更谈不到了”，所以当务之急在于“研究蒙古语”。当然，他并不是要求文学研究者越俎代庖地去钻研旧蒙古文（即“八思巴文”），而是强调应该充分利用相关工具书来扫清阅读障碍。为了说明问题，他举了关汉卿《邓夫人苦痛哭存孝》中的一段作为例证：“米罕整斤吞，抹邻不会骑。弩门并速门，弓箭怎的射？撒因答剌孙，见了抢着吃。喝的莎塔八，跌倒就是睡。若说我姓名，家将不能记。一对忽剌孩，都是狗养的。”原文中夹杂了大量蒙古语词汇，自然是为了迎合当时观众的口味，同时也是戏曲创作本色呈现的需要。然而时过境迁，在后世读者眼中就显得文意艰涩，甚至难以卒读。戴望舒巧妙地借助明初火源洁所著《华夷译语》，将上引片段转译如下：“肉整斤吞，马不会骑。弓箭也不会射。好酒见了就抢着吃。喝的醉了，跌倒就睡。若说我姓名，家将也不能记。我们是一对贼，都是狗养的。”文意上的疑难顿时涣然冰释，显得文从字顺。他由此提出建议：“其余元曲中的蒙古语，有许多都可以从这本小书找出来。在八思巴文研究还没有一个完整系统前，我们尽量利用这部小书来研究元曲的蒙古字汇吧。”《华夷译语》内容生僻而流传未广，近代以来只有商务印书馆在1918年印行的《涵芬楼秘笈》第四集中曾予以收录，戴望舒所依据的正是这一影印本。关汉卿无意间制造的疑难迎刃而解，看似不费吹灰之力，但若不是在这方面素有积疑，经历过多方求索，恐怕也很难注意到如此生僻的典籍。这篇论文的篇幅虽然不长，却能结合实例，要言不烦地指示门径，对后来的研究者启发颇深。许政扬在二十世纪六十年代初期为研究生讲授“元曲语释”课程，在讲稿中曾介绍过《华夷译语》的参考价值，所举例证正是上述《邓夫人苦痛哭存孝》中的那段（参见《元曲语释研究参考书目》，收入《许政扬文存》，中华书局，1984年），毫无疑问借鉴过戴氏的论述。而方龄贵投入多年精力，最终撰成《元明戏曲中的蒙古语》，据吴晓铃所言，也同样是受戴氏的影响，“望舒的这种卓识在当时不见得会引起人们的重视，然而，它却给方龄贵兄很大的启发”（吴晓铃《〈元明戏曲中的蒙古语〉序》，载方龄贵《元明戏曲中的蒙古语》，汉语大词典出版社，1991年）。凡此种种，都显示出戴望舒在这方面堪称孤明先发。

在考释小说、戏曲中的方言俗语时，戴望舒还特别重视不同体裁作品之间的比勘参证。他认为“对元曲中的宋元俗语不要随便放过，不求甚解，而应加以更深的研究、探讨”（《释“葫芦提”“酩子里”》），而在具体实施时，需要“从宋元人笔记、语录等书中研究宋元的方言市语，尤其是宋代的俗语”（《谈元曲的蒙古方言》）。他本人也身体力行，通过实践来验证这一研究方法的可行性。他撰写了一组短文，包括《释“盆吊”》《释“搠扒”》和《释“设法”》三篇，集中考释《永乐大典》中所存南戏《小孙屠》中出现的这些俗语。《永乐大典》

本戏文三种由叶恭绰于1920年自伦敦购得，到1931年才由古今小品书籍印行会排印行世。因为未经后世改窜，所以成为研究宋元戏曲以及同时期语言的重要资料。戴望舒是最早对此进行研讨的学者之一，他结合《水浒传》《梦粱录》等小说、笔记中的相关内容，先后探讨戏文中出现的"盆吊"等俗语的词义。在他之后，钱南扬《永乐大典戏文三种校注》（中华书局，1979年）、许政扬《宋元小说戏曲语释（一）》（收入《许政扬文存》）、陆澹安《小说词语汇释》（上海古籍出版社，1979年）及《戏曲词语汇释》（上海古籍出版社，1981年）也相继得出类似的结论，虽然未必直接参考其结论，但也足见他在这方面的研讨捷足先登，卓有成果。除了这组短文外，他还另有《跋〈元曲金钱记〉》《释"葫芦提""酩子里"》等论文，也都是遵循同样的方式来考察宋元俗语，除了具体结论值得参考之外，在方法论层面上所做的阐述和示范也同样深具启发性。在此之后，一些专门研究方言俗语的语言学家也有类似见解，如蒋礼鸿强调研究古代民间口语应该从纵横两个方面做起："所谓横的方面是研究一代的语言，如元代。其中可以包括一种文学作品方面的，如元剧；也可以综合这一个时代的各种材料，如元剧之外，可以加上那时的小说、笔记、诏令等。当然后者的做法更能看出一个时代语言的全貌。"（《敦煌变文字义通释》，上海古籍出版社，1997年）与戴望舒的意见不谋而合，足见戴氏在这方面确有深刻体会。

三、钩沉索隐：作者考察与作品评析

长期以来，小说、戏曲类作品一直被视为难登大雅之堂，作者的生平行年也大多湮没不彰。有鉴于此，近现代学者如鲁迅、胡适、郑振铎、孙楷第、赵景深等，都将考索作者生平和评析作品内容视为小说、戏曲研究的重点所在。这些方面虽然不是戴望舒关注的焦点，相关研究论文也不多，但内容仍然相当精彩。

宋代文献如《春渚纪闻》《夷坚志》《碧鸡漫志》《东京梦华录》中都提到过一位活跃于北宋熙宁至崇宁间，擅长“说诨话”，“能作十七字诗”，并“以诙谐独步京师”的“张山人”，但对其本名和生平并无明确记载。历史学家邓之诚曾耗费二十多年时间撰著《东京梦华录注》（商务印书馆，1959年），但因掌握材料有限，对其中“张山人说诨话”的记载只能阙而不注（见该书卷五《京瓦伎艺》）。戴望舒则钩稽排比相关史料，在《张山人小考》中对其本名、经历、生卒等逐一考订，指出“张山人名寿”，“十七字诗确系张寿所首创”，“作十七字诗外，亦以十六字作诗”，“不事节蓄，仅足糊口，既无妻妾，自鲜子孙，及至耄耋之年，心力交瘁，无以再继，遂不得不返故里”，“虽身后萧条，然其寿不可谓不高也”。这些结论都坚确不移，足以凭信，因而此后日本学者入矢义高、梅原郁在合作译注《东京梦华录》（《東京夢華録：宋代の都市と生活》，平凡社：1996年）时就直接采纳其研究成果。戴望舒还有一些类似的论文，对小说史、戏曲史上的重要人物生平进行研讨，如整合袁宏道、袁中道、冯梦龙等人日记、信札、散曲中的线索，对刊行过《水浒传》却被胡适认为生平已不可考的袁无涯的身世加以勾勒（参见《袁刊〈水浒传〉之真伪》）；借助方志的记载，考察在传播“元人杂剧名篇，明人小说巨制”方面居功至伟的刘延伯的家世背景和仕宦经历（参见《关于刘延伯》）；在书目、曲论等资料中仔细爬梳钩沉，对原本凭借小说创作闻名于世的凌濛初的戏曲作品予以考订（参见《凌濛初的剧本》）。由于他对相关文献极为熟悉，在运用和分析史料时就显得驾轻就熟。

在对作品内容进行评析的过程中，戴望舒的视野极为开阔，并不拘囿于文学本身，因而相关解读也更为新颖别致，引人入胜。他对唐人白行简所撰《李娃传》的研读就充分体现出这一特点。他在《读〈李娃传〉》里提到小说中有一段内容“常为读者所注意而且加以怀疑的”，即荥阳生偕李娃过访宣阳里李氏姨宅，忽有人来报告李姥暴卒，于是李娃先行返回，而生为姨竭力挽留，直到晚间返回平康里李氏宅，则已人去楼空，生乃欲赶回宣阳里诘问其姨，但天色已晚，计程不能达，遂待次日天明方才赶去，而李姨也不知所终。戴望舒就此设问道：“凡是略知当时长安坊里的细心读者都会觉得，宣阳、平康二里毗邻，路途迩近，即便日晚，也可以连夜赶去，何至于计程不能达？”小说中的这段叙述确实令人心生疑惑。清人俞正燮已经提出过质疑，并认为小说所述并非依据现实场景，乃“作传者信笔漫书之，非实情也”（《癸巳存稿》卷十四“《李娃传》”条）。戴望舒引述了俞氏的意见，却并不赞同。他重新研讨了小说中的那段内容，参考《长安志》《长安图志》《唐会要》的记载，仔细考订唐代长安城中坊里的布局结构，并据此绘制地图以推求当时荥阳生的具体行进路线，指出“最捷近的路，算起来大约有五六百步，路并不算近”。在此基础上，他又通过《唐律疏议》以及其他唐人小说中的记载，考察了唐代夜禁令的实施情况，由此判断李姨如此安排，“其最大的关键全在于利用这个犯夜律，使荥阳公子两面扑空，而金蝉脱壳之计始遂”。最后又做出总结：“白行简在写这一段文章的时候，是确实有他的理由，而且也完全出于实情，绝不是‘漫笔书之’的，只是时移代转，当时人尽皆知的事，便不再为后人所理解了。后世的人不明白当时坊里的组织，不明白当时夜禁的法令，便至于不了解这一段文章的用心之处，反而怀疑到作者的错误了。”正是具备了历史地理、民俗、法律等多方面的知识，并加以融会贯通，才能发前人未发之覆，对小说中看似不合常理的情节做出令人信服的解释；而这样鞭辟入里的分析研讨，对读者深切体会作者构思时的匠心独运，也无疑提供了极大的助益。

对于戴望舒的英年早逝，叶灵凤曾扼腕叹息道：“他的生命如果不被病魔夺去，在这十多年中，以他的外国语文造诣，以他对于通俗小说戏曲兴趣之浓，当然有机会好好的做一番工作的。可惜天不假年，以致不能为我们文坛多作出一点贡献。”（《死得瞑目的望舒》，收入《读书随笔》二集，三联书店，1988年）叶灵凤与戴望舒交谊颇深，对他毕生精力所注自然了解极深，对其未能充分施展才华也至为痛心。吴晓铃在编辑整理戴氏遗著时也不无感慨地说：“在他的并不太长的一生中，他的主要的工作应该说是诗的创作和翻译法兰西和西班牙的文学作品，并不是中国古典文学的研究。……尽管这样，在这里所结集的三十一篇长短不一的文章里，读者已经不难看出他在这方面的成绩和贡献。”作为古典小说、戏曲方面的专家，吴晓铃对戴望舒生平业绩所做的高度评价更值得重视。另据吴晓铃介绍，戴氏遗稿中还有“一个尚未完成的《中国小说史》的蓝图”，“从古代文献里所钞录下来的中国小说资料将近百万言”（《小说戏曲论集·编后小记》）。历经数十年的劫难，这些资料恐怕都已经荡然无存了，对后世研究者而言，显然是一个难以弥补的缺憾。但即便如此，仅凭留存下来的这三十余篇论文和札记，戴望舒也毫无疑问是一位不该被历史遗忘的优秀学人。

原载《现代中文学刊》2018年第1期

附记：拙文《宋代人究竟如何“说话”》（收入拙著《却顾所来径》）着重讨论过戴望舒《谈〈东京梦华录〉里的一个句读问题》一文以及与此相关的中外学者争议。

鉴赏之学的兼容并包和矫枉过正

传统文学批评注重感性的鉴赏体悟，有时不免支离琐碎甚至玄虚浮泛；现代学术研究则强调理性的考证裁断，讲究逻辑的缜密和体系的严整。随着以“科学方法”来“整理国故”的风气愈演愈烈，这两种治学取向在现代学界的此消彼长也日趋明显。朱自清在《中国文学系概况》（载1934年《清华周刊》第四十一卷）中对两者的递嬗更迭就深有感慨：“从前做考据的人认文学为词章，不大愿意过问；近年来风气变了，渐渐有了做文学考据的人。但在鉴赏及批评方面做工夫的还少。旧日文献涉及这方面的大抵零碎琐屑，不成片段，发挥广大，是现在人的责任。”在这样的学术氛围下，自愿承续传统并确实有所创获的学者无疑是难能可贵的，傅庚生正是其中颇具代表性的一位。

从早年撰著的《中国文学欣赏举隅》（开明书店，1943年）和《中国文学批评通论》（商务印书馆，1946年），到中年时结集的《文学赏鉴论丛》（东风文艺出版社，1963年），直至最近由其哲嗣傅光编定的《中国文学欣赏发凡》（三联书店，2017年），都鲜明地体现出傅庚生对传统诗文批评保持着一以贯之的偏爱和倚重。尽管偶尔也会借用一些新术语和新概念，可这些论著给予人们最深刻的印象，依然是其中触处可见的对历代鉴赏批评文献的征引和评议。他尤其擅长综辑排比各类“零碎琐屑，不成片段”的资料，在此基础上取精用弘而扬榷古今。前人的品评商讨和个人的阐释发挥往往互相生发，甚至彼此交融贯通，令人浑然不觉。比如在《文论神气说与灵感》（载1946年《东方杂志》第四十二卷第一号；又改题为《神气与灵感》，收入傅光编《中国文学欣赏发凡》）中，他针对创作灵感与书本知识之间的关联评论道：“书理经过了在潜意识中的酝酿，才能映现灵感于意识，像米麦经过了酝酿才能滤出酒来一样。酒是再不该留遗有米麦的形质的，所以‘不涉理路，不落言筌’的方是诗中的上品。”这个米麦酿酒的比喻新警别致，却并非师心独造，而是源自清人吴乔的《围炉诗话》：“意喻之米，饭与酒所同出。文喻之炊而为饭，诗喻之酿而为酒。文之措词必副乎意，犹饭之不变米形，啖之则饱也；诗之措词不必副乎意，犹酒之变尽米形，饮之则醉也。”吴氏原以饭酒之别来喻示诗文之界，傅氏稍作剪裁后便化为己用，遂能令读者过目不忘。

傅庚生时常能从前人论诗衡文的只言片语中获得启发，再加以充分的引申和补充。即使是大家耳熟能详的作品，经过他细致周详的解析也能变得新意迭出。例如李白的《越中览古》：“越王勾践破吴归，战士还家尽锦衣。宫女如花满春殿，只今唯有鹧鸪飞。”前人多从布局、诗法等角度予以评说，明人敖英《类编唐诗七言绝句》提到："前三句赋昔日之繁华，末一句咏今日之凄凉。大抵唐人吊古之作，多以今昔盛衰构意，而纵横变化，存乎体裁。"清人李锳《诗法易简录》也认为："前三句极写其盛，末一句始用转笔以写其哀，格法奇矫。"傅庚生在《中国文学欣赏举隅》第四章《悲喜与同情》中对此再做深究，除了指出"此诗以三句写当年之盛况，而以一句寓伤逝之情；虽只一句，但力足将三句扳转"，想必参考借鉴过前人的意见，另外还有不少新的发现。他强调"此中更有虚实之分际"，前三句所述内容，"止是'想当然耳'，镜中花、水中月也"，而最后一句"'鹧鸪飞'虽只三字，乃是当前实景也"；随即又补充说，"此中尤有牵系之渊源，用'鹧鸪飞'三字足以点化上三句"，不妨由此展开联想，"今日越宫之鹧鸪疑若为昔时锦衣战士、如花宫女所蜕变也者"；最后则引导读者做更深入的参照比较，"试或易作'只今寂寞掩空扉'，则点金成铁矣"，原因就在于改动以后，"感怀古事之情辞太泛，无甄陶之力量，悲凉之字句不足以敌溢喜之想象"。从各个角度逐层剖析，娓娓道来，对其运思造语、虚实映照、前后钩连等都有极其细腻精微的解读，引导读者沉潜往复，仔细涵泳，对一些习焉不察的细枝末节也能够产生深切的体会。

诸如此类深思极虑而益人心智的诠说，在傅庚生的系列著述中可谓俯拾皆是。而其典雅灵秀的措辞、凝练隽永的笔调和从容不迫的气度，也和那些被评析绎释的诗词文赋相得益彰。不过，读者在玩味这些精彩纷呈的赏鉴文字时，对其立论的根本宗旨恐怕多有轻忽。其实在《中国文学欣赏举隅》卷首的《书旨与序目》中，傅庚生就已经明确提到，“研究文学者，往往始之以欣赏，继之以摹仿，而终之以创作也。创作与欣赏，尤相乘而相因，递革而递进”，究其缘由，“盖欣赏与创作，虽所傅丽者不同，而会心则一耳”，可见两者相辅相成而并行不悖。所以他撰著此书的目的，“既以明文学欣赏之例，随亦析文学创作之法”，在研讨归纳鉴赏批评的条例规则时，也注重分析指点实际创作的技巧方法。在该书正文中，也多见涉及“文学创作之法”的讨论，如第二十一章《巧拙与刚柔》开门见山就说起：“大抵初习缀诗文者，字句之间每自恨其拙而无如何也。涉猎稍多，浸知务于巧，跳掷荡漾，初不自知已流于浮激也。再入，则悟冲淡之足取，尽芟其繁缛，存其古奥，反于拙矣。然而终沦于诘屈聱牙者，亦失在反拙而未能出巧也。必巧拙相乘相因，递生递革，乃始克济，是以学无止境。”认为创作时必须循序渐进，首先是由拙入巧，接着再自巧返拙，最后还需要拙中出巧，巧与拙之间交错往复，才能逐渐臻于化境。

将鉴赏批评与创作实践融会贯通的理念，始终贯穿在他后续撰作的大量论著之中，足见这绝非一时心血来潮的汗漫之言。在《中国文学批评通论》的《自序》中，他也提到：“有志于文学创作者，首必求能多了解他人之作品，继之以摹仿，终之以创作。创作之前，必纵以访文学之源流，横以参文学之理论，技巧备而基础坚，遂能达其情思以杼轴成章矣。有志于文学研究者，首亦必多了解文学之创作，继之以征实，终之以研究。研究之后，能溯以求文学之正变，深以掘文学之蕴藏，眼力高而心得积，乃可倚其情知以权衡阐论也。研究者能并及摹仿与创作，则心知甘苦而识见愈明；创作者能不废征实与研究，则才兼情知而心手愈敏。”面对志趣各异的读者，提醒他们应该兼顾创作和研究，唯有这样才能取长补短，精益求精。该书第三章也引人瞩目地以“创作与批评”作为标题，再次强调：“创作者运用情感与想象，而表现其所见之意境于作品；方其构成此种意境者，创造之中已寓欣赏。欣赏者亦须凭藉情感与想象，由作品中寻味其意境；方其领略此种意境时，欣赏之中已寓创造。故创作与欣赏其揆一也，特欣赏者至获见意境而止，不进求表现之术而已。”依然延续着同样的话题，阐述两者交相融合而殊途同归的特点。此外，在《中文系教学意见商兑》（载1946年《国文月刊》第四十九期；又改题为《研究与创作》，收入傅光编《中国文学欣赏发凡》）中，他依照当时对大学中文系派别的划分，自居为“研究与创作并重派”，并在最后总结道：“创作的尝试和研究的充实本是相资相成的。致力于文学的人，不管走创作的路抑或研究的路，永远应该视两者如左右手；不过在运用时有先后重轻主辅之分罢了。”为了应对实际需求，虽然不得不分先后主次，但其实两者应该相互取资而不能偏废。

讲解鉴赏之学竟然联系到创作之法，似乎有些文不对题，甚至不切实际。读者在披览之余，大概未必会做深究。然而仔细推究寻绎，这恐怕正是傅庚生深造有得、金针度人的经验之谈。如果再由此沿波讨源，不难发现这也是传统诗文评中屡见不鲜的主张，南朝齐梁时问世的《文心雕龙》就是典型的例证。刘勰撰著此书的初衷原本是“言为文之用心”（《序志》），因而侧重于总结指导写作技巧；可与此同时，他又强调“凡操千曲而后晓声，观千剑而后识器”（《知音》），认为创作实践有助于提高鉴赏批评的水平。尽管近现代以来的文学教育日渐呈现重研究而轻创作的倾向，但恪守传统的学者仍然非常注重兼容并包。黄侃在各地高校讲授《文心雕龙》，除了阐发原书的理论旨趣，也藉此指点创作规范。他在《文心雕龙札记》（北平文化学社，1927年）中曾提到：“大抵初学作文，于摹拟昔文，有二事当知：第一，当取古今相同之情事而试序之。……第二，当知古今情事有相殊者，须斟酌而为之。”（见该书《通变第二十九》）“作文之术，诚非一二言能尽，然挈其纲维，不外命意、修词二者而已。意立而词从之以生，词具而意缘之以显，二者相倚，不可或离。”（见该书《熔裁第三十二》）这些议论在今人看来或许有些枝蔓甚至突兀，可是从黄侃的立场出发，则是题中应有之义。

傅庚生早年就读于东北大学国文系预科，期间已经和一些同学合作编印刊物，开始尝试文学创作；而黄侃此时也正在该校任教，受其潜移默化的影响自然在情理之中。更何况他毕生寝馈于传统诗文评著作，对前人的议论无疑熟稔在胸，产生类似的想法并不足为奇。傅氏先后任教于多所大学，其系列著述实际上兼有授课讲义的性质，之所以不断强调必须兼容并包，针对的应该正是大学文学教育中所出现的弊端。同样出自黄侃门下的程千帆恰好有一番议论可资参证，他在《论今日大学中文系教学之蔽》（载1942年《国文月刊》第十六期）中批评道："方今大学中文之课程，经史子集，靡不在内。教学方法，自亦各有不同。然以考据之风特甚，教词章者，遂亦病论文术为空疏，疑习旧体为落伍，师生授受，无非作者之生平，作品之真伪，字句之校笺，时代之背景诸点。"傅庚生再三阐述将鉴赏批评与创作实践紧密结合的重要性，当是缘于对教学现状有着同样的观感。而他在鉴赏批评领域能够卓有建树，正因为在创作方面备知甘苦，所以才能设身处地揣摩作者的匠心巧思。吴小如在当年撰写的一篇书评《读傅庚生著〈中国文学欣赏举隅〉》（收入《读书拊掌录》，山西教育出版社，1998年）中，对傅氏的主张也深表赞同，文中提到"我并不提倡人人都去写旧诗作古文；可是治文学的，至少要懂点儿旧诗和古文"，并补充了眼前现成的例子："刘文典先生讲《文选》，顾随、俞平伯先生讲诗词，所以受人推戴，正因为他们会写骈文，会作诗填词。”由此可见，傅庚生的这番苦心在当时还是不乏知音的。

为了进一步佐证自己的观点，傅庚生在《中国文学欣赏举隅·书旨与序目》中还特意引录了一段许文雨《评古直〈钟记室诗品笺〉》（载1933年《文史丛刊》第一集）里的议论。许氏认为研究《诗品》等诗文评著作，其关键“端在讨论艺术之迁变，与夫审美之得失”，决不能“斤斤于文字训诂间”，“致力于句字之疏证，而罕关评见之诠析”。傅氏对此称赏不已，“愚以为品鉴艺文之士，当依此为圭臬矣，不徒治《诗品》然也”。强调从事鉴赏批评的工作，绝不能够停留在训诂疏证之上，而应该专注于对文学艺术审美特质的诠释阐发。有同样想法的不乏其人，程千帆在《论今日大学中文系教学之蔽》中对“考据之风特甚”的现象就颇有微词，吴小如在《读傅庚生著〈中国文学欣赏举隅〉》里更是直言不讳：“方今考据之风仍遍国中，无论私人著述，公开报刊，社会习尚，大学的专科研究，为师长所以教人，为弟子所以受业，皆舍考据莫属。天天讲科学方法，结果去实学愈远。所谓治‘文学’的专家，也只是在饾饤之学上面做工夫，真所谓大相径庭，南辕北辙了。”简直就要和崇尚“科学方法”的考据之学划清界线了。

重视鉴赏批评的感性特质确实理所当然，然而因此轻视甚至摒弃讲究理性的考证裁断，恐怕就有些矫枉过正了。以傅庚生竭力推崇的许文雨为例，除了《评古直〈钟记室诗品笺〉》之外，他在其他著作中对古直也进行过批评。钟嵘所撰《诗品》以上、中、下三品来论列诗人的高下，不仅将陶渊明归入中品，还认为其诗源自同处于中品的应璩。这些意见在后世引发过很多非议，古直的《钟记室诗品笺》（聚珍仿宋印书局，1928年）就提出，今本《诗品》已遭篡改，现列中品的陶渊明，原本应该位居上品。此说一出，得到不少人的赞同。但许文雨在《文论讲疏》（正中书局，1937年）中则不以为然，认为“本品所次，历受人议，实则记室绝无源下流上之例，故应、陶终同卷也”（见该书《钟嵘诗品》部分），强调《诗品》体例严谨，钟嵘既然认为陶诗“源出于应璩”，而应璩被置于中品，则陶潜绝无可能躐等而跃居上品。钱锺书的《谈艺录》（开明书店，1948年）在此基础上还有更为翔实的考辨，并批评古直等人“固必既深，是非遂淆。心劳力拙，亦可笑也”。然而，傅庚生稍后撰写《〈诗品〉探索》（载1949年《国文月刊》第八十二期）时，在引录许文雨对古直的批驳后竟然提到，“源下流上，关涉尚小；倘潜果有居上品之实者，未尝不可云其源出于《国风》或《古诗》以就之也。且后世于陶出于应，方多疑难，执此以为口实，亦不足以服诽议者之心耳”，对许氏的意见显然并未仔细领会，更没有注意到钱锺书的考证辨析，当然也就不能正确认识《诗品》的品第源流关系。

在《中国文学欣赏举隅》中也存在着因为轻忽考证而导致的疏失，如第二十章《剪裁与含蓄》评论了旧题为曹植所撰的《七步诗》。此诗传世有四句和六句两种不同的版本，清人陈祚明在《采菽堂古诗选》中认为二者并无高下之别："多二语，便觉淋漓似乐府；少二语，简切似古诗。"而傅庚生通过比较提出了不同的意见："四句过于颖露而峻急，不若六句之缓缓由作羹漉豉叙起，蓄蕴便厚；当是后人削繁就简，以谓七步成诗之不可以冗长也；不知既失其含蓄，乃亦无当于剪裁。"其实四句版源自《初学记》和《太平御览》，而六句版出于《世说新语》和《太平广记》。从时间上判断，《世说新语》成书最先，照理最值得信赖，但今本《世说》早就经过后人的改窜删削，并非原貌。因此很难据以判定四句与六句之间的关联，究竟是删繁就简，还是增简为繁。而更重要的是，《七步诗》的来历极为可疑，在早期刊行的《曹子建集》中并未收录，从明代开始才渐渐被视为曹植的作品。清人朱绪曾在《曹集考异》（《金陵丛书》本，蒋氏慎修书屋，1914年）中追溯过这两种不同《七步诗》的流传渊源，虽然并未直斥其伪，但已经指出最初源自小说家言，不能轻易采信。近人丁福保在编纂《全汉三国晋南北朝诗》（医学书局，1916年）时，又原封不动地迻录了朱绪曾的校勘意见。如果傅庚生稍稍留意过这些考证成果，恐怕就不会费神讨论这首托名的伪作了。

当然，伴随着时间的淘洗和历练，矫枉过正的意见也能够归于平正通达。傅庚生从中年开始肆力于杜诗研究，在最先完成的《杜甫诗论》（上海文艺联合出版社，1954年）中，表示要“沉浸含咀那些动人的诗篇的真恉”（《前言》），着重从内容和风格进行鉴赏批评；而到了晚年撰著《杜诗析疑》（陕西人民出版社，1979年）时，就转而依据历代杜诗注本，“寻绎参考，抉择去取，而后援情度理，融会贯通”，在字词疑义的比勘考辨上投注了大量精力。无独有偶，程千帆晚年在《詹詹录》（收入《闲堂文薮》，齐鲁书社，1984年）中回顾自己的治学经验，虽然还提到“考证与批评是两码事，不能互相代替”，却特意指出“从事文学研究的人，同时掌握考证与批评两种手段，是必要的”。而吴小如在时隔半个世纪后重温早年的那篇书评，也深悔孟浪，觉得“当时立论偏颇”，随即总结数十年来的体会，主张以“考据为手段，辞章为桥梁，通过考据辞章，以求达于义理之彼岸”（《读傅庚生著〈中国文学欣赏举隅〉·作者附记》，收入《读书拊掌录》）。尽管各家的侧重仍略有程度上的差异，可不约而同都改变了此前对考证之学的拒斥态度。这番学术理念的递嬗变迁及其意义所在，倒是值得后人仔细体味的。

原载2018年5月18日《澎湃新闻·上海书评》

附记：拙文《〈七步诗〉溯源》（收入拙著《却顾所来径》）、《现代学术史上的“陶诗品第”之争》（载《文艺理论研究》2016年第2期）对旧题曹植《七步诗》及“陶诗品第”问题有过更详细具体的考述。

炉边论诗兴味长

早年凭借“文情俱胜的随笔”（周作人《文载道文抄序》，收入《立春以前》，太平书局，1945 年）在文坛崭露头角，随后却突然沉寂多年，仅以古籍整理编校为业的金性尧，从 1982 年开始应邀在《书林》杂志上陆续撰文讲说古典诗歌。专栏取名为“炉边诗话”，很容易让人联想到清初诗论家吴乔那部有名的《围炉诗话》，不过两者的境况其实大相径庭。吴著是和诸多志同道合的友朋欢谈切磋的产物，众人“围炉取暖，啖爆栗，烹苦茶，笑言飚举，无复畛畦”（《围炉诗话自序》），充满了不拘形迹、往还商讨的热闹气氛。相形之下，金性尧就凄清落寞得多，正如他此后在将这些随笔汇集成书时所说的那样，“因为写时在冬天，室内有一只取暖的炉子，便随手取了这个名字”；回忆起那数年撰稿的时光，他更是出人意料地感叹，“对于去日苦多的老人来说，这六七年却不同于少壮时代的过程，就像每天撕下一张日历，薄薄一张纸，撕一张就少一天了”（《炉边诗话·前言》，上海人民出版社，1988 年），竟然显得黯然神伤而意气消沉。

好在一旦谈起诗，金性尧立刻又恢复了神闲气定、挥洒自如的风采。这些说诗随笔所涉甚广，上起先秦时期的《诗经》，下至清末戊戌六君子中的林旭。从中固然足以展现其深厚丰赡的腹笥，而更值得反复体味的则是那些平实通达却屡有新意的见解。在《杜甫写马》中，他极力表彰前代的批评家们，“凡是评论到杜诗中精采作品，这些评语也往往神采飞扬，表现出他们高超的欣赏能力，一看到杜诗中‘死不休’的名句，他们的审美敏感就一触即发，和诗人一样表现出他们的能动性。即使是寥寥数十字，也不失为杜甫的钟子期”，倒是很有些夫子自道的意味。即便是人人耳熟能详的诗篇，听他从容不迫地娓娓道来，也同样引人入胜。比如在《贺知章还乡》中论及《回乡偶书》，他先引杜甫《遣兴五首》其四中的“贺公雅吴语”，来作贺诗“乡音无改”的注脚，笔锋随即顺势一转，提到“人的乡音是很难改变的，往往与生命相终始。想起来，他和讲四川话的李白、讲河南话的杜甫以及长安人谈话，一定很吃力”，就这么闲闲散散地扯出几笔，却涉笔成趣，大有知堂散文的韵味。最后他又归结全篇宗旨：“诗里没有流露出过多的感伤或激动情绪，而是不多不少、恰如其分地表现了一个老人的今昔之感。在长安时，只能从怀念中、梦境中萦绕的故乡的一堆土山、一条游鱼，现在都重新回到了眼前。尽管时间已从他脚下脉脉地流过了几十年，他却还能拾起时间的残片，让过去和现在联缀着；尽管时间已经改变了故乡的许多事物，这些事物却永远不会在老人记忆中消失。就在回乡这一年，老人终于和镜湖的水色诀别了。”

曲终人散而余音袅袅。这种看似平淡冷静实则低徊怅惘的思乡之情，仿佛模糊黯淡却又清晰明亮的记忆碎片，恐怕也是他逐渐迈入暮年以后的真切体验。正因为掩卷冥思时感同身受，所以铺纸落墨之际，就能指引读者仔细品咂其中的复杂滋味。

在回顾自己的读书经历时，金性尧自陈“我没有理论分析的能力，只知道作家的创作实践”（《夜半钟声到客船》，收入《不殇录》，汉语大词典出版社，1997 年）。年轻时丰富的创作经验确实令他对个中甘苦体会极深，所以在赏奇析疑时特别擅长从细微处着眼，仔细涵泳玩索旁人不经意的地方。最典型的例证，莫过于他对刘长卿《逢雪宿芙蓉山主人》所作的分析。这首诗明白如话，最后一句“风雪夜归人”尤其脍炙人口——现代剧作家吴祖光甚至信手拈来，直接将其作为自己剧本的题名——似乎无待辞费再予深究。不过，这个“人”究竟指谁？绝大部分读者或许想当然地认定是那位投宿者，也就是诗人自己。当年流传极广的《唐诗一百首》（上海古籍出版社，1978 年）在串讲时，就说是“风雪夜晚的行人像是回到家里一样呵！”金性尧参与过该书初版（中华书局上海编辑所，1959 年）的编选注释，虽然没有承担此后的增删修订工作，但对此类意见想来应该早有耳闻。然而他在《“风雪夜归人”的“人”是谁》中却另有设想，“夜归人恐非指诗人自己”。最初在杂志上发表该文时，他就质疑道：“为什么不说‘风雪夜行人’而说‘风雪夜归人’？正是一个针对性的眼子，因为旅途投宿似很难说‘归’。”从诗人的遣词造语来推敲琢磨，通行的意见确实有些扞格难通。而他并未就此罢休，又兴致勃勃地搜集钩沉相关文献，发现宋人陈师道的五律《雪》中有“寒巷闻惊犬，邻家有夜归”之句，应当是自刘诗脱化而来，“似也理解为‘犬’是‘白屋’以外之‘犬’，‘归’是邻人之‘归’”。与此同时，他还介绍了同事兼友人陈邦炎的看法，“把夜归人解为芙蓉山主人自己”。可他并不认同此说，“我的意思不如解为不相干的村人夜归”。稍后不久，他又读到清人黄叔灿在《唐诗笺注》中的相关论说，尽管语意稍嫌含混，“似乎也把夜归人理解为别人（芙蓉山主人？）而非诗人自己”。他据此进一步推论，如果这个“人”的确“是指芙蓉山主人，那么，更有可以共语之人了”，修正了自己先前的主张。他对这篇随笔很满意，多年后还将其抽出，另行编入自选集《一盏录》（山西古籍出版社，1998年）内，并新增补记一则，除了征引明人唐汝询《唐诗解》中的评说以供读者参考之外，再次强调：“究竟指谁，现在当然还不能肯定，能够肯定的只有这一点：刘诗‘风雪夜归人’的‘人’不一定指诗人自己。重复说一句，这个‘归’字非泛语而为定语，实为‘归家’之‘归’。”前前后后虽然只是围绕一个字进行研讨，他自己也有些举棋不定而左右游移，以致最终并未做出确定无疑的判断，却曲径通幽般带领读者感受到诗人造境的荒寒幽渺以及落笔的深细不苟。

有时金性尧还能综合考察各方面的因素，设身处地去探究诗人的创作主旨，以此廓清种种误读歧解。比如提到陶渊明，人们往往先入为主地认为他在归隐后便悠游自在，仿佛不食人间烟火一般，就像鲁迅曾经调侃揶揄过的那样，“被选家录取了《归去来兮辞》和《桃花源记》，被论客赞赏着‘采菊东篱下，悠然见南山’的陶潜先生，在后人心目中，实在飘逸得太久了”（《“题未定”草（六）》，收入《且介亭杂文二集》）。然而追根究底一番，读者之所以有这样的误解，陶渊明本人恐怕也“难辞其咎”。正是他在不少作品中反复渲染宁静祥和的田园生活，才导致后世逐渐形成了这种不无偏颇的印象。金性尧在《陶渊明田园诗》中对当时的社会背景多有介绍，但他并不满足于揭示“陶渊明时代的农村当然极其残破黑暗，天灾人祸绝不会放过它”，并就此责备诗人有“美化现实”之嫌，而是紧接着追问为什么在其创作和现实之间存在着如此巨大的反差。在金性尧看来，“作为诗人的陶渊明是在写诗，诗总是倾向美的”，“因而在写他的周围世界时，总是要把注意力主动地集中在能使他得到稳定、和谐的快感的对象上，并把它们驯服于自己的欣赏趣味上来完成”，“因而一些与此相反的杂质也就被剔除，如同他写‘野老’时总是写他淳朴可爱的一面”。他并没有受到“文学必须反映现实”之类教条的束缚，而是深入探析诗人曲折隐秘的创作心态，对这种看似不符常情的现象就能做出令人信服的解释。在另一篇《杜甫与李白》中，他提到杜甫《春日忆李白》中有“清新庾开府，俊逸鲍参军”之句，用六朝诗人庾信和鲍照来比况好友，前人对此聚讼纷纭，有的甚至联系到诗中另两句“何时一尊酒，重与细论文”，认为这是老杜的微词婉讽，“暗示李白不要局限于庾信、鲍照，而应该百尺竿头更进一步”。他对此颇不以为然，除了指出用“清新”“俊逸”来形容三人的创作风格大致适用，并没有比拟不伦的弊病外，尤其强调“杜甫是唐代中叶的人，唐诗是从六朝诗发展过来。他要举前代名家的榜样，也只能举些庾鲍、阴何、二谢之类”，“我们看看阴何之类，实在不过尔尔，但在杜甫那个时代，他举阴何、庾鲍等，便是最高的典范了”，所以诗中所言“完全从推崇他的善意出发，没有丝毫‘微词’用意”。杜甫在品评时能用来比拟参照的主要是六朝诗人，在那样一个自成统绪的创作谱系中，庾信和鲍照无疑都是超迈同侪的杰出代表。后人当然可以将他们置于承传递嬗的诗史源流之中，通过和唐宋以降历代名家的比较，重新评定他们在文学史上的地位，但绝不能以这种“后见之明”对前人求全责备，甚至以今度古而妄加评议。

历代的诗话、笔记中有大量论诗衡艺的精彩片段，金性尧在评说中也时常引录参酌。值得注意的是，他对各种不循常规的异见——有些甚至可以称作偏见乃至谬见——并不轻率地鄙薄或排斥，而是有着充分的尊重和体谅。在《陶渊明田园诗》中，他提到晚清民国学者钱振锽对陶渊明的指摘，批评陶诗“美不掩恶，瑕胜于瑜，其中佳诗不过二十首耳。然其所为佳者，亦非独得之秘，后人颇能学而似之”，措词相当刻薄尖酸。他对此非但不以为忤，还相当欣赏，强调“他说得是否完全正确，是另一问题，但这种多少带些‘异众’精神的立论，却是应该用青眼来看的。在学术上的诺诺连声的时候，何妨有寥落的谔谔之声呢”。他后来在《“不素餐”解》（收入《伸脚录》，辽宁教育出版社，1995年）中介绍过孟子对《诗经·伐檀》篇“彼君子兮，不素餐兮”两句的解释，也曾借题发挥道：“对孟子的说法，有的人根本不赞同，那倒不失为旗帜鲜明的态度；有的人是赞同的，却不敢公开表达，与其谔谔，不如诺诺，倒真是学术上的素餐者了。”足见他对随波逐流、人云亦云之辈充满厌弃反感，对不拘成说、另辟蹊径者倒是刮目相看。

当然，这种对待不同意见的异量之美绝不是毫无原则的放任纵容，终究还得看立论者究竟是在坚持独立思考抑或仅仅为了标新立异。比如宋人沈括的《梦溪笔谈》对杜甫《古柏行》中“霜皮溜雨四十围，黛色参天二千尺”两句有过非议，认为真如诗中所言，那么这棵参天大树“无乃太细长乎”。胡道静的《梦溪笔谈校证》（上海古籍出版社，1987年）辑录过宋代以来的不少评论，对沈说多有斥责辩驳。金性尧在《夔州古柏》中虽然也指出沈氏“以物理学角度来衡量艺术品”，不免迂阔拘泥，“一个伟大的艺术家当然要注意细节，但个别细节上的真实毕竟不能成为伟大的艺术作品”；不过随后又郑重其事地补充说，“尽管我们对沈括评杜诗这一具体论点不敢苟同，但他的科学的求实求证精神倒也未可厚非”，“常识或理性也并非完全是诗词的蛇足，就看他们如何运用”，“如果说，他们的思想方法近乎钻牛角尖，也还是规规矩矩地从学术的牛角里钻去，毕竟不同于庸俗低级、哗众取宠那种论调”。如此体贴入微的阐发商榷，毫无疑问比简单粗暴的讥评嘲笑更能令对手心悦诚服，也更能促使读者平心静气地沉思回味。同样是围绕杜诗的研读，他在《杜甫与李白》中说起杜甫因关切李白安危而感慨“世人皆欲杀，吾意独怜才”，指出“所谓杀，只是极言当时对李白排挤打击的厉害，并非真要杀他”，而从杜诗来看，两人交谊深厚，“他才是李白的死生知己”。随后并没有指名道姓地提到郭沫若那部因为善于揣摩上意而得以显赫一时的大作：“可是在《李白与杜甫》中却这样说：‘但他（指杜甫）只怜李白的才，而不能辨李白的冤；在他看来，李白仍然犯了大罪，非真狂而是“佯狂”。应该杀而不杀，如此而已。’”尽管对此未着一字评议，可褒贬之意显然已呼之欲出了。

金性尧不仅对前人的谔谔之言青睐有加，在自己评说诗文的过程中也身体力行，就像他后来所说的那样，“看到古书中的话有同意的，就想附和发挥，不同意的，就想纠正评议”（《夜半钟声到客船》，收入《不殇录》），某些意见乍闻之下甚至还颇为刺耳。在《吴中四才子唐寅》中，他谈到《红楼梦》中有些诗词或许受到唐寅的影响，就突然插入这么一段：“在古典小说中，《水浒传》中的诗远胜于《红楼梦》中的诗。《红楼梦》中有好多首确使人感到庸俗，《水浒》诗却俗得质朴自然，如宋江在浔阳楼题的‘他时若遂凌云志，敢笑黄巢不丈夫’的反诗，就颇有草泽英雄本色。”相同的意见在另一篇随笔《〈章太炎全集〉何时全》（收入《不殇录》）中也捎带提到过：“若就诗论诗，要推宋江的那首‘敢笑黄巢不丈夫’最有气魄。《水浒传》中诗的数量不及《红楼》多，水平却高出于《红楼》。”可知这绝不是一时兴起的随口漫道，而是蓄积于胸不吐不快的由衷之言。红学家们听了这番话想必会皱眉蹙眼，其实大可不必，艺术鉴赏本就是见仁见智、言人人殊，最能够也最应该充分彰显批评家的独特个性。更何况小说家替笔下的各色人等操刀代笔，自然力求惟妙惟肖，以契合各自不同的身份，其实并不能直接反映作者本人诗才的高下。批评《红楼梦》中的诗作不佳，归根结底并不意味着贬低曹雪芹和《红楼梦》。类似的议论在《炉边诗话》中屡见不鲜，如指出潘岳的《悼亡诗》“落了鹣鹣鲽鲽的俗套（虽然这四个字可能出现在潘诗之后），而且近于文字技术上的卖弄。至哀极痛，雕饰过甚，反失本性”（《潘岳悼亡》）；批评林逋的梅花诗“结句平弱，局部和整体不相称，境界狭窄，笔法纤巧”，诗人“身为高士，却又诗多浮文俗句”（《孤山梅花》）；认为龚自珍《己亥杂诗》中的部分篇章“不仅艰涩难懂，为了求奇，却流于怪僻，缺少诗味”（《九州生气》），都直言不讳而一针见血。在他而言自然是有如骨鲠在喉，一吐为快，读者从中也不难感受到脱略俗套的坦率真诚。

在修改润色这些随笔时，金性尧坦言：“由于应约写稿，只是想到就写，所以杂，所以乱，也谈不上什么‘体系’。”（《炉边诗话·前言》）当然不无谦退之意，可是有些篇目的选定确实显得不同寻常而耐人寻味。比如在《韩愈贬潮州》中，除了介绍《左迁至蓝关示侄孙湘》《题楚昭王庙》《祭鳄鱼文》等历来传颂的名篇，他还特意讲说了《去岁自刑部侍郎以罪贬潮州刺史乘驿赴任其后家亦谴逐小女道死殡之层峰驿旁山下蒙恩还朝过其墓留题驿梁》和《女挐圹铭》这样前人很少关注的作品。韩愈回想起因受自己牵累而不幸早逝的女儿，忍不住痛彻心扉而老泪纵横。金性尧在分析讲解中也常常深怀悲悯而情难自已，述及韩家诸人无端遭受株连，不禁义愤填膺，“父亲犯罪，却连十二岁的患病女儿也不准留在京城”；讲到数年后韩愈将女儿尸骨移葬回故乡，忽然提及“古人结婚早，如果这时她还活着，也快到出嫁之年了”，为亡者的孤苦凄凉唏嘘不已；说起韩愈去世，又自问自答道，“不知这对父女能否在地下重逢？也但愿他们能够重逢”，对渺茫难凭的九泉重逢逢竟然也满怀期盼。这篇随笔经过剪裁修订，又被他收入《夜阑话韩柳》（香港中华书局，1991年）和《闭关录》（上海古籍出版社，2004年）两书。前者改题为“一人做事一家当”，悲愤痛切之意更加明白显豁；后者改题为“韩愈祭女”，则隐隐透露出这位正当豆蔻年华却不幸凋零早殂的少女才是他关切的焦点。寻绎推究金性尧撰写这篇随笔的初衷，恐怕与其长女的含冤辞世密切相关。追溯此事的原委曲直，简直荒诞无稽到令人毛骨悚然。仅仅因为“出身于知识分子家庭”，而且“她本人通晓俄语、英语，读了一些十九世纪的西洋文艺作品”，“对事物敢于独立思考，努力使大脑变得有用，自然也有些锋芒和棱角”，年轻的女孩就莫名其妙地遭受到无妄之灾，成了“在劫难逃的‘白专’典型”，并在怀孕两个月的情况下，被“当作‘阶级斗争’的反面教材来‘教育群众’”。在缕述这些不堪回首的往事时，金性尧竭力克制着自己的情绪，然而说到女儿最终不堪受辱而服毒自尽，“席子上沾着她呕吐过的痕迹，说明她死前经过痛苦的磨折，她也许在阴间还在挣扎”，即便如此，“都要被鞭尸”，“差一点就是‘咎由自取’了”（《她才二十八岁》，收入《伸脚录》），他还是忍不住悲愤交加。即使时隔多年，这些事依然不能淡忘，“有好多留下了隐隐作痛的伤口”，“人们都知道黄连很苦，然而只有尝过黄连的人才深知其苦味”（《找寻》，收入《伸脚录》）。正因为有着同样惨烈苦痛的回忆，他对韩愈笔下的琐屑家事才会深有感触，并借着分析解说的机会稍纾内心的抑郁愤懑。因此，尽管他在文中说，“这样的事例，对今天的人来说，是万难相信的，在韩愈时代，却是千真万确的事实”（《韩愈贬潮州》），大概还是别有言外之意，未必真作如是想吧。

汇编结集后的《炉边诗话》由上海人民出版社于1988年出版，非但纸墨粗劣不堪，印数也只有寥寥三千册，流传并不广。金性尧生前曾计划将这部旧作“增订一遍”，“可是纸墨摊开之后，一见老花镜就气沮了”（《滥竽录》，收入《闭关录》，上海古籍出版社，2004年）。只有为数不多的几篇经过改订润饰，收录在他的另几本随笔集中。几年前曾有新版《炉边诗话》（中西书局，2011年）行世，在删去部分篇章后号称“精选本”，其实所收各篇均一仍旧貌，并没有吸收作者后来所做的修订补正（如上文提到过的，《风雪夜归人的“人”是谁》在收入《一盏录》时新增过一段附记）。最近又见到另一新版（北京联合出版公司，2018年）付梓重印，尽管篇目并未删减，可经作者修正过的内容仍告阙如。不仅如此，出版者还越俎代庖地替原书添加了大量注释。比如在《前言》一开篇，金性尧自谦道：“这是一件百衲衣，也是从杂家铺子的零缣残帛中拾来的。”注者就特别提醒读者注意这个“缣”是指“细密的绢”，实在令人有些啼笑皆非。想到金性尧曾经感慨过，“一首诗、一部书的读者的质比读者的量要重要得多。这话原不新鲜，只是有时候便成为‘不现实’”（《〈无题〉诗中男性的女性化》），真叫人不由得废书而叹。

原载 2019 年 6 月 12 日《澎湃新闻 · 上海书评》

“只能编好不能编坏”

由北岛主编的“给孩子系列”丛书，最近又推出了一本《给孩子的古文》（中信出版社，2019年），承担编注重任的是哥伦比亚大学东亚系杜氏中国文化讲座教授商伟。与历代诸多文章选本相较，这个新读本确实有许多令人耳目一新的地方。就选目而言，为了适应现代人尤其是孩子们的阅读兴趣和理解能力，就将不少虽有定评却略嫌古奥艰深的作品悉数黜落，以免读者甫一开卷便望而生畏。最终入选的篇章既包括传诵已久的名篇佳制，又不拘泥于狭义的“古文”，而是四部兼赅，骈散并收，甚至不拘一格地将寓言笑话、笔记杂谈、书画题跋、文书尺牍、小说评点等也纳入其中。如果对照一下传统古文家的批评意见，诸如“古文中不可入语录中语、魏晋六朝藻丽俳语、汉赋中板重字法、诗歌中隽语、南北史佻巧语”（沈廷芳《书方望溪先生传后》引方苞语），或是“古文之体，忌小说，忌语录，忌诗话，忌时文，忌尺牍”（吴德旋《初月楼古文绪论》），就不难发现这个选本迥异于前人的新颖视角和独特标准。正如编注者在序言中所期盼的那样，这样确实做到了“展示古文的多样性和丰富性”，再辅以精心结撰的导读和反复推敲的注释，足以让初学者通过不同的体裁、题材、技法和风格，对古代散文鲜活灵动的特性产生真切而充分的体认。

全书涵盖的范围极为广泛，编注者在斟酌取舍之际也煞费苦心。书中各篇并非一盘散沙，各自为政，有不少彼此衔接照应，存在各种微妙的内在关联。有时是围绕特定的人物或事件，比如既节选了司马迁《史记·留侯世家》的片段，又收录了苏轼的《留侯论》。导读中特意提起："我们在前面读了司马迁《史记·留侯世家》中张良圯下受书的故事，不知道大家有什么感想？苏轼读过之后，写了这篇《留侯论》。他没有全面评价张良的生平和功过是非，而是以这一情节为中心，强调了张良'能忍'的过人气度。"很自然地引导读者回溯自己的阅读体验来加以印证。有时是彰显同一时期的风尚流变，比如在谢赫《〈古画品录〉序》的导读中，联系到前面选录的《世说新语》，提醒读者留意"魏晋时期品评人物的语言如何延伸进了文学艺术的领域，赋予了文学、书法和绘画作品以人体生命的特质"，而谢书中"所用的术语，也基本上来自对人物的体貌骨相和风姿气度的观察、描述和评价"，悉心指点读者沿波讨源，体会文学和其他艺术门类的交融贯通。有时是同类型作品的比较参证，比如在王维《山中与裴秀才迪书》的导读中预先告知："本书还收录了晚明袁中道的《寄四五弟》和《寄八舅》，也同样是邀请亲友开春入山同游。可以跟王维的这封信对照来读，看一看它们之间有什么异同。"吸引读者仔细比勘这些作品的同工异曲。

通过大量线索的串接整合，在不同篇章之间建构起纵横交错、前后勾连的有机联系，从而极大地调动了读者的积极性，对古文的承传嬗变也能产生更丰富、更完整的认识。

各篇选文前都冠有要言不烦的导读，根据实际情况，分别从创作主旨、语言技巧、篇章布局、风神情韵等角度予以评说阐发。正如编注者所欣赏的清代批评家金圣叹一样，他所做的这些言简意赅的点拨也“往往能知微见著，在作者似不经意处，别有一番体会”，为初学者的研读欣赏提供了不少启示和借鉴。比如在评介范仲淹的《岳阳楼记》时，就强调“这不是一篇循规蹈矩的作品”，因为作者在落笔时“并没有亲临洞庭湖畔，也没有见到重修的岳阳楼”，完全是通过想象来凭空悬拟。但正因如此才“打破了同类文章的范式”，并通过篇末议论“将全文升华到了一个新的境界”。编注者藉此引申发挥：“面对熟读过的名篇，我们应该尽量消除习惯所造成的惰性，恢复第一次读到它的那种新鲜感和陌生感，这样才有可能在我们自以为熟悉的文字中，发现它们不同寻常的奥秘。”希望读者能够举一反三，沉潜往复，重新审视那些耳熟能详的作品。即便是围绕细节问题的评议，也并不流于饾饤琐屑，而是竭力提升到更高的层面来加以考察。比如在介绍刘侗、于奕正的《帝京景物略》时，称道这两位作者“善于使用动词，甚至常常把名词和形容词当作动词来用”，由此形成特殊的表达效果，“第一是省去臃肿的字词，造成明快醒目的风格；第二是把重心放在了动词化的名词上，用它来支撑整个句子，同时也可以变静态为动态，让句子更有生气；第三是为原本稀松平常的一个句子带来新奇感和陌生感，从而化腐朽为神奇”。随即进一步指出古汉语中并无词性的严格区分，词性的判别主要取决于该词在句中所处的位置，“这在日益标准化的现代汉语中，已经不易做到了，欧洲文字做起来就更不容易。而在古文中却不难，偶一为之，令人耳目一新”，启发读者从遣词造语入手，逐步感知文章体貌形成的缘由，乃至古今中西语言表达的差异所在。

有些导读并不拘囿于文章本身，还能引譬连类，时有出人意表却又耐人寻味的“出位之思”。比如在分析《战国策》中“鹬蚌相争”的寓言时，强调鹬、蚌间的对话“各不相让，针锋相对，但听上去却又一唱一和，彼此呼应，就像是一出喜剧中的台词”，接着又兴致勃勃地追问，“大家都读过伊索寓言吧？还记得其中那些相似的对话吗？寓言的智慧往往跨越地理和文化的边界而彼此相通，未必就是谁受了谁的影响”，让读者略窥中西文化的殊途同归。在评述《史记·淮阴侯列传》中韩信拜将的始末时，特别指出“这些跌宕起伏的精彩情节，后来经过改写，又进入了民间说书和章回小说，也活跃在戏曲的舞台上。从文人、官僚，到乡野间不识字的农夫，甚至老幼妇孺，几乎家喻户晓”，展示了精英文化与大众文化之间的紧密关联。在阐发欧阳修《秋声赋》的主旨时，则娓娓谈起“在中国文学史上，‘悲秋’是一个不断重奏的旋律”，“经过了多少代文人词客的创造与积累，悲秋的情怀久已积淀为中华文化的遗传基因”，将其置于相同母题的谱系中，呈现出深远丰厚的意蕴。在介绍文震亨《长物志》的内容时，顺便评说当时的社会风尚，“晚明是一个日益奢侈的时代，文人在消费文化的领域里，面临来自商人的巨大挑战。如果一味攀比财富，他们哪里是商人的对手？但就趣味和风格而言，他们却占了上风，因为只有他们才是真正的鉴定者和评赏家”，揭示出作者津津乐道的闲适风雅并非无源之水，自有其现实针对性。在剖析袁宏道《满井游记》的片段时，突发奇想地提起俄国作曲家斯特拉文斯基的儿时记忆，“最令他难忘的是，站在圣彼得堡的涅瓦河畔，观看河上冰裂时发出巨大的轰鸣声”，尽管北京近郊的初春景象“没有那么壮观，但微妙之处过之”，“而用文字来捕捉这些微妙的变化，当首推袁宏道的这篇游记”，通过比较来展现作家的匠心独运以及不同的地域风情。在评赏张岱的《西湖七月半》时，则指出“张岱不是小说家，可他写西湖游览人看人的本领，后来被吴敬梓学了去，写进了《儒林外史》中的马二游西湖那一段，不信可以拿来比比看”，提示读者关注不同文体之间的因缘递嬗。这当然也和编注者多年来精研吴敬梓相关，他在《礼与十八世纪的文化转折：〈儒林外史〉研究》（三联书店，2012年）中已经提到小说中的那段场景，

“让我们回想起晚明清初散文家张岱的《西湖七月半》”（见该书跋《〈儒林外史〉的诗意场域：乡愁与失落的家园》）。这些旁逸斜出的内容看似枝蔓芜杂，却别有触动灵机、启迪心智的特殊功效，令人在低徊涵咏之际体验到更为丰饶深沉的意趣。

今人对古文往往先入为主地抱有抵触拒斥的偏见，除了部分源自语言表达上的隔膜，很大程度也与古文看似无裨实用息息有关。不过在编注者眼中，历代散文佳作绝不是博物馆中的陈列品，只能供观众驻足遥望而顶礼膜拜，其立意构思、谋篇布局乃至用语造境等都依然有许多值得效仿取资的地方。在评论《孟子》“以己推人”的观念时，他就借题发挥说，“这是做人的法则，也暗含了作文的道理。好的作家都有以己推人的同情心，也善于扪心自问，自我反省。写小说如此，做文章也不例外”。在研析柳宗元《小石潭记》的过程中，则对其精巧构思赞不绝口，称叹道“有谁教过我们这样写文章吗？篇末翻空出奇，另起一义——能这样做的人不多，做得好就更少”。在表彰《帝京景物略》“俊雅隽洁的笔法”和“洗练警策的风格”时，又告诫读者“要想把文字写得有精神，就应该多读这样的文章”。全书以梁启超的《少年中国说》殿后，更是藉此强调“一个新的时代已经到来，古文也为之面目一新”，“梁启超的文章就是这个新时代的产物，是古文中的新文体。是的，新时代也可以有古文，而古文也可以有新文体”。尽管古今之间在语言表达、文章体式等方面相去甚远，可古人的某些思想、观念和趣味至今依然不绝如缕，虽历久而弥新。在寻绎品赏历代名篇佳制的过程中，倒也不妨将精鉴妙悟的点滴所得融入个人的实际写作。编注者本人恐怕就从中获益匪浅，所撰导读尽去陈腐乏味之弊，非但善于揣摩文心，文字也格外典雅隽永。比如在点评李白《春夜宴从弟桃花园序》时说，“尽管仍不免有人生过客、百年如梦的感慨，它通篇的基调却是豪爽、放达的，欢快而乐观。当此宴饮欢会之际，李白感受最深的不是春天的伤感，不是花开花落的无常，而是生命在春天苏醒的喜悦，是万物皆备于我的赞叹和感激”，就能曲尽其妙而饶有余韵。

编注这样一部意在贯通古今、兼备诸体的文章读本，绝不是轻而易举的事情，编注者在《后记》中就深致感慨：“从开始到成书，前后花费的时间，远远超出了最初的设想。”经过数年反复打磨，其选目之丰赡周备、导读之晓畅平允、注释之精审翔实，都有目共睹而毋庸赘述。然而兹事体大，千头万绪之中，也难免偶有考虑欠周之处。比如《世说新语》“简文入华林园”条，注释称“即梁简文帝”，就有些张冠李戴。《世说新语》的成书时间虽然无法详考，可主其事者为南朝宋临川王刘义庆（403—444），显然无法未卜先知，预先知晓梁简文帝萧纲（503—551）的相关事迹。此处的“简文”实指东晋简文帝司马昱（320—372），《世说新语》中载录其事颇多。这显然是一时疏忽、未及细检所致，好在对普通读者而言无关宏旨，倒也不必苛责。

还有一些涉及次序编排、文句标点、字词注释、介绍说明等方面的问题，编注者或许自有考虑或别有依凭，可是仔细覆按之后似乎也略有可商。不贤识小，兹略拈一二，以供商榷。

次序编排方面。本书自序明言“全书按时代排序”，以便读者“可以由浅入深，循序渐进”。编注者从《列子》中挑选了五则寓言，篇目数量居全书之冠，足见对此书的偏爱倚重。编排时则将其列于《老子》《论语》和《孟子》《庄子》之间，无疑视其为先秦诸子散文。此书在《汉书·艺文志》中虽有著录，但经刘向、刘歆父子整理的原本早就散佚无存，而今本《列子》的撰著时代，自唐代以来就不断有学者提出质疑。今人杨伯峻编纂《列子集释》（中华书局，1979 年）时曾钩稽大量资料，汇编成《辨伪文字辑略》附于书后。其中马叙伦《列子伪书考》的结论最具代表性：“盖《列子》书出晚而亡早，故不甚称于作者。魏晋以来，好事之徒聚敛《管子》《晏子》《论语》《山海经》《墨子》《庄子》《尸佼》《韩非》《吕氏春秋》《韩诗外传》《淮南》《说苑》《新序》《新论》之言，附益晚说，成此八篇。”判定其成书时间在魏晋之际。此后还有学者从其他角度继续辨伪，如季羡林《〈列子〉与佛典——对于〈列子〉成书时代和著者的一个推测》（收入《中印文化关系史论文集》，三联书店，1982 年）发现了《列子》

抄袭晚出佛经的确凿证据，更是直截了当地认定，“替《列子》辩护的学者们的意见都太空虚，不能让人心服”，“《列子》这部书是彻头彻尾一部伪书”，并将其成书上限划定在西晋太康六年（285）。本书编注者在导读里提到，“《列子》一书在流传过程中，几经编订，杂糅了一些后来的观念”，看来对前人辨伪也有所了解，只是不知为何还首鼠两端，将其视为先秦著作。

文句标点方面。黄宗羲在《天一阁藏书记》里提到“藏书，非好之与有力者不能”，随后举明初杨士奇（字东里）为例，相关内容被编注者标点为“杨东里少时贫不能致书，欲得《史略释文十书直音》，市直不过百钱，无以应，母夫人以所畜牝鸡易之”。这可能也有所本，沈善洪主编《黄宗羲全集》（浙江古籍出版社，2005 年）中所收录的此文就是如此标点的。可是其中的书名读来稍觉古怪，编注者在注释中也只能含糊其辞地说这是“初学者的读物，现已失传”。其实黄宗羲在后文还讲到“东里特识此事于书后”，已经提供了可供追查的线索。杨士奇《东里续集》卷十七中有一则题跋，略云“右《史略释文》一册，余在京师，并《史略》二册，皆得于邻舍之罢官去者。忆年十四五，坐贫，不得已出为村落童子师，以谋奉养之计，而急欲此编及《十书直音》。是时二书市直百钱，然不能得也。家独畜一牝鸡，数岁矣，先宜人命以易之”。黄氏文中所述当即据此，提到的书名无疑应该标作“《史略释文》《十书直音》”。尽管两书现已失传，还是能推知其大略。《东里续集》卷十七另有一则题跋，说起“宋进士吾郡曾先之编《史略》，以便初学”，“余在京师，邻家有罢官去者，留以见遗”。两相参证，不难推断《史略释文》就是解说注释曾先之《十八史略》的一类著作。今存元刊本《新增音义释文古今历代十八史略》二卷（《中华再造善本》有影印本，北京图书馆出版社，2006年），或即此书。又《东里文集》卷二十五有一篇《书〈养蒙大训〉后》，提到“右《养蒙大训》，豫章熊大年集陈氏《经学启蒙》、《初学经训》、《小学礼诗》、王氏《伊洛精义》、饶氏《性理字训》、《训蒙理诗》、程氏《毓蒙明训》、胡氏《序古千文》、《朱子训蒙绝句》、《孝经刊误》十书而为之者也”，《十书直音》恐怕就是标注此类童蒙读本字音的著作。明初纂修的《文渊阁书目》卷十二也著录过《十书直音》，注明“一部一册”，篇幅不会很大。

字词注释方面。苏轼《答谢民师书》中有云“屈原作《离骚经》，盖风雅之再变者”，本书注释称“汉代的王逸注《楚辞》，尊《离骚》为经。‘风’与‘雅’是《诗经》的两个重要部分，汉代的经学家因为《离骚》多有幽怨之辞，而称之为‘变风’和‘变雅’”，所言略有讹谬误解。据王逸《楚辞章句叙》，早在西汉武帝时，就已经“使淮南王安作《离骚经章句》”，随后班固、贾逵等东汉初期的学者又“各作

《离骚经章句》”，足见“尊《离骚》为经”并不始于东汉中期的王逸。又“变风”“变雅”之称始见于《毛诗大序》所说的“至于王道衰，礼义废，政教失，国异政，家殊俗，而变风、变雅作矣”，两者相对于“正风”“正雅”而言，特指《国风》《小雅》《大雅》中反映周王朝政治衰乱的作品。汉代经学家从未借此来径指《离骚》（后世学者似乎也没有这么称呼的），王逸《楚辞章句》也只说“《离骚》之文，依《诗》取兴”。苏轼所言与王逸大致相同，认为屈原承续着《诗经》的传统而又有所变化。从“正风”“正雅”至“变风”“变雅”为一变，绵延发展到《离骚》，自然可称“风雅之再变”。

介绍说明方面。书中选录陶渊明的《五柳先生传》，导读中介绍作者“又名潜，字元亮，号五柳先生，世称靖节先生”。有关陶渊明生平的早期记载，如《宋书》《晋书》和《南史》等官修史籍以及萧统的《陶渊明传》，从未提到他有“五柳先生”的别号。直至后世某些童蒙读物，如吴楚材、吴调侯所编《古文观止》才贸然说道，“渊明以彭泽令辞归，后刘裕移晋祚，耻不复仕，号五柳先生”，显然是将《五柳先生传》视为“自述其生平之行”（见该书卷七）的作品。不过陶渊明在开篇说“不知何许人，亦不详其姓氏”，钱锺书《管锥编》（中华书局，1979年）就开玩笑道：“岂作自传而并不晓己之姓名籍贯哉？”编注者在导读中认为：“一篇传记文字，开头两句却说不知道传主来自何处，也不知道他的姓名，这岂不是咄咄怪事吗？然而，陶渊明的《五柳先生传》就是这样开篇的。而且我们很快就明白了，这位五柳先生不是别人，正是作者自己。在陶渊明之前，还没有谁这样写过自传。这不是一篇传统意义上的自传。”想必正是针对钱氏所言而做的补充说明。只是此文是否确属自传，向来聚讼纷纭。清人张廷玉《澄怀园语》卷一有一番质疑大可玩味：“篇中‘不慕荣利’‘忘怀得失’‘不戚戚于贫贱，不汲汲于富贵’诸语大有痕迹，恐天怀旷逸者不为此等语也。”在自传中如此自我标榜，几近炫耀吹嘘，确实与陶渊明给人留下的印象形成强烈的反差。今人邵明珍《陶渊明〈五柳先生传〉非“自传”》（载《华东师范大学学报》2006年第5期）和《再论陶渊明〈五柳先生传〉非“自传”》（载《求是学刊》2017年第6期），于溯《互文的历史：重读〈五柳先生传〉》（载《古典文献研究》第十五辑，凤凰出版社，2012年）等，都先后钩稽大量史料，明确指出《五柳先生传》只是效仿各类逸民传、高士传的拟作，绝不能轻易地与自传等量齐观。即便编注者对“自传说”坚信不疑，在介绍时径称陶渊明“号五柳先生”，也于史无征而极为不妥。这是未及采信今人考辨而产生的疏失，还有误信今人考辨所导致的错讹，在此也附带一提。本书选录南宋孟元老《东京梦华录序》，导读中介绍说“孟元老，原名孟钺”。此书作者名为“孟元老”，见原书自序末署名及卷首题名，历来均无异词。直至今人孔宪易撰《孟元老其人》（载《历史研究》1980年第4期），李致忠撰《〈东京梦华录〉作者续考》(载《文献》2006年第3期),才凭空推出“孟钺即孟元老”的结论,其实并无确凿证据,却相继被《中国大百科全书》《第一批国家珍贵古籍名录图录》等采信,编注者大概也受此影响才会有上述说明。近来辛德勇撰《旧梦已非孟元老》(收入《那些书和那些人》,浙江大学出版社,2016年)对此已有充分的辩驳,兹不赘述。

以上摘取的都是些细枝末叶,或不免吹毛求疵之讥。笔者之所以不惮辞费而呶呶不休,出发点其实和编注者的想法不谋而合,“这本书有着特殊的意义,只能编好不能编坏”(《后记》)。为了孩子们着想,再怎么求全责备,总还是情有可原的。

原载2019年7月30日《澎湃新闻·上海书评》

冒鹤亭、冒效鲁父子与顾太清《东海渔歌》

清史名家孟森写过一篇《丁香花》（载1913年《时事汇报》第一期），批驳当时人言籍籍、甚嚣尘上的“丁香花公案”——即嘉、道年间知名诗人龚自珍与清宗室多罗贝勒奕绘的侧室女词人顾太清之间的一段所谓隐秘情史——纯属牵强附会而无中生有。追溯流言的兴起，则源于出生名门且有早慧之誉的冒鹤亭，他写过一组《读太素道人〈明善堂集〉感顾太清遗事辄书六绝句》（收入《小三吾亭诗》卷三，《冒氏丛书》本），其中一首提到“太平湖畔太平街，南谷春深葬夜来。人是倾城姓倾国，丁香花发一低徊”，不仅在自注中指明“太平街”为奕绘、顾太清夫妇府邸之所在，“南谷”为奕绘与顾太清的合葬之地，而且用“再顾倾人国”的典故点明顾太清的姓氏，同时还暗中关合龚自珍在《己亥杂诗》自注中所说的“忆宣武门内太平湖之丁香花”。在孟森看来，“四句乃掀然大波，为人间一宗公案，此余之所以有此篇之作，冀为昔人白其含射，以留名士美人之真相者”。而在着手校订顾太清所撰《天游阁集》（神州国光社，1910年）时，冒鹤亭还另有一些评点，又隐隐将龚、顾二人牵扯在一起，尽管语焉不详，却同样引人遐想。由于他在该书弁言中声称，“少时闻外祖周季贶先生星诒言太清遗事綦详”，所以孟森在行文之际也不免感到疑惑，这些喧腾众口的逸闻究竟是他“牵合龚集而造为此言”，抑或“为周先生所口授”。《丁香花》一文后被收入《心史丛刊》（大东书局，1936年），孟森在文末又补缀附记，提到冒鹤亭读到此文后曾特意来访，“至太清事迹，冒君谓无以难我，然终信其旧闻为不误，并非由己始倡此言”，可知其所述确实都来自外祖周星诒。虽然一时无法回应孟森提出的诸多质问，但他对这桩名士与佳人间的风流韵事依然坚信不疑。

尽管有孟森这样的知名史家挺身而出，竭力辩诬，可是这宗公案并未就此偃旗息鼓。为了迎合普通读者的趣味，曾朴的《孽海花》（真善美书店，1931年）虽屡经修订，可还是在传闻的基础上做了更为轻佻儇薄且荒诞离奇的想象。冒鹤亭为了“订误琐闻”而撰著《孽海花闲话》（连载于1944年《古今》第四十一期至五十期），就直言不讳地指责小说中描摹龚、顾二人遇合相契的情节“写得太猥琐”。他自然也明白始作俑者其实就是自己，却没料到小说作者居然踵事增华，变本加厉，“唐突至此，我当堕拔舌地狱矣”。仔细寻绎其言，虽然仍坚称龚自珍的某些诗篇“确为太清作”，但坦言其中所述“亦不过遐想”，并非流俗所臆度的那般不堪，与此同时还指出另一些令人疑心的诗句其实“别有本事”，“与太清无涉”，与此前的固执己见相较，显而易见已经大有回旋缓和的余地了。

最近读到冒鹤亭第三子冒效鲁的著译合集《屠格涅夫论·漫话雄狮——托尔斯泰·浅谈屠格涅夫·叔子诗选与知非杂记》（复旦大学出版社，2019年），其中有一篇《〈孽海花闲话〉与〈东海渔歌〉〈天游阁诗〉》，恰好忆及乃父与此事的关联，可供比勘参证。文中提到，“《孽海花》的先后两个作者金松岑、曾孟朴都是他的好友，而且书中涉及龚定庵与顾太清一段恋爱事，正是他从周季贶那里听来转告杨云史（曾的表弟）才写进小说的”，原来小说中那些绘声绘色的场景就是根据冒鹤亭所述本事加以敷衍铺排而成的。不过冒效鲁随后又郑重强调，此事“是他的口过，不无自悔这是轻薄的蜚语，尽管他是闻诸龚孝拱（定庵之子）的朋友、他的外祖周季贶的”，看来冒鹤亭到了晚年终于幡然醒悟，意识到这不过是厚诬古人的流言，对自己逞臆诬枉的轻狂孟浪颇有悔意。

对于“丁香花公案”的以讹传讹和愈演愈烈，冒鹤亭固然难辞其咎，不过顾太清著作早期的刊布流传也不得不归功于他。在为神州国光社铅印本《天游阁集》撰写弁言时，他叙及友人陈士可曾在厂肆访得顾太清著作的钞本，“凡诗五卷，缺第四卷；词四卷，缺第二卷。中多割裂，盖当时未经写定之本”。其中诗作部分由他精心补订排比，随即交付神州国光社印行；词作部分经他钞校考评以后，又转而托付给同样关注过顾氏著述的词学家况周颐。尽管所缺的第二卷暂时无从寻访，况氏还是钩稽了数篇佚作补入其中，再经过一番补苴隙漏，以“东海渔歌”之名另行付梓（西泠印社，1914年）。况周颐在《东海渔歌序》中坦言，虽久闻顾氏词名几近二十年，但其词集遍寻未得，幸亏冒鹤亭“自温州寄《东海渔歌》来，欹床炳烛，雒诵竟卷，低徊三复而涵泳玩索之”，才终于如愿以偿。而冒效鲁在《〈孽海花闲话〉与〈东海渔歌〉〈天游阁诗〉》中又提到另一些不为人知的隐情：“《东海渔歌》是我父假抄加注寄给况蕙风，付西泠印社木刻活字本印行。这个抄本多少年后才由龙榆生先生归还给我，从中发现况蕙风竟然把顾太清的词擅自窜改，删掉我父所作考订、评语，连书后的跋也据为己作。”他随后还引录其父在1950年所撰写的一则题跋：“况夔笙借此词排印，删改均出其手，又删去眉批，间于词后附其评语。至余所为跋语，乃将‘钝宧’二字改作‘周颐’，则盗名矣。此本当时未寄还，越三十八年乃复见之。”由此可知冒鹤亭当年寄送的那个批校本，非但内容遭到况周颐的删改和攘夺，据此刊印的词集显然已不复其旧貌，而且原件在数十年后才通过龙榆生辗转归还到冒氏手中。说起来，龙榆生与顾太清词作的刊印传播也大有关系，在他主编的《词学季刊》第一卷第二号（民智书局，1933年）上，就根据某个据说遵照原稿迻录的副本，亲手整理发表过《东海渔歌》的第二卷，藉以弥补况周颐校订本的缺憾。而龙榆生与冒鹤亭、冒效鲁也颇有渊源，时相过从。就在1950年，冒氏父子还应约为他收藏的《哀江南图》题诗留念（参见张晖《龙榆生先生年谱》卷五，学林出版社，2001年）。这部递经冒鹤亭钞校眉批和况周颐删改评点的《东海渔歌》，最终经由龙榆生之手而得以物归原主，冥冥之中似乎自有天意注定。

关于此事的始末原委，由冒鹤亭之孙冒怀苏编著的《冒鹤亭先生年谱》（学林出版社，1998年）虽稍有涉及而多存阙谬，如误以为冒鹤亭寄给况周颐的是风雨楼（按即神州国光社）铅字排印本《东海渔歌》，也未曾提到他在词集璧还后所撰的那则跋语；迄今最称详备的郑炜明、陈玉莹所著《况周颐年谱》（齐鲁书社，2015年），在叙述这部《东海渔歌》的刊行经过时也没有言及谱主擅自所做的篡改和攘夺，兴许对这些情况也不甚了了；张晖所著《龙榆生先生年谱》同样没有提供任何与《东海渔歌》删改稿相关的线索，尽管这并非其题中应有之义，不能过分求全责备；张璋编校的《顾太清奕绘诗词合集》（上海古籍出版社，1998年），在《前言》里虽有扼要的说明，想必也是转述冒效鲁的意见，因其在该书《书后》中曾特别感谢过“冒效鲁先生提供了《东海渔歌》修删稿的原件”，而为免过于枝蔓芜杂，在介绍时也没有提到龙榆生，显然比不上当事人冒效鲁现身说法来得周详细致。

冒鹤亭经手刊印的这两种顾太清诗词集，就内容而言都不完整。稍后由龙榆生披露的《东海渔歌》第二卷虽有所增益，略补缺憾，却因原稿及副本均已不知下落而难以覆按，仍让人感到未惬于心。龙榆生在整理附记中曾经提起，“传闻日本铃木虎雄博士藏有《渔歌》六卷足本”，只是不知详情如何，唯有慨叹“合浦珠还，定在何日，聊志数语，以待后缘”。而据铃木虎雄《顧太清の天游閣集鈔本》（原载1921年《支那學》第一卷第十二号，又收入《支那文學研究》，弘文堂，1925年）所述，这个钞本总题为《天游阁集》，包括诗作七卷、《东海渔歌》六卷，确实比冒鹤亭等人的整理本完整齐备，不过收藏者其实是内藤炳卿，也就是大名鼎鼎的内藤湖南。内藤湖南去世之后，这个钞本又辗转入藏日本武田科学振兴财团的杏雨书屋，就此湮没无闻。此后奕绘、顾太清的五世孙金启孮经过数十年的追索查访，才使这个钞本重见天日，并考定其中绝大部分内容为顾太清亲笔所书（参见金启孮《〈天游阁集〉寻访记》，载1994年日本满族史研究会编《满族史研究通讯》第四号），由金启孮、金适父女合撰的《顾太清集校笺》（中华书局，2012年）即以此日藏钞本为底本。《校笺》的宗旨是尽可能恢复顾太清的创作原貌，故直指本源而截断众流，不再顾及后出各本所做的删剔改窜。这样的处理方式当然无可厚非，可是如果转换视角，探究分析一下况周颐对原作的删改润饰，也能指引读者悉心体会不同词人在措意遣词方面的同工异曲，自有其不可替代的特殊价值。张璋编校的《顾太清奕绘诗词合集》在词作部分就根据冒效鲁提供的原件，“将况氏修删之处一一加以注明”（见该书《前言》），颇便读者参酌比较。而这本冒效鲁的著译合集中又收录了一份他和吴孟复合作校点的《〈东海渔歌〉存真》，将顾太清的原作与况周颐的删改逐一比照，尽管并不完整，只是“特录其删去及改动较大者（仅改三五字者未尽录）”，可是尝鼎一脔，也足以“供研究欣赏者之比较”（见吴孟复题记）。

《存真》与《合集》的相应部分虽然同出一源，然而稍事比勘后就不难发现两者多存歧异。《存真》或许是这本著译合集的编校者根据冒、吴两位的手稿整理成文的，故其间讹脱错谬尤多。在开卷第一首《凤凰台上忆吹箫·题〈帝女花〉传奇》中就出现了“烽火汹：朝市”这样令人费解的句子，参照《合集》后才明白原文实为“烽火汹汹朝市”。想来冒、吴两位在迻录词作时原本抄作“烽火汹〻朝市”，编校者未能辨识其中的重文符号“〻”，又没有仔细覆核原作，就想当然地判定为“：”，让人颇有些啼笑皆非。另一篇《鹧鸪天·冬夜听夫子论道，不觉漏下三矣。盆中残梅香发，有悟，赋此》中有一句“万物皆吾大导师”，《存真》称况周颐将此句改作“雪白季南觅导师”，《合集》则谓“况氏改为‘雪北香南觅导师’”，也当以后者为是。况氏所作修改实有所本，《蕙风词话》续编卷二有一则云：“僧问金粟如来为甚么却降释迦会里？师曰：‘香山南，雪山北。’闺秀吴蘋香（藻）词名《香南雪北》，本此。”顾、吴两位都是嘉、道年间的女词人，况氏在删订时连类而及，自然顺理成章。诸如此类的问题在《存真》中还有不少，兹不一一赘述。

当然，《存真》也并非一无是处。有一首《茶瓶儿》的小序提到“病中谢友人赠茶”，《存真》注明况周颐将“友人”改作“闺友”，《合集》则未作校语说明，想必原件上勾划批抹，墨迹淋漓，在辨识时偶有失察。另一篇《沁园春·游常氏废园，用竹叶庵游孔氏废园韵》，上阕最末三句，《存真》标点作“堆玲珑石，奇峰怪岫，几朵青螺”，《合集》则作“堆玲珑，石奇峰怪岫，几朵青螺”。依照词律，这三句确实当作三、五、四字读，《合集》的处理方式似乎更准确，金启孮等所撰《校笺》亦同《合集》。不过仔细推敲文意，恐怕应以《存真》为是，而不能因律害意，将“玲珑石”割裂开来。可资旁证的是《存真》《合集》均已注明，况周颐将这三句删改为“玲珑石，昉奇峰怪岫，几朵青螺”。他无疑已经注意到顾氏原作不合词律，而又想保留其中“玲珑石”一语，才做了这样的修订。顾太清词作尽管颇受后人推重称赏，但她最初并不擅长倚声，在和奕绘夫妻酬唱时还曾出现过以诗和词的奇特现象，此处的小疏忽也正说明她对词律的掌握未尽娴熟。

顺便提一下，虽然冒鹤亭在《天游阁集》的弁言中说，他早年和词坛名宿王鹏运谈论词人，“至满洲人有‘男中成容若，女中太清春’之语”——相似的记载又见于冒氏此前所撰《小三吾亭词话》（连载于1908年《国学萃编》第一期至1909年《国学萃编》第二十七期，又收入《冒鹤亭词曲论文集》，上海古籍出版社，1992年），况周颐在《东海渔歌序》中又进一步将顾太清和纳兰容若做过一番比较，“欲求妍秀韶令，自是容若擅长；若以格调论，似乎容若不逮太清”，可是冒效鲁对这些评赞却颇不以为然，在《〈孽海花闲话〉与〈东海渔歌〉〈天游阁诗〉》中相当坦率地说，“她的词虽经况大词人改动，也未必楚楚动人，更不像王鹏运所说‘论词于满洲，男中成容若，女中太清春’，甚至把她捧到天上，连那位饮水词人也比不上，那就不免好色重于怜才了”。虽说他参与校订了这份《存真》，但对太清词作其实并不欣赏。与此类似的或许还有龙榆生，他也着手整理过《东海渔歌》，而况周颐的删改稿又一度由其保管，然而在编选《近三百年名家词选》（古典文学出版社，1956年）时，他并没有为顾太清留下一席之地，而是另外选录了徐灿、吕碧城等女词人的作品。创作水准的高下优劣虽不免有公论定评，可鉴赏批评原本是众口难调、见仁见智的事情，要求所有人都步调齐整，甚至屈己从人地说些言不由衷的客套话，岂不是很乏味、很无趣吗？

冒效鲁毕生耽于吟咏，不以著述为务，留存下来的各类译著、杂文、诗作、古籍整理等汇编起来也仅是戋戋一册，好在有不少内容可资采摭参酌。可惜此次编校出版似乎有些仓促随意，除了鲁鱼豕亥之误时有所见外，编排体例也不甚明晰。比如全书第一篇《屠格涅夫论》，实际上选译自苏联科学院1956年出版的十卷本《俄国文学史》，原作者为两位苏联评论家比亚雷和克列曼，上海文艺出版社在1962年还出版过冒氏所译单行本。可这些基本情况在合集中却缺少必要的交待，乍读之下难免令人感到蹊跷突兀。

原载2020年2月21日《澎湃新闻·上海书评》

事非经过不知难

对于晚清民国方兴未艾的词籍校勘之学，词坛耆宿况周颐颇不以为然，还发表过一番偏颇的议论："余癖词垂五十年，惟校词绝少。窃尝谓昔人填词，大都陶写性情、流连光景之作，行间句里，一二字之不同，安在执是为得失？乃若词以人重，则意内为先，言外为后，尤毋庸以小疵累大醇。士生今日，载籍极博，经史古子，体大用闳，有志校勘之学，何如择其尤要，致力一二？词吾所好，多读多作可耳。校律犹无容心，矧校字乎？"（《蕙风词话》卷一）认为把精力投注于校勘而非研读之上，对学词而言实属本末倒置，得不偿失；若实在精力旺盛，技痒难耐，不妨拿经史诸子去一展身手。由于一上来就倚老卖老地摆出"余癖词垂五十年"的架势，听者恐怕也只能唯唯称是了。其实"校词绝少"并非"校词绝无"，随手翻开他的词集，并不乏协助王鹏运、朱祖谋等师友校勘词籍的记录。他在这里大言欺人，无非是为了彰显自己较诸同侪更善于品评议论，校订文辞不过是当行本色之外的余事罢了。

然而，况周颐对校勘之学的不屑，正道出不少人的心声。在他们看来，文献整理不过是"剪刀加浆糊"的伎俩，何况时下研究手段日渐高明，连去图书馆埋首故纸堆的功夫都可以节省，只消坐在电脑面前动动鼠标，就能“上穷碧落下黄泉”，通过“复制加粘贴”搞定一切，岂不更是唾手可得？如果校勘的对象是正襟危坐的经史诸子，或许还能令人有些望而生畏；倘若只是吟风弄月的诗词文赋，就免不了被人等闲视之了。但问题是，真的就那么简单吗？

“事非经过不知难”，倾注毕生心力于词籍蒐集校勘的唐圭璋，对此应该最有发言权。从1931年起，他便着手编纂《全宋词》，“在辑宋人词的同时，也辑金、元人词”（《自传及著作简述》，《梦桐词》附录，江苏古籍出版社，1987年），经过数十载辛勤劳作，终于相继完成《全宋词》和《全金元词》的辑录。由于金、元两代词作历来未曾受到应有的关注，辑录中遇到的问题也更加棘手，因此尽管在商务印书馆1940年版《全宋词》的《缘起》中，唐圭璋就已经提到“拟辑为《金元词汇》一书，以觇词学递嬗之迹”，但《全金元词》一直迁延至1979年才正式出版，其间所耗费的精力不难想见。

在整理过程中，唐圭璋颇多受惠于朱祖谋辑校的《彊村丛书》，在《全金元词》（中华书局，1979年）的《凡例》中他就坦言：“前人辑录唐宋词集，往往兼及金元。如明吴讷辑《唐宋名贤百家词》即有金三家、元八家。清初侯文灿辑《十名家词》即有元三家。清末，王鹏运、江标、吴重熹、吴昌绶、陶湘、刘毓盘、朱孝臧等辑刊词集，盛极一时。朱刻《彊村丛书》搜集尤富，凡金五家、元五十家。其后赵万里、周泳先等复有补辑。是编意在保存金元两代词篇，综合诸家，益以新辑，并据南京图书馆所藏丁氏八千卷楼善本词集及北京图书馆所藏善本词集校补。”书中收录了元初来华的高丽词人李齐贤的作品，因为其词集《益斋长短句》先前在中国流传未广，所据底本便出自《彊村丛书》。唐圭璋在 1978 年曾总结校勘经验，撰写了《〈彊村丛书〉中所刻元词补正》一文（原载《〈大公报〉三十周年纪念论文集》，后收入《词学论丛》，上海古籍出版社，1986 年），强调“清末朱祖谋校刻《彊村丛书》，为近代搜罗最富、校订最精之词学丛书”，与此同时也指出“其中元词，由于原据底本未审，或由于刻工误刻，未能即时校改，以致脱误较多”。在所举例证中，恰好有一条涉及李齐贤的作品：“《巫山一段云》‘绝壁开嵌窦’一首：‘唯期驻鹤仙’，‘唯’，万历刊本作‘谁’，是。”利用南京图书馆所藏明万历刊本，轻而易举地纠正了《彊村丛书》的舛误。

从次年出版的《全金元词》来看，与上述例证相似的还有一处。李齐贤另有一首《鹧鸪天·鹤林寺》，上阕“雪里何人闻杜鹃”句下附有唐氏校勘记：“原误作‘开’，据明万历刊本改。”“闻杜鹃”无疑比“开杜鹃”来得文从字顺，如此校改似乎颇合情理。不料数年之后，他在 1983 年发表了一篇《读词四记》（原载《社会科学战线》1983 年第 3 期，后收入《词学论丛》），其中有“雪里何人开杜鹃”一则，再次论及这一句的校勘问题，却彻底推翻了自己在《全金元词》中所做的判断："元高丽（今朝鲜）李齐贤服官元初，有《益斋长短句》，刻入《彊村丛书》。过镇江鹤林寺，有《鹧鸪天》云：'……雪里何人开杜鹃……'余初据万历刊本《益斋乱稿》改'开杜鹃'为'闻杜鹃'，以为'开'与'闻'为形近之误。顷见《域外词选》既未注'开杜鹃'本事，又疑'开'为'闻'之误。其实'开'不误，明万历本妄改'闻'为误。兹注其本事以补《域外词选》之遗。本事原见《太平广记》五十二引《续仙传》，后阮阅《诗话总龟》前集四十五亦引其事。"随后即节引相关内容，以辨正原作"开杜鹃"并无错讹。

唐圭璋提到的《域外词选》于1981年由书目文献出版社出版，系经夏承焘选校，并由张珍怀、胡树淼注释。书中于李齐贤《鹧鸪天》词"雪里何人开杜鹃"句下有注云："'开'疑'闻'之误。"《词选》所录李齐贤词依据的原本是《彊村丛书》，可这条注释却明显受到《全金元词》的启发。夏承焘与唐圭璋交谊深厚，对此前刚刚出版的《全金元词》自然会特别留意。只是始料未及，经过数年的仔细考索，唐圭璋最后竟然会改变自己的主张。好在《域外词选》在当年颇受欢迎，屡经重印，到了1985年第三次印刷时，原来的那条注释终于被修改成"据《续仙传》云：殷七七有异术，尝于重九使鹤林寺杜鹃烂漫如春"，说明"雪里何人开杜鹃"句实有出典，词人在此并非泛泛而言。

陈垣在《校勘学释例》（中华书局，1959年）中提到："段玉裁曰：'校书之难，非照本改字不讹不漏之难，定其是非之难。'所谓理校法也。遇无古本可据，或数本互异，而无所适从之时，则须用此法。此法需通识为之，否则卤莽灭裂，以不误为误，而纠纷愈甚矣。故最高妙者此法，最危险者亦此法。""开杜鹃"与"闻杜鹃"虽仅一字之别，但无论老套的"剪刀加浆糊"，还是新潮的"复制加粘贴"，恐怕都无法胜任判别是非的工作。而即使有可资校改的版本依据，唐圭璋也未掉以轻心，仍然仔细爬梳，反复求证，而且毫不讳言自己的误判。虽然一度误导老友，几致谬种流传，最后还是善用理校之法"化险为夷"。夏承焘曾盛赞唐圭璋在校勘词籍时"繁征博稽，不苟一字。其用力之劬，洵可平视汲古而仰攀彊村矣"（《元名家词辑序》，收入《夏承焘集》第八册，浙江古籍出版社、浙江教育出版社，1997年），由此一例，足证洵非虚语。

不过还有一事令人稍感意外。夏承焘治学素来谨严自律，而且"平生不解藏人善"，在《唐宋词人年谱》《姜白石词编年笺校》《唐宋词论丛》等论著中都附有《承教录》，引录师友商榷补正的内容，在《域外词选》的《后记》中也说："在本书编注过程中，得到钱仲联先生以及陈翔华、吴无闻诸同志的帮助，后又承彭黎明、韩承武同志协助校阅，并此致谢。"重印时又郑重提到："日本京都大学清水茂教授阅读本书后，惠诗一首，并为日本词注释部分作了不少订补。

今值本书重印之际，特此鸣谢。”然而却始终未言及围绕着李齐贤这首词，曾前后两次参酌过唐圭璋的意见进行修改。夏承焘的日记“多有读书、撰述、游览、诗词创作、友好过从、函札磋商等等事迹”（《天风阁学词日记·前言》，收入《夏承焘集》第五册），只是现在正式公布的仅有1928年至1965年的内容，不知尚未披露的日记中是否有相关记载可以释读者心头的疑惑。

原载2015年11月15日《东方早报·上海书评》

房中术与欢喜佛

马叙伦所撰《石屋余渖》和《石屋续渖》由建文书店于1948年和1949年相继出版，内容多为掌故逸闻，事多亲历，颇可增广见闻，间或衡文论艺，时出己见，亦耐人咀味。多年前曾先后蒐求到旧版，可惜纸质粗劣不堪，翻阅时稍不留意便满手碎屑。最近见到许嘉璐主编的《马叙伦全集》已经先期推出数种，其中就有这两部笔记的整理合订本（浙江古籍出版社，2018年），当即购置以备日常翻检。

整理本前有《出版说明》，在介绍校订情况时说："一九八四年十一月，上海书店复制建文书店版出版两书，后来又收入民国丛书三编第八十七册。此次将两书合刊，均以上海书店一九八四年版为底本，重新标点，并补足若干缺字。"与此同时，卷首所附书影也来自上海书店的影印版。此举不免令人感到费解，为什么在整理过程中舍本逐末，不径以建文书店的旧版作为底本呢？虽说现代出版影印技术精湛高超，依照旧版原样复制，照理应该纤毫不爽，但是否会在不经意间出现疏忽纰漏呢？就好像古籍中的各类翻刻本、覆刻本、影钞本等，不管如何标榜摹印精工，校勘审慎，和原刻本相较，总难免有讹谬失真甚至逞臆妄改的情况。闲居多暇，一时兴起，便将整理本与建文旧版略作比勘，果然发现其中大有蹊跷。建文版《石屋续渖》在“俳优 戏剧 歌舞”和“国号不宜省称”两条之间原有“房中术”一则，在整理本中居然被删削殆尽。不唯如此，整理本还移花接木，将原先位置靠后的另一则“车夫之言”移至该处，用以填补“房中术”条被剔除后的空缺。简而言之，这个经过精心校订的新整理本非但内容有删剔，编次也经过改窜，并没有如实呈现原书的面貌，所谓“全集”，颇有些名实不副。

被删去的这则“房中术”篇幅并不大，可资谈助的地方却不少。文章开头提到与叶德辉（字焕彬）的一面之缘：“长沙叶焕彬，余于四年一见之章太炎坐上，其博学过王先谦。”章太炎自民国三年（1914）初因言贾祸，即遭到袁世凯的软禁监视，直至两年后才恢复自由。期间有不少友朋门生前往探视问候，马叙伦正是其中之一。他在《我在六十岁以前》（生活书店，1947年）中对此有过详尽的回忆：“这年的下半年（四年），北京大学请我在文学院担任教课。那时，章炳麟先生被袁世凯软禁在北平东四牌楼的钱粮胡同，住宅是前清小贵族的遗产，着实堂皇。可是除他本身以外，一概由警察总监吴炳湘包办。……客人呢，起初只许两个人进去，一个是清史馆纂修北京大学教授朱希祖，是章先生的弟子；别一个我忘记了。后来马裕藻、钱玄同、吴承仕和我都陆续可以进去了。我有时在北大上课后去看看他，有时我星期日去看他，一谈就是一天。有时他还要我吃了晚饭走。……他是三教九流无所不通的，寻常言语，休想打动他，幸而我还有几套，忽然谈孔孟，忽然谈老庄，忽然谈佛学，忽然谈理学；谈到理学，他倒感觉兴趣，原来他对这门，以往还缺少深刻的研究，这时他正在用功，所以谈上劲了。”可见两人当时往来的频繁密切。而在清末民初易代之际被章太炎推许为“杀之则读书种子绝矣”（叶德辉《两知己诗·章太炎》自注，收入《观古堂诗集·书空集》），因而得以幸免于难的叶德辉感念旧恩，同样在探视人员之列。双方论学虽然多存异趣，可是章太炎在家信中依然甚觉欣慰，“得叶德辉一人，可与道古”，足以排遣寂寥，还特别强调“叶为力攻康、梁二人，遂以顽固得名，其实知识远过壬秋”（《与龚宝铨》其四，写于1914年7月24日，收入《章太炎全集·书信集》，上海人民出版社，2017年），评价其才学识见远胜于前辈王闿运（字壬秋）。马叙伦正是在此期间偶遇叶德辉的，平日和太炎见面，天南海北地闲谈，想来也会偶尔涉及叶氏。作为近代湘学的后起之秀，叶德辉时常被拿来与乡贤王先谦、王闿运相提并论，在旁人看来这无疑是值得自诩夸耀的，可是他本人私下对二王却多有腹诽不屑。其受业弟子杨树穀、杨树达昆仲合撰的《郋园学行记》（崔建英整理，载《近代史资料》1985年第4期，又收入《崔建英版本目录学文集》，凤凰出版社，2012年）开篇就提到：“同、光之间，时论推县人王葵园阁学师先谦、湘潭王湘绮侍讲师闿运为尊宿。吾师特与二王师鼎足，于是有长沙王叶、湘潭王叶之称。顾吾师之学迥与二王宗派不同。吾师恒言阁学师不出桐城古文范围，于经学有中年出家之弊；侍讲师乃六朝文士，不足当经学大师。”马叙伦称道“其博学过王先谦”，章太炎也认为“其实知识远过壬秋”，正可与这番评议参看。

马叙伦接着又提到叶德辉“好色”，“所为《丽楼丛书》中多言房中术者，大氐多出《道藏》中；余未之读也”，所述不免有耳食之过。叶氏因为“好色”而热衷搜集、传刻房中术一类典籍当然毋庸讳言，但其编刻的《丽楼丛书》共收录九种文献，计陈田夫《南岳总胜集》三卷、司马光《七国象棋局》一卷、司马光《投壶新格》一卷、洪遵《谱双》一卷、李清照《打马经图》一卷、朱河《除红谱》一卷、阙名《绘图三教搜神大全》七卷、鱼玄机《唐女郎鱼玄机诗》一卷和王构《修辞鉴衡》二卷，“悉用旧本覆刻，尚可观览”（黄永年、贾二强《清代版本图录》卷五，浙江人民出版社，1997年），因此颇为藏书家所重，但内容均与房中术毫无关联。与房中术相关的其实是他同时编刻的另一部《双梅影闇丛书》，内有《素女经》一卷、《素女方》一卷、《玉房秘诀》一卷、《洞玄子》一卷、《天地阴阳交欢大乐赋》一卷等。马叙伦当时正在北大讲授老庄和程朱，对这类“旁门左道”自然不会措意，所以坦言“未之读也”。而他之所以会张冠李戴，或许也情有可原。叶德辉藏书极富，章太炎曾应邀撰《奂彬同学属题丽楼图》（载1915年《甲寅》第一卷第五号），内有“叶君何卓跞，储书满园丛。旧臧操潭建，次及皇明中。自从卢鲍来，改窜不足重。礼失求四夷，采伐穷瀛蓬”云云，表彰其旁搜远绍、发幽起潜之功。大概正是受到这些诗句的误导，未及细究详辨，马叙伦才会将《丽楼丛书》和《双梅影闇丛书》混为一谈。

尽管并没有读过那些房中术典籍，可是马叙伦随即就根据《白孔六帖》所引《广弘明集》《正理》《笑道论》等文献，略考房中术与道教的渊源。事涉专门，此处姑置勿论。不过他最后又引申说：“董仲舒言《春秋》而信五行，五行之说，古巫家哲学之原子论也。其书亦言游房，亦可证也。”“游房”之说见于《春秋繁露·循天之道》篇所述的“君子甚爱其气而游于房，以体天也”，确实和房中术息息相关，足见其博闻强识。不过更值得注意的是文中提到的“古巫家哲学之原子论”，令人不禁联想到他和傅斯年之间的一桩公案。马叙伦此前在北大讲授《庄子》，编有《庄子札记》作为课程讲义，由北大出版部于 1918 年刊行。正在北大国文门就读的傅斯年当仁不让于师，不久就撰文予以严厉批评。在傅氏指摘的诸多问题中，有一项是《札记》“有自居创获之见，实则攘自他人，而不言所自来者”，竟然剽窃了北大同仁胡适的《中国哲学史大纲》。在所举出的证据中，就包括马叙伦在解释《庄子·至乐》篇“种有幾”一句时称“幾如大秦言原子”云云。依照傅斯年的看法，“皆胡先生说，特字句不同，又多抄录耳。考前人未有为此说者，胡先生此讲义印于去冬，马先生《庄子札记》刊于今夏，同教一堂，不得云未见。见而不言所自来，似为贤者所不取也”（《出版界评·庄子札记》，载1919年《新潮》第一卷第一号），言辞相当激烈。马叙伦见状丝毫不敢怠慢，当即撰写《释〈新潮〉中评〈庄子札记〉》（连载于《北京大学日刊》1919年1月18日、20日、21日）进行回应，对“原子说”的来源特别予以澄清，“如原子说发于章太炎先生《齐物论释》，伦实本太炎，不与胡先生相涉”；并进而指责傅斯年此举出于偏见而居心叵测，“然则谓伦攘取胡先生说者，乃傅君用意在抹杀伦书无一是处，遂以其所认为胜义者，亦不许出于伦，而适胡先生有相同之说，则更坐以攘美之罪耳”，“傅君必以为攘美，伦愚实不能承君之盛意”，竭力为自己辩白。章太炎《齐物论释》确实提到过“诸寻实质，若立四大种子，阿耨、钵罗摩怒、电子、原子是也”（据王仲荦校点《齐物论释定本》，《章太炎全集》本，上海人民出版社，2014年），但并非针对《庄子·至乐》篇而言。倒是胡适在《中国哲学史大纲》卷上（商务印书馆，1919年）里详细研讨过该篇，明确指出“我以为此处的幾字是指物种最初时代的种子，也可叫做元子”（见该书第九篇《庄子》第一章《庄子时代的生物进化论》），马叙伦恐怕很难与此彻底撇清关系。马叙伦随后在《札记》的基础上精益求精，另撰《庄子义证》（中华书局，1930年），《自序》中预先申明“所见前人及并世师友诠释惬当者，皆为收录。其所不知，阙如也”，但耐人寻味的是，在《至乐》篇中却改称“是幾者，谓种之极微而万物所由生者也”，绝口不提“原子”，看来也是想尽量避免嫌疑，以免再次招惹是非。——附带提一下，《马叙伦全集》已将《庄子义证》和《庄子天下篇述义》汇为一编整理出版（浙江古籍出版社，2019年），《出版说明》中说：“《庄子札记》中的校订成果，也经过修改收入《庄子义证》之中，因此这次整理《马叙伦全集》，就不再收入《庄子札记》一书了。”看来也有些不妥，至少令后人在考察马、傅两人的争论时缺少了可资验证的重要依据。

胡适在《中国哲学史大纲》里还提到，“五行之说大概起于儒家，《荀子·非十二子》篇说子思‘案往旧造说，谓之五行’，可以为证”，“到了汉朝这一派更盛。从此儒学遂成‘道士的儒学’了”（见该书第十二篇《古代哲学的终局》第一章《前三世纪的思潮》）；其后又在《中国中古思想史长编》（上海中国公学，1930年）中补充道，“五行之说大概是古代民间常识里的一个观念。古印度人有地、水、火、风，名为‘四大’。古希腊人也认水、火、土、气为四种原质。五行是水、火、金、木、土，大概是中国民族所认为五种原质的”（见该书第一章《齐学》）。马叙伦将“五行之说”与“原子说”等量齐观，或许与此也不无关联。尽管一个说的是“原质”，而另一个讲的是“原子”，字面并不相同，但其实异曲同工；正如先前一个说“元子”，而另一个称“原子”，并不妨碍傅斯年将两者联系起来以成定谳。可供参酌的是马叙伦在《读书续记》(商务印书馆，1931年)卷四中曾提到“孔、孟皆不言五行”，“以五行为古代神教之说，如印度婆罗门之说四大，与儒家立义相谬”，和胡适的意见恰好针锋相对，对其说想必不会陌生。主旨相悖而采其片言，自然也并非不可能。

马叙伦在“房中术”中还说：“余谓房中术于巫觋之关系，即故都雍和宫之欢喜佛可以知之。”在《石屋余渖》中正好有一则“欢喜佛”可资印证。而再次将新整理本与建文旧版加以比对，不难发现前者仍有删改。马氏在文中转引了李湘帆《金川琐记》中所述喇嘛寺内供奉的欢喜佛，“多至千百，皆青面蓝身，作男女交构状”，“更有所谓牛头大王者，形如夜叉，独立诸欢喜佛间，瞠目注视，似未得其偶而有流涎之状，下阴翘然，手自捧持，云是护法菩萨”。原书标点误植为“形如夜叉独立，诸欢喜佛间”，以致文意扞格难通。整理本已予以改正，值得称许。不过与此同时，整理本又将“交构”改作“交媾”，似乎唯恐读者不明其意，却不知原文本通，多此一举；还将“而有流涎之状”以下数句悉数删去，似乎又担心读者深明其意，令人啼笑皆非。如此老婆心切的整理方式，显然并不可取。马叙伦《读书续记》卷一中还有一则与此处所述颇有关系，不妨参看：“京师雍和宫，清世宗潜邸也，中奉欢喜佛。向曾据李湘帆《金川琐记》，谓是仿西域为之。顷观沈景倩《敝帚斋余谈》云：‘余见内庭有欢喜佛，云自外国进者，又有云故元所遗者。两佛如璎珞严妆，互相抱持，两根凑合，有机可动，凡见数处。大珰云：帝王大婚时，必先导入此殿，礼拜毕，令抚揣隐处，默会交接之法，然后行合卺云云。’然则不始于清，所谓‘故元所遗者’近之。”正是针对《余渖》“欢喜佛”一则中“雍和宫欢喜佛虽不多，而状一如此记，然则仿西域为之者耳”所做的补正修订。但愿日后整理出版《读书续记》时，不要再将“互相抱持，两根凑合”之类也连坐删去了。

将上述《石屋余渖》和《石屋续渖》中的这些内容加以删剔改窜，始作俑者其实倒并不是现在的新整理本，而且也不仅仅是这个新整理本的问题。两书此前还有1995年山西古籍出版社、2012年中国大百科全书出版社的整理本，覆按之后也莫不如此，追根究底都是由于校点时采用了上海书店的影印本作为底本。在影印中出现如此莫名其妙的荒唐行为，恐怕也另有隐情，不必求全责备。正当出版社在1984年着手准备影印两书之前，刚刚经历了一场声势浩大的“清除精神污染运动”，尽管没过多久就戛然而止，并未愈演愈烈，可设身处地来推想，编辑们势必心有余悸而宛若惊弓之鸟，看到书中的这些字句就自觉有诲淫诲盗的嫌疑，才索性越俎代庖以防患于未然。只是今天的整理者如果不明就里，依然承谬袭舛，以讹传讹，就不免愧对作者，也贻误读者了。

原载2019年11月21日《澎湃新闻·上海书评》

《庋椽偶识》中的书人书事

王伯祥晚年接受好友陈乃乾的建议，陆续将平生所撰藏书题记抄录成册，裒辑为《庋椽偶识》正、续编。这些聊供排愁遣闷的题记起初零星刊布于《中华文史论丛》等刊物，整部书稿则深藏箧中三十余年才得以整理出版（中华书局，2008年）。尽管全书编次未依部类而略显芜杂，不少内容也只是信笔漫谈而未及深考，诚如作者在序言中所坦言的那样，“予喜涂抹，每获一书，辄摩挲数四，然后入架，偶有所感，随笔著数语，亦仅识得书岁月及当时情境而止”，加之书籍插架凌乱无序，“不复能排次时日，略识先后，只得随检随抄，以俟后之人编次焉”，不过随意披览之际，却令人颇感兴味。比如开卷第一篇说起商务印书馆印行的《中国古今地名大辞典》，“购自棋盘街文明书局，照价无折。本馆近在咫尺，未由入视”，“遂使邻店居奇（馆例同人购用，得享七折优待），亦可笑也”。作者当时正在商务印书馆史地部任职，然而为了这部亟需参考的工具书，居然不愿再稍事观望比较，甚至放弃了照例可以享受的优厚折扣。在略带自嘲调侃的口吻中，这份书生痴气显得尤为可爱。如此心血来潮的经历在他的访书生涯中屡见不鲜，有一部《经韵集字析解》，“其书取《十三经》《佩文韵府》及《拾遗》所赅不同字体，依《康熙字典》编次，略加诠释。在当时实足为家塾读书之一助”，时过境迁，这类兔园册子性质的字书早就不敷实用，可是他“偶过蟫隐庐见此，悦其刻书之岁适先于予生六十年，同为庚寅，遂购而归”，仅仅因为刻书时间比自己出生正好早了一甲子，就兴冲冲地买下作为纪念。为了一部心仪投缘的书，有些人总能搜肠刮肚地找到合适的理由，即便在旁人看来会有多么荒唐无稽。作者身丁乱世，辛勤积聚的藏书也曾遭厄散失，但这并不能磨灭继续购藏的热情。他有一部《韩诗外传》在淞沪抗战时期付诸劫火，幸亏没过几年，“商务印书馆设廉价部，将旧存底货贬值斥卖，往往有绝版旧籍错列其间。一日清晨偶过之（时稍晏即顾客盈门，徘徊拥塞，无从插足），瞥见此本，标价仅六分，予喜旧帙之重遇，因购以归”，非但有故友失散再度重逢的惊喜，而且有眼皮底下廉值捡漏的意外，在颠沛流离的处境中更是让人悲欣交集。作者曾因感染肝炎住院治疗，随身携带《万历野获编》《霞外捃屑》和《茶余客话》，“得昕夕展阅，稍纾郁结”，孰料出院时随身物品均需高温蒸烘消毒，三者遂不免“色变缩绉，顿失初型”，“倍见敝旧”。尽管这些书籍原先或是“扉页倒装”，或是“窳劣印品”，并不值得珍视，可在他看来，“止因随予萍转，且亦小经沧桑，乃有一段香火情耳”，仍有难以割舍的眷眷之情。这些偶尔发生在访求购藏中的小插曲着墨不多却生气淋漓，格外引人入胜，尤其是有着同样癖好的爱书人，想必会情不自禁地生出“于我心有戚戚焉”的真切感受。

王伯祥早年相继在商务印书馆和开明书店担任编辑，晚年又出任北京大学文学研究所研究员，因而对出版界和学术界的情况相当熟悉，题记中载录的许多逸闻旧事都颇资谈助。在述及所藏《汉学师承记》时，他回忆起“佣书涵芬楼时，同事友人周予同假去参校”，并迻录了周氏为此所撰的题识，其中也提到“十九年，为商馆编注江藩《汉学师承记》，承伯祥兄惠借校经山房单行本，以与各本校雠”。周予同选注的《汉学师承记》由商务印书馆于1933年出版，《序言》中胪列该书各种单行本，首先提到的就是校经山房重刻本；《凡例》中也明确交待，“本书依《序言》中所举各本校勘，以求正是”，这项工作显然离不开王伯祥慷慨无私的帮助。周氏此前撰有《经学史与经学之派别——皮锡瑞〈经学历史〉序》（载1928年《民铎》第九卷第一号，后收入《周予同经学史论著选集》，上海人民出版社，1983年），在文中发愿“我将献身于经学史的撰著”，“我热望着我的环境与学力能够允许我，而同时热望着能引起读者的共鸣，而得到几位学术上的伴侣”。选注《汉学师承记》正是他庞大研究计划的一部分，王伯祥则完全称得上是他所热切期盼的“学术上的伴侣”。

从商务转至开明后，王伯祥也经手过不少名家著述，题记中对此也常有论列阐发。比如他评说龙榆生辑录的《唐宋名家词选》（开明书店，1938 年第三版），“全依彊村之说，末附元遗山词，尤见托迹先朝之微意”，而时隔多年以后，“一九五六年，上海古典文学出版社为重印此选，已多所增删”。开明旧版曾依据朱孝臧校刻的《彊村丛书》辑录过金人元好问的词作，可此举显然与“唐宋名家”的称呼名实不副。龙氏在重印时做过大幅度删改增订，但新版《后记》对此语焉不详，并未交代具体内容及相关原因。王伯祥的题记倒是提醒读者留意，旧版选录元氏词作也许另有婉曲深意寄托其中。另如陈友琴编选的《清人绝句选》（开明书店，1935 年），王伯祥特意指出，“书名‘清绝’，语意双关，予颇赏之，为校印焉。然二十余年以还，迄未晤其人，及任北大文学研究所研究员，友琴亦来所同事，一见相契如旧识。以是过从较密，时与赏析，缘在此书”。该书原有查猛济的序言，仅泛泛称道此书“集清绝之大成，为词林之韶濩”；另有叶圣陶的序言，也只是强调“所选有四百家光景，清代的重要诗人差不多都在这里露脸。我们取来讽读，就好比跟一代的诗人促膝谈心”。读了王伯祥的题记，读者才恍然大悟，原来书名暗喻时事而别具深意；至于编辑和作者因书结缘而又平淡如水的交谊，更是让后人歆慕神往不已。

对于学林风气的递嬗迁变，王伯祥有时也直言不讳，不失耿直狷介的本色。他曾抄录清人姚际恒的《好古堂家藏书画记》及《续收书画奇物记》，盛赞“自非好古敏以求之，曷克臻此”，对姚氏著述在近代的遭际则深予慨叹，“其鉴古之名竟为其名著《古今伪书考》所掩，莘莘之士，颇有不知其为收藏名家而称道其《伪书考》不绝口者”，甚至认为《古今伪书考》的暴得大名反而引发了不良的学术风气，“及姚书一出，罗列古来赫赫名著，概斥为伪”，“从此可以不究内容，肆意斥责，而人亦不敢致其诘难矣。此风一扇，每下愈况，逮近人《古史辨》出，更一切否定，而古籍之足用者星凤不若焉”，矛头竟然直指以顾颉刚为首的古史辨派。《古今伪书考》在近现代疑古思潮的兴起过程中确实起到了推波助澜的作用，顾颉刚曾整理校点此书，作为《辨伪丛刊》之一（朴社，1929年）付梓，在序言中就藉此追溯过自己的思想渊源：“我现在已成了一个埋头故纸堆中的人了。这个嗜好的养成自有多方面的诱导，但在这许多诱导之中最有力量的一个便是这本小书——姚际恒的《古今伪书考》。”并大力表彰其学术史意义：“他敢于提出‘古今伪书’一个名目，敢于把以前人不敢疑的经书（《易传》《孝经》《尔雅》等）一起放在伪书里，使得初学者对着一大堆材料，茫无别择，最易陷于轻信的时候，骤然受一个猛烈的打击，觉得故纸堆里有无数记载不是真话，又有无数问题未经解决，则这本书实在具有发聋振聩的功效。所以这本书的价值，不在它的本身的研究价值，而在它所给予学术界的影响。”流风所及，即便是学术旨趣与古史辨派不尽相同的学者，对此书也不敢稍有怠慢轻忽。顾实在《重考古今伪书考》（大东书局，1928年）的《自序》中就说，“顷见姚氏此书，大为流行，各大学、各高三中学，咸油印发布，莘莘学子，几于人手一编”，又提到“在琉璃厂书肆，睹有新出版书题名《古今伪书考释》者，亦多空衍姚氏之说，无所规正”，他由此甘为“姚氏之争友”，“略据诸家考订，暨平素心得”，编为教本用于讲授。足见顾颉刚所盛称的“它所给予学术界的影响”并无丝毫夸饰。王伯祥与顾颉刚既是苏州同乡，又是多年挚友，顾氏还曾向他详细介绍过整理《古今伪书考》及编辑《辨伪丛刊》的设想（参见顾颉刚1921年6月9日《致王伯祥》，收入《顾颉刚书信集》，中华书局，2011年），可他对古史辨派矫枉过正的流弊却毫不假以辞色。他后来与周振甫合撰《中国学术思想演进史》（亚细亚书局，1935年），在第八章《晚近思潮》中也提到过古史辨派，虽然肯定“顾氏一派的疑古是重在求真，方法既益趋精密，又没有尊圣的主见和其他作用，所以收获也比较多了”，但仍强调古史辨派“不过是继承清儒的途径而有新的创获，还算不得一时的学术思潮”，对其评价多有保留。尽管就学术史的发展演进而言，王伯祥无疑低估了古史辨派的作用和地位，但从中恰恰彰显出不徇私情、和而不同的治学风范。

王伯祥在序言中自谦所撰题记“未能于书旨有所发明及详究版本之异同”，不过有些内容其实颇值借鉴参酌，不容轻慢视之。他抄录过清人李调元（字雨村）的《弄谱》，待装订成册后题写道：“雨村有《诗话》《赋话》《词话》《曲话》（人称雨村四话），见所刻《函海》中，别有《剧话》及此谱，单刊印行，传本极稀。……因假钞一通，以为翫赏。”然而没过几天他就发现此书颇存蹊跷，“偶翻仁和翟晴江（灏）《通俗编》，见其十九、二十两卷即《剧话》，廿一、廿二两卷即《弄谱》”，由此推测或许是书贾想借重李调元的名声，“故从所刻《函海》中割取此四卷，模其版式，窜名刻印以射利耶？”为了验证自己的想法，他又仔细翻检李调元的《童山文集》，发现“《剧话》《弄谱》二序赫然在焉。予据钞之本，亦正各冠此序”，于是又修正了先前的判断，“因疑雨村或先得翟稿，即窜己名刻之，其后刻《通俗编》入《函海》，遂寝此不行。故《函海》收雨村四话外，无此二种，惟集中两序刊除未尽，致留此话柄耳”。翟灏所撰《通俗编》除了有翟氏本人无不宜斋所刊三十八卷本外，另有李调元刊刻的《函海》本。只是《函海》这部大型丛书屡经重刻，不仅历次所收著述总量有所增减，而且同一种著述的内容也会有所出入（参见邓长风《〈函海〉的版本及其编者李调元——美国国会图书馆读书札记之五》，收入《明清戏曲家考略》，上海古籍出版社，1994年）。其中所收《通俗编》就先后有十五卷本和二十五卷本的差别，而两者都遭到过很大程度的删改。更有甚者，李调元在编刻《函海》时还暗挟私心，夹带私货，不仅把自撰《剧话》的部分内容掺杂进《通俗编》中，还将《通俗编》的诸多条目攘为己有（参见颜春峰《〈通俗编〉版本考略》，载《语言研究》2012 年第 4 期）。商务印书馆在 1935 年至 1937 年间编辑出版《丛书集成初编》，在《凡例》中宣称“《初编》丛书百部之选择标准，以实用与罕见为主；前者为适应要需，后者为流传孤本”，其中就包括《函海》在内。未经李调元改窜的无不宜斋本《通俗编》里并无《剧话》和《弄谱》，王伯祥所见混杂了两书的《通俗编》，应该正是《丛书集成初编》中排印的《函海》本。尽管他因此误以为《弄谱》并非李调元所撰，并为自己的“粗心失检，浪费楮墨”而懊恼不已，可依然提供了重要证据，足以证明《函海》并不可靠。商务印书馆在 1958 年再次编辑出版《通俗编》，就舍弃了《丛书集成初编》中早就有的《函海》本，转而依据无不宜斋本标点排印，或许就听取过王伯祥的建议。

类似的匡正订误还有不少，比如在谈到潘景郑校订的《鸣野山房书目》（古典文学出版社，1958 年）时，王伯祥写了大段辨伪文字，一方面指出“此目即清初祁理荪（孙）《奕庆楼藏书目》，向无传本，民初湖州人沈韵斋从藏家钞出，伪署沈复粲鸣野山房之名，经由来青阁杨寿祺之手售出”，揭露此书实为书贾假冒伪托；另一方面则对校订者的疏忽失察深感意外，“潘景郑号为知书者，亦堕其套中，为之录校，古典社遂印以行世”，言外颇有叹惋之意；最后则交待此事得以澄清应归功于陈乃乾的发现，“乃乾洞悉原委，为发其复，事以大白，否则真书伪署，张冠李戴，祁、沈两伤，不且冤沉千古乎？”陈氏早年在上海开设过古书流通处和中国书店，深悉旧书业的种种内幕，在《上海书林梦忆录》（连载于1943年《古今》第二十、二十一、二十七、二十八、三十期，收入虞坤林整理《陈乃乾文集》，国家图书馆出版社，2009年）中就揭穿过一些作伪伎俩，并说：“各书店之尝造伪钞本及拥有伪藏印者甚多，余不愿发其覆。所以记此二事者，以见书之能销与否，及业书者之能获利与否，皆不可以常理测也。”已经明言书贾弄虚作假，意在牟取暴利，因此所用手段往往超出常人的想象。在《读书识小录》（收入《陈乃乾文集》）中，他还提到过一部《上善堂书目》：“民国初年，吴兴沈韵斋毅寓居苏州，于灵芬阁书肆乱纸堆中，检得此稿，涂乙不可辨，为之排比，缮成清本。……余于此目，虽钞自韵斋，未敢深信其传授有自也。”可见他和沈氏早就打过交道，对其经手整理的文献是否真实可信也存有疑虑。陈乃乾在1956年被调至北京主持古籍出版社的影印业务，而清抄本《奕庆藏书楼书目》正收藏于北京图书馆，想来正是借助近水楼台之便才得以比勘察验。他应该还曾将查勘的结果告知过古典文学出版社，因为后者在当年六月特意印制过一份《关于〈鸣野山房书目〉的说明》夹在未售出的书中，承认自己的过失：“我社在一九五八年一月出版清沈复粲编《鸣野山房书目》一种，系根据前燕京大学图书馆所藏旧钞本加以整理付印。出版以后，发现这一书目的内容，完全与明末清初的山阴藏书家祁理孙的《奕庆藏书楼书目》相同。燕京所藏旧钞本题名《鸣野山房书目》，并冠以沈复粲墓表等，实系张冠李戴，我社初未发现，以讹传讹，造成错误。”在此之后，钱亚新的《祁理孙与〈奕庆藏书楼书目〉》（载《图书馆工作》1978年第4期）也指正过《鸣野山房书目》的题名错误，并详细考订了祁氏的生平著述；武作成的《清史稿艺文志补编》（收入《清史稿艺文志及补编》，中华书局，1982年）虽然著录了“沈复粲编”《鸣野山房书目》，在小注里同样指出“此书实即祁氏《奕庆楼藏书目录》”，想来都曾受到出版社那则声明的启发。不过与此同时，最初的误判也通过各种方式不断传播。潘景郑曾将历年所撰题跋汇为《著砚楼书跋》（古典文学出版社，1957年），已经率先收入《鸣野山房书目序》，介绍自己整理校订的经过。此事尚发生在真相大白以前，自然情有可原，不必苛责；但此后《著砚楼书跋》又影印再版（上海古籍出版社，2006年），甚至增订为《著砚楼读书记》（辽宁教育出版社，2002年），两者都因循旧例收入了那篇《鸣野山房书目序》，却未作任何编辑说明以提醒读者，这就很容易导致谬种流传。比如来新夏主编的《清代目录提要》（齐鲁书社，1997年），自称所收各书“非清代目录之全部，而系清代目录中较完整、较优秀者”，在沈复粲名下便著录了《鸣野山房书目》，并据潘氏序言介绍相关情况；上海古籍出版社则利用古典文学出版社的排印本影印过一批书目题跋，“原版各册前之出版说明、序等均予保留”（《〈中国历代书目题跋丛书〉出版说明》），此书依然署作“沈复粲编《鸣野山房书目》”（上海古籍出版社，2005年），毫无疑问都没有注意原出版社采取过的补救措施以及其他学者所做的考辨补正，其初衷虽然在于为学者提供便利，但以讹传讹，难免产生误导。

王伯祥毕生从事文史编校撰著，对古籍整理中诸多“以己昏昏使人昭昭”的乱象自然难以容忍。在批评整理本《天府广记》的标校失误时，他就毫不讳言：“迩来坊间重印古籍，多经参校整理，甚或蒐录有关资料，附缀书后，用备稽核。所谓加工生活，自是佳象。顾标点符号，往往忽诸，竟有毫末之差而谬以千里者。”还借题发挥道：“予向谓不明古籍真谛而滥施标点，贻害较白文更大。盖白文流传，尚可使读者玩索自得，即有舛错，亦可供学人思适之资，一加标点，即隐示准则，浅人凭以体会，不免导入迷途，识者获此，徒滋笑柄。又何苦而为此徒费精神于无用之地之事哉。”在纠正排印本《羯鼓录》的句读错谬时，他又忍不住评议说：“近人尊视标点，重于本旨，一似不加标点，此书即无人能读者。顾又轻忽从事，漫不经心，毫厘千里，往往而是。”对此类本末倒置、逞臆妄为的行为深恶痛绝。这番良苦用心确实值得后人时存畏惕，并引以为戒。只是《庋榢偶识》自身的整理编校也多有舛错讹谬，如误《经籍餮诂》为“经籍纂诂”，误《金佗稡编》为“金佗粹编”，误《墨子间诂》为“墨子闲诂”，标点的错误脱漏更是不一而足，虽说情有可原且瑕不掩瑜，还是让人在掩卷之余难免有些怅然。

原载 2018 年 10 月 8 日《澎湃新闻·上海书评》

附记：本文发表后，承刘寂潮先生赐教，谓王伯祥称陈友琴编选清人绝句乃暗喻时事，似过于深求，盖据查猛济序言中“清新绝人”一语，误以为双关耳。寂潮先生尊翁彰华先生早年就读于衢州中学，曾受业于陈友琴先生，后又与查猛济先生为浙江省通志馆同僚，所述承传有自，足资参验。

柳存仁与《癸巳类稿》批校本

清代嘉庆、道光年间的俞正燮（字理初）毕生沉沦下僚，却以专精考证著称于世。然而长期以来他都只被当作沉潜经史、心无旁骛的“学问家”来予以表彰，张之洞在《书目答问》中就将其《癸巳类稿》等著作列于“儒家类考订之属”，强调“此类各书，为读一切经史子集之羽翼”；在同书所附《国朝著述诸家姓名略》中，又把俞氏归入“汉学专门经学家”及“史学家”的行列，认为这类学者长于“考辨纂述”，其治学特点体现在“笃守汉人家法，实事求是，义据通深”；尽管与此同时，他还将俞氏视为“经济家”，并称“士人博及群书，而无用于世，读书何为”，似乎颇为注重其经世致用的才干，可相应的评论却显得空洞浮泛。直至现代，才有学者着力揭示俞氏迥异流俗的“思想家”特质。蔡元培的《中国伦理学史》（商务印书馆，1910 年）就以《俞理初学说》压阵，概述了他针对贞操、缠足、娼妓等问题所做的批评，最后总结说，“凡此种种问题，皆前人所不经意，至理初，始以其至公至平之见，博考而慎断之。虽其所论，尚未能为根本之解决，而亦未能组成学理之系统，然要不得不节取其意见，而认为至有价值之学说矣”，给予了非常高的评价。周作人在《俞理初的诙谐》（载 1937 年《中国文艺》创刊号，后收入《秉烛后谈》，新民印书馆，1944 年）中更是赞叹道，“其见识乃极明达，甚可佩服，特别是能尊重人权，对于两性问题有超越前人的公论”，尤为难能可贵的是他“不客气的驳正俗说，而又多以诙谐的态度出之，这最使我佩服，只可惜上下三百年此种人不可多得，深恐只手不能满也”。在《读〈初潭集〉》（载 1940 年《中国文艺》第一卷第五号，后收入《药堂杂文》，新民印书馆，1944 年）里，周作人甚至宣称，“中国思想界有三贤，即是汉王充、明李贽、清俞正燮”，并说钱玄同也非常赞同这个意见。随后在《俞理初论莠书》（载 1943 年《风雨谈》第五期，收入《药堂杂文》）中，周作人又再次重申，“在过去两千年中，我所最为佩服的中国思想家共有三人，一是汉王充，二是明李贽，三是清俞正燮”，为之揄扬鼓吹，可谓不遗余力。

随着这些新评价的陆续出现，俞正燮的著述情况也受到更多的关注。他最重要的著作《癸巳类稿》付梓于清道光年间，主持刊刻的王藻在序中坦言，原稿共计三十余卷，“卷帙颇繁，且系初稿”，受资金、人力所限，只能“厘其校正者十五卷为正集，余为外集，以俟续梓”，可见内容远未齐备。俞氏好友程恩泽在序言中更是直言不讳，提到在刊印过程中，“理初归计转迫，草稿整齐者仅什四耳”，并未经过作者本人的仔细校订。道光本虽然流传广泛，但显然存在不少讹误疏漏有待补正。夏廷棫在 1929 年发表《改本俞正燮〈癸巳类稿〉纪》（载《国立中山大学语言历史学研究所周刊》第七卷第七十九期），介绍了中山大学收藏的一部钤有“劳婴卿”印记的《癸巳类稿》，书中存有大量批改。他推测俞正燮曾对道光本做过修订，“此本或劳氏据俞氏改本过录，亦未可知”，因为在道光本问世时，俞氏已年逾五旬，“其晚年之积改，成为此书，自可能事”；接着又逐条迻录该书目录及前两卷中的批校内容，尽管只是尝鼎一脔，也足以让人真切地感到“评改甚详，至为可贵”，可以据此勘订通行的道光本。他还附带提到，“今此书已由顾颉刚先生与商务印书馆面议，拟影印以公诸世，作为《癸巳类稿》定本”，引发读者一窥全豹的期待。顾颉刚在此后的日记中曾经提到自己“点俞理初关于‘太一’论文三篇”（《顾颉刚日记》1932 年 8 月 12 日条，联经出版有限公司，2007 年），恐怕也与此不无关系。可惜影印一事最终不了了之，并没有下文。倒是数年以后，由一批安徽籍学者发起编印《安徽丛书》，在 1934 年出版的第三期中影印了胡元吉收藏的另一种《癸巳类稿》批改本，才终于让人夙愿得偿，藉以了解俞正燮晚年对文稿推敲修订的详情。影印本另附王立中纂辑、蔡元培参订的《俞理初先生年谱》，也为读者参酌考校提供了不少便利。周作人在《关于俞理初》（载 1936 年《宇宙风》第三十三期，后收入《秉烛谈》，北新书局，1940 年）中就称赞道：“日前得《安徽丛书》本《癸巳类稿》，系用俞君晚年手订本石印，凡九册，附王立中编《年谱》一册，原文固多所增益，又得知其生平，是极可喜的事。”对于想要深入研讨俞氏生平思想的学者而言，这个批校本无疑是极为重要的参考文献。

不过，《安徽丛书》中影印的究竟是俞氏的手订本抑或只是旁人的过录本？它与先前夏廷棫所介绍的过录本到底存在何种关联？天壤间是否还另外留存着其他的批校本可供比对参证？凡此种种，依然令人心存好奇。柳存仁在《俞理初先生年谱序》（载1939年《文哲》第二卷第四期）中又提供了新的线索，他回忆起1936年冬就读于北京大学期间，曾在历史系教授郑天挺的指导下，为道光年间的知名学者张穆（字石州）编纂过一部《张石州年谱》。在搜集相关史料时，他发现张氏与俞正燮素有交往，“因慕俞理初与石州交谊之笃，又蒐辑成《理初先生年谱》初稿”。卢沟桥事变爆发后，他返回上海，借读于光华大学，“又假光华大学张咏霓（寿镛）校长藏《安徽丛书》所收王叔平纂辑《理初先生年谱》一种，与拙编叠相订正，颇有取舍”，为了修订自己的年谱初稿而参考过王立中的研究成果。不久就有书商闻讯前来，“告有理初批校本《癸巳类稿》”。经过仔细审视，他发现此本“笔精字细，印章烂然，审知为黟县李氏所藏俞书过校本，与《安徽丛书》所据景印同县胡敬庵藏本颇有不同”，于是不惜重金购下此书。随后他又恳请时任光华大学历史系主任的吕思勉拨冗审阅，而吕氏则敦促他尽快将这一批校本与改定的年谱合并付印，以公诸同好。只是“因雠校参订需时”，他才迁延日久，未能及时应命。从其叙述可知，柳存仁认为自己购藏的虽然只是一个过录本，但与《安徽丛书》本相较却颇有出入，对自己编订年谱大有助益。受邀核查此书的吕思勉显然也发现此本与《安徽丛书》本并不相同，否则也不会鼓动柳氏另行刊布了。

经过反复的补苴罅漏，柳存仁数年后陆续发表《黟县俞理初先生年谱》（载《真知学报》1942 年第二卷第三期、1943 年第三卷第一期，署名“柳雨生”），谱文前的序言在原来那篇《俞理初先生年谱序》的基础上做了一些增删修订，特别值得注意的是将先前所述“审知为黟县李氏所藏俞书过校本”径直改作“审知为黟县李氏所藏”，尽管只刊落了寥寥五字，性质却发生了微妙而关键的转变。改定后的序言中还补充道，他在斥重金购得此书之后，“先后请吕诚之（思勉）、袁守和（同礼）先生审阅，均劝校录入谱，并另行单本”。新提及的袁同礼时任北平图书馆副馆长，是知名的版本目录学家。很可能就是听取了他的鉴定意见，柳存仁才改变了对所藏批校本的看法。他在序言中还提到，“二十九年冬余在光华大学休假，南住香港，遂雠校参订，逐日排比旧文”，为了修改增补年谱，当然需要仔细比对批校本和道光本的差异。他并没有挟秘自珍，不久后就专门撰写了《记和风堂藏俞理初批校本〈癸巳类稿〉》上、下篇（载 1942 年《东方文化》第一卷第五期、第六期，署名“柳雨生”），披露了批校的具体内容。

在《记和风堂藏俞理初批校本〈癸巳类稿〉（上）》中，柳存仁开宗明义就提到："俞理初先生在清代三百年的学者里，是一位很可以注意的思想家。他的思想在清代卓然自成一家，并且非常的富于革新的精神。"接着便撮述蔡元培、周作人等人的评价并深表认同，可以推想他着手编纂年谱，与此也应该颇有渊源。引人瞩目的是，对自己那部批校本的情况，他在这篇文章中有了更为明确的说明："民国二十四年我在北京大学，曾撰述《俞理初先生年谱》，并曾辑成《张石州先生年谱》。二十六年的秋天，我在上海，得到求日益斋初刻本《癸巳类稿》，上面附有数万字的理初亲笔的批改语。这在整理理初先生的年谱的工作上，是一件很重大的发现。"显而易见已将这些批校完全视作俞正燮本人的手笔，而并非由旁人过录完成。他还节录了吕思勉为其《年谱》所撰的序言，其中提到"柳君又尝得旧本《癸巳类稿》，眉端细书，皆补正正文语。盖俞先生于刻成之后，续有所得，欲事补正而未竟者。柳君皆辑录之，既可使读是书者知先生最后所改正，又可见先贤治学，铢积寸累，自强不息之风，亦可宝矣。是书流落市肆，盖阅百年，而柳君邂逅遇之。物恒聚于所好，其亦俞先生之灵，有以阴相之欤！"对柳氏得以购藏此书的幸运以及辑录校订的辛劳都相当称赏。虽然并未明言，但看来吕思勉也认可这些批校出自俞氏亲笔。

柳存仁之所以会留意俞正燮的生平著述，最初是因为他为俞氏知交张穆纂辑过年谱，而这又和郑天挺的指导密切相关，因而在研究中也就难免显得有些亦步亦趋。他晚年撰有《上郑先生的校勘课》（收入冯尔康、郑克晟编《郑天挺学记》，三联书店，1991年），追忆在郑天挺（字毅生）的悉心指引下初窥治学门径的经过："我当时只上过一年他在国文系教的校勘学及实习，那是二年级选修的功课，每周不过二个钟点。毅生先生讲授校勘学，居然能够使未曾入门的小学生入门，这在当时好高骛远的风气之下，实在可以说是难得的。……学生们经过他的苦心，一步一步地把有关知识和前人的经验慢慢地建立起来，直到后来全班的学生们可以领悟并跟从他实习校勘几个版本的《世说新语》为止。……除了校勘金泽文库等本子的《世说新语》，毅生先生也指导我们学生校读张石州（穆）的《㐆斋文集》。"郑天挺在1936年初写过一篇《张穆〈㐆斋集〉稿本》（收入《探微集》，中华书局，1980年），介绍张氏文集的刊刻始末以及新发现的稿本详情，又"取稿本与刻本比雠而读，乃次其同异，兼掇诸家识语"，不厌其烦地胪列两者异同，并辨识写定各家批注。根据时间来判断，这应该正是他在讲授校勘学时，为了便于学生揣摩效仿而撰写的范文。在《记和风堂藏俞理初批校本〈癸巳类稿〉》中，柳存仁也同样逐篇比对，详校异同，将自己藏本中的增补批校悉数录出，就研究方法而言，毫无疑问受到了郑氏的沾溉影响。正如柳氏在《上郑先生的校勘课》中所感慨的那样，"他所用的真的是‘乾嘉诸老’用过的笨功夫，他教的学生们也许也是笨学生，但这些笨学生的确从他那边不无所得了”。而恰恰因为下过这番爬梳比勘的“笨功夫”，柳存仁在总结俞正燮的治学特点时，才会深有体会地指出，俞氏“完全从整理原料入手，铢积日累，都做成很详细的读书笔记，然后才用分析的演绎的方法，一步一步的寻找出合理的适当的结论来。这是做学问的最切实最道地的法门”（《记和风堂藏俞理初批校本癸巳类稿（上）》），而他自己在编纂俞氏年谱时也才能补充纠正旧谱中的疏失。

柳存仁最初设想等到年谱编竣，“并附《类稿》校勘记，将托商务印书馆印行”（《俞理初先生年谱序》）；其后计划稍有变更，他又说“民国三十年春，我在香港，把《理初先生年谱》一书交给商务印书馆印行，至于理初先生《癸巳类稿》批校语汇钞，因为性质关系，仍拟留待将来，另刊单本问世”（《记和风堂藏俞理初批校本癸巳类稿（上）》）。不幸的是战火渐酣，诸事倥偬，辛勤辑录的批校虽然刊布于世，但流传未广，知者寥寥；而悉心编订的年谱，也并未如愿在商务印书馆正式出版，最终仅在《真知学报》上连载了两次，至谱主三十岁时就戛然而止。

柳存仁还提到自己编完年谱之后，“远承吕诚之、顾颉刚先生为写序文”（《俞理初先生年谱序》）；那部批校本也曾经借给吕思勉审订，“后来他又替我做了一篇跋，和原书留存在一起”；到了1941年，“顾颉刚先生在内地编《文史杂志》，来函索稿，我曾将吕先生的序文和跋文，一齐寄他。战事爆发，消息断绝，《文史杂志》原定在香港印刷的，也就不能出版了”（《记和风堂藏俞理初批校本癸巳类稿（上）》）。所幸柳氏不久又将吕序转投别处，以期“在文物散荡的今日，略尽一点保存的责任”（吕思勉《关于〈上古秦汉文学〉及其他·柳著〈俞理初先生年谱〉序》所附柳存仁识语，载1942年《东方文化》第一卷第二期；吕序现已收入《吕思勉论学丛稿》，上海古籍出版社，2006年，唯录文略有讹误），才使这篇序言幸免于难，而后人也得以藉此考见吕思勉对“世皆称清儒长于考证之学”所持的不同意见，以及吕、柳两人的师弟之谊。可惜吕思勉的跋文和顾颉刚的序言如今都散佚无存，无法进一步探究柳存仁与这两位史学界前辈的交流互动。当然，最令人扼腕叹息的，则是那部批校本最终也不知下落，也许早已在漫天烽火中灰飞烟灭，化为乌有了。联想到此前吕思勉所庆幸过的“物恒聚于所好，其亦俞先生之灵，有以阴相之欤”，真让人感叹世事无常，福祸相倚。

柳存仁曾在吕思勉、童书业合编的《古史辨》第七册（开明书店，1941年）卷首发表过一篇《纪念钱玄同先生》，在深切悼念赍志而殁的钱玄同的同时，也总结了多年来古史研究的趋势：“自从钱先生和其他的‘辨伪’的学者们的努力提倡研究古史以来，十余年间，古史的研究，因着参加者的进行方法和实际工作的不同，已经转变过好几次了，转变的途径是很自然的，就是，我们最初都是疑古的，由疑古进而释古，又由释古进而考古。”足见他和以顾颉刚为核心的“古史辨派”关系密切，对其递嬗演进知之甚深。然而令人感到诧异的是，在顾颉刚留下来的大量论著，甚至在其日记中，居然都找不到任何有关柳存仁的记载。顾氏现存的日记都经过他后来的增删改窜，是否因为柳氏后来有过一段落水附逆的经历，出于避忌的考虑而将其人其事删除殆尽呢？

柳存仁日后移居海外，学术兴趣另有专注，再也没有继续研究过俞正燮，先后结集的《和风堂读书记》（龙门书店，1977年）、《和风堂文集》（上海古籍出版社，1991年）、《和风堂新文集》（新文丰出版公司，1997年）和《道家与道术——和风堂文集续编》（上海古籍出版社，1999年），也没有收录早年这些考察俞氏生平及著述的论文。但他在编纂年谱和校订文集方面确实付出过很多心血，倘若不因人废言，恐怕不应该随意忽视或者抹煞这些辛劳。比如他编订的《黟县俞理初先生年谱》，目前仅见谢巍《中国历代人物年谱考录》（中华书局，1992年）和杨殿珣《中国历代年谱总录（增订本）》（北京图书馆出版社，1996年）予以著录，而原本最不该阙略的来新夏《近三百年人物年谱知见录（增订本）》（中华书局，2010年）竟然无一言提及。因此，虽然杨殿珣认为“此谱与王立中所编年谱相互订正”，谢巍更是称许“此谱有新见，可补王立中本疏误”，可关注利用的学者并不多。至于《癸巳类稿》一书，尽管今人已经用《安徽丛书》本作底本，并参校道光本，做过精审细致的整理（收入于石、马君骅、诸伟奇校点《俞正燮全集》，黄山书社，2005年），可是并没有留意到柳存仁所藏批校本以及他据此迻录的增补批校——当然，还有夏廷棫介绍的那种过录本，也不妨加以参酌——如果柳存仁当年的判断无误，他收藏的才是俞氏亲笔批校本，就更不应该遗漏了。

原载2018年8月2日《澎湃新闻·上海书评》

“大时代的小人物”

正在北京大学中文系讲授现代新诗的废名，于1936年末应邀为一位刚结识的年轻人撰写诗稿序言。文中对其精湛的诗艺称道不已，推许为“六朝晚唐诗在新诗里复活”的典型，甚至不无夸张地说：“这篇文章我是极想写的，我又晓得这篇文章我是极不能写也，这位少年诗人之诗才，不佞之文绝不能与其相称也。”（《〈小园集〉序》，载朱英诞著，陈均、朱纹编《〈仙藻集〉〈小园集〉》，秀威资讯科技股份有限公司，2011年）乍读之下，很容易让人认为这只是前辈在奖掖提携后进时所惯用的客套话。而此后战事频仍，这本诗集最终未能如期付梓，这番大力表彰也就并不为人所知了。时隔十余年，废名又发表专论旧事重提，对这位年轻人的推重有增无减，并有了新的定位，“在新诗当中他等于南宋的词”；还不厌其烦地选释了他的十二篇诗作，“为什么选这么多呢？当然由于爱惜这些诗思，而且叹息古今的人才真是一般的，读了朱君的诗，或者一个句子，或者用的一个字，不像南宋词人的聪明么？”（《林庚同朱英诞的新诗》，原载1948年4月25日《华北日报》，后收入《谈新诗》，人民文学出版社，1984年）不难推知此前的钦挹褒扬确实是发自肺腑的由衷之言，绝非敷衍塞责的虚应故事。

然而即便如此，“朱英诞”这个名字在现代文学史上恐怕仍是知者寥寥。究其原因，当和他曾在北平沦陷期间任教于北大文学院有关。虽非大奸大恶，终究不够光彩，事后当然得谨言慎行，不宜再露锋芒。此外，这和他本人的创作反省大概也不无关系。晚年编订诗稿时，他曾感慨万千：“诗与社会脱节，用借古酒杯法来说，那就是‘谋诸贤知则不悦，以示众庶则苦之’。这个状况很是特别，很陌生的样子，是我们大传统里所不曾遇到过的，故亦无从断言。我的不满足给我带来了中间大半生的清简生活，我没有参加那朝顶进香的人马队伍里面去，我没有‘灾梨祸枣’。”（《冬述——〈春知集〉代序》，收入《〈仙藻集〉〈小园集〉》附录一《朱英诞随笔辑佚》）在整个社会骤然直面现代转型之际，传统的诗教观念确实难以从容应对，即便是适时转向新诗创作的诗人也不免有些茫然失落。因此，尽管数十年来依然笔耕不辍，他却相当自觉地疏离于文坛，仅将创作视为自娱自遣的手段罢了。

除了留下创作时间跨度长逾半个世纪的三千多首新诗外，朱英诞在迟暮之年还倾注心力撰写了两部诗人传记：《苦吟诗人李贺（长吉评传）》和《笑与“不笑”——一位罕见的幽默诗人（诚斋评传）》（均收入朱纹、陈均编订《大时代的小人物：朱英诞晚年随笔三种》，秀威资讯科技股份有限公司，2011年，以下简称《长吉评传》和《诚斋评传》）。然而参照他在此期间所作的生平自述，“于屈、陶、二谢、庾信、李、杜、温、李，乃至元、白以及历代诸大名家，我无不敬爱至极！但人性难免有其偏至，自觉对山谷、放翁，特感亲切”（《梅花依旧——一个“大时代的小人物”的自传》二《也是“梅花依旧”》，收入《大时代的小人物：朱英诞晚年随笔三种》，以下简称《梅花依旧》），可见最终拟定的这两位传主——中唐的李贺与南宋的杨万里——其实并非他最为心仪倾倒的诗人。他在行文中也毫不讳言，称前者“怪丽有余，识见不足”（《长吉评传》一《怪丽的故乡》），而谓后者“算是‘名家’，不是‘大家’”（《诚斋评传》一《诚斋为何许人》）。不过，诚如他所说的那样，“要诗人调和某一种口味，而写出诗来只不过是为了供你享受——有此种要求的人，我以为应该首先学做人的道理：行己有耻”（《诚斋评传》六《爱重古人》），要成为称职的读者，不但要懂得欣赏同体之善，更应该学会领略异量之美。

只要对这两部传记稍事爬梳，就不难窥测朱英诞的赏心所在。比如他曾借用李贺的诗句“白骑少年今日归”，时常径称李为“白骑少年”，而他本人初涉诗坛时也曾被废名戏称作“朱白骑”（参见《冬述——跋〈仙藻集〉》，收入《〈仙藻集〉〈小园集〉》附录一《朱英诞随笔辑佚》）；他又评李贺为“大时代的小人物”，认为“较之高唱‘春风得意马蹄疾，一日看尽长安花’的孟东野，长吉似乎更小”（《长吉评传》八《传奇世界里的传奇人物》），而随后完成的自传同样以“大时代的小人物”作为标题的一部分，俨然已经将李贺引为同道甚至当作自己的化身。在介绍杨万里晚年致仕家居的境况时，他花费不少笔墨去深究“一个人写了一辈子诗，是否应该是最后的诗最好”，并引申说：“‘退休’了，不致永远在奔波劳碌，千辛万苦，在行役中作着行旅、游览之作了。‘退休’了总该要比较安定些，虽然临终前犹为国是深感气愤，但绝大多类的时间是空闲的，更适宜做诗吧？”（《诚斋评传》九《诚斋家居》）让人不由联想起他年届五旬便病退赋闲的经历，这番话简直就是借他人酒杯浇胸中块垒的夫子自道。

尽管两位传主诗风迥异，但在作者眼中自有殊途同归之处。他指出李贺“是一个在溺爱中成长起来的孩子”（《长吉评传》二《一幅简笔画——苦吟者自画像》），在评析其诗作时又提醒读者，“请看此种儿童眼界，神州梦游，现实如此神奇！情质实，而此中有真意——这是什么呢，如果不是真诗”（《长吉评传》七《讽刺与同情》）；提到杨万里时，他也格外留意“似乎他还出人意料之外的发现了儿童，这一点倒是应该首先来赞美的”，“诚斋发现了儿童生活的美”，“这是何等的有情趣”，“如果人失掉了‘赤子之心’或童心，他是不会对儿童学种蔬如此重视并写成诗的”（《诚斋评传》七《“不薄今人”》）。他晚年慨叹“大凡真正的新鲜的事物，都是幼稚的而又幼稚得好的，唯诗亦然。要紧的是人如何爱护它”，由此兴致盎然却又不无怅惘地追忆童年往事，“在我做诗以前，最值得一提的大概要算是儿时的野游了。可惜我没有一支彩笔，不能做文章而来描摹那些乡村的景物和叙述那些豪兴”（《我的诗的故乡——〈春知集〉后序》，收入《〈仙藻集〉〈小园集〉》附录一《朱英诞随笔辑佚》）。甚至在自传中特意设置了一节，来缕述“这野游野趣，加上童年即兴，使我深感诚然具有‘绘事后素’之感”（《梅花依旧》五《我只有一个童年值得“细论”》）。在评赏这两位诗人的过程中，想必也不时触动他重温无忧无虑的幼年时光。

为了更好地诠评李、杨两家诗作，朱英诞对相关研究也多有涉猎，两部传记中屡屡征引钱锺书的《谈艺录》便是典型的例证。有些地方虽然没有明确交代来历，如称“长吉屡用‘凝’字，至于多用‘骨’‘死’‘寒’‘冷’诸字，也都与‘凝’字相通；然而长吉诗思灵妙，每化流易为凝重”（《长吉评传》六《苦吟与晦涩》），其实也同样依傍钱氏的意见，即谓李诗用字“皆变轻清者为凝重，使流易者具锋芒”，“长吉之屡用‘凝’字，亦正耐寻味。至其用‘骨’字、‘死’字、‘寒’字、‘冷’字句，多不胜举，而作用适与‘凝’字相通”（《谈艺录》九“长吉字法”，开明书店，1948年），朱氏只是稍作剪裁便化为己有。类似的情况并非仅见，比如钱锺书还比较过陆游与杨万里的差异，认为“放翁善写景，而诚斋擅写生。放翁如画图之工笔；诚斋则如摄影之快镜，兔起鹘落，鸢飞鱼跃，稍纵即逝而及其未逝，转瞬即改而当其未改，眼明手捷，踪矢蹑风，此诚斋之所独也”（《谈艺录》三三“放翁诗”），而朱英诞也指出“诚斋诗以精妙、妙悟著称，他善于写生，其灵敏处有若现代摄影术中‘抓拍’手法。——这是一个比‘活法’更易于使人明了的解说。诚斋手疾眼快，写得那么妙趣横生”（《诚斋评传》四《“活法”与生新》），毋庸赘言受到过钱氏的启发。《谈艺录》问世后不久，朱英诞就在《吴宓小识》（原载1948年《华北日报副刊》第670期，后收入《〈仙藻集〉〈小园集〉》附录一《朱英诞随笔辑佚》）中说起，“今年夏秋之际患胃溃疡，病榻上意外地看了些新书，其中之一是钱锺书先生著《谈艺录》”，尤其提到“《谈艺录》是一本新近值得推荐的近理想的书”。此书1948年出版之后，直至朱氏身后的1984年才得以补订重梓，他在撰写这两部传记时所参考的无疑是开明旧版。历经数十载的颠沛流离，正如他频频自嘲的那样，仅能做到“苟全性命于乱世”（《梅花依旧》十八《三十年代（小引）》），却始终将此书留存箧中而寝馈其间，受到潜移默化的影响而不自觉，似乎也在情理之中。

毕竟不是术业有专攻的学界中人，朱英诞在行文之际还是相当随意散漫，乃至屡屡出现不应有的疏失阙略——当然，也有不少是文稿整理者的大意粗疏所致，兹不赘述——比如为了展现李贺放诞倨傲的性格，他引录唐人《剧谈录》中的记载，称元稹晚年有意结交李贺，却未料遭其奚落：“明经擢第，何事来见李贺？”随后得出结论：“别的且不说，仅以自道姓名一节，就足见长吉的傲忽了！”（《长吉评传》一《怪丽的故乡——昌谷山居》）却没有注意到清人王士禛对此事的真实性早有质问："元擢第既非迟暮，于贺亦称前辈，讵容执贽造门，反遭轻薄？小说之不根如此。"（《古夫于亭杂录》卷二）实际上，朱英诞在落笔时已经坦言："严格地说，这不是一篇论文，但又不像随笔；实际上最初也只是想来作一夕话。"（《长吉评传·小引》）仅仅将此作为排闷遣兴的家常闲谈，所以倒也不必求全责备。不过恰恰因为他所标举的并非"学人"的标准，在衡量评鉴中有时反而能够不落窠臼。例如前人每每因其艰涩险怪而对李贺多有诟病苛责，他却斩钉截铁地指出，"若长吉岂取媚于人者？一个忠实于自己的艺术者，他会惟陈规之马首是瞻吗？不不"，"长吉诗是'混乱的旋律'"，"而长吉又是天生的自然进入苦吟境界的诗人，便不为东方式的苦吟境界所囿了"（《长吉评传》六《苦吟与晦涩》）。在评介杨万里诗风时，他一方面参酌清人吴之振等在编选《宋诗钞》时所说的"不笑不足以为诚斋之诗"，另一方面又予以引申补充，强调"'不笑'也并不见得不成其为诚斋之诗"，"其笑令人怡悦，并不是使人捧腹大笑而快乐，譬俗文学之有'相声'：这一点必须辨识清楚。故知，笑，非诗之背景，笑的诗之背景是头脑，是思致，是机智。一旦我们读另外一种'不笑'的诗，便更能加倍地看清我们对'笑的诗'的辨识是多么必要了"（《诚斋评传》八《笑与"不笑"》）。这些品题尽管着墨不多，却都要言不烦，颇能启人遐思。

由于抱着漫笔闲谈的心态，有时因机适会，不免离题稍远乃至略显枝蔓，可是因为融入了不少切身经历和创作体验，颇有些言外之意可供咀嚼玩味。比如他格外欣赏杨万里所说的“人自穷通诗自诗”（《和张功甫病中遣怀》），而并不认可欧阳修所讲的“非诗之能穷人，殆穷者而后工”（《梅圣俞诗集序》），指出“后者含有大量的讽刺意味，而在一些人心目中却把它当作真理，从正面接受了它”，“其实，这里误解了‘诗能穷人’或‘穷而后工’的深刻的寓意。我们听起来正仿佛在《少年维特之烦恼》之后，出现了无聊的《少年维特之喜悦》一样可笑！似乎‘人自穷通诗自诗’更近真理了”（《诚斋评传》八《笑与“不笑”》）。初读时略嫌其语焉不详，尤其是用歌德的小说来作类比究竟有何深意，让人颇费思量。等读到他的自传，回忆年轻时和周作人的交往，盛赞其“小品文字，随笔性的学理漫谈几乎篇篇动人，有如珠玉。我能够受到这样望若神明的大师的奖掖，心里的感激之情实在无法表达了”（《梅花依旧》十一《与当代文士的关系》）；随后又追溯周氏落水附逆后的生活点滴，惋叹“所谓苦雨斋确乎是喜雨斋，少年维特的烦恼果然变成了少年维特的喜悦了”；他由此再读周氏晚年的回忆录，“常感到文字啰嗦蹩扭，于过去轻重急徐恰到好处已迥然不同”（《梅花依旧》十二《我的追悼》），这才让读者恍然大悟，《诚斋评传》中的那段议论其实大有深意。联想到周作人早先也曾以拿破仑随身携带《少年维特之烦恼》为例，佐证“文学所以虽是不革命，却很有他的存在的权利与必要”（《〈燕知草〉跋》，载1928年12月3日《新中华报副刊》第十号，后收入《永日集》，北新书局，1929年），更让人对他在穷通出处之际的一念之差感慨莫名。

这类“绛树两歌”“黄华二牍”的笔法还有不少，当说起李贺“既长于乐府，自然会与音乐有深密关系”时，朱英诞也顺势发表过一通议论，“诗与乐的关系，本来是一个最古老的问题，但在现代也依旧是一个新的课题”，“实则现代的以散文写诗，不但排除音律的束缚，即‘辞藻’（中国旧称‘词章’）的羁绊也有所不受。此种以散文作诗，可以视为嫁接法，比许多想把诗这个名词更换一个的想法要切实得多”（《长吉评传》六《苦吟与晦涩》）。他数十年间一直肆力于新诗创作，这个问题其实始终萦绕心间，晚年也频频诉诸笔端，自陈“我最喜爱的形式是散文诗而不是诗”，认为“用散文来写诗是现代化的趋势，同时也是十足的难事”（《略记几项微末的事——答友好十问》）。他既认同前人的意见，“真诗是绝对不能用散文来代替的（这里的散文指艺术形式）”，又格外强调“诗是可以用散文来写的，以散文写诗是现代诗的特色（这里，散文指艺术所用的材料，与上述散文是两个概念）”（《我对现代诗的感受》，以上两文均收入《〈仙藻集〉〈小园集〉》附录一《朱英诞随笔辑佚》）。仔细寻绎其意，当是主张脱略行迹而遗貌取神，参酌借鉴散文的创作特色，竭力挣脱形式上的束缚，而努力探寻真诗的本质。回想起来，早在数十年前，废名就对他的努力尝试颇有期许：“这不是很有意义的事吗？这不但证明新诗是真正的新文学，而中国文学史上本来向有真正的新文学。如果不明白这一点，是不懂文学了。亦不足以谈新文学。”（《林庚同朱英诞的新诗》）而他对废名也自始至终深怀知遇之感，“废名先生和我谈得更多的是现代诗，现代诗的作法；他很爱旧诗，但他以为新诗应该比旧诗更好，更是真诗”，“其深情厚意，我都铭刻在心，不敢或忘”（《梅花依旧》十三《诗与桥与船》）。如果再继续比照一下废名说过的，“如果要做新诗，一定要这个诗是诗的内容，而写这个诗的文字要用散文的文字”（《新诗应该是自由诗》），“白话新诗是用散文的文字自由写诗。所谓散文的文字，便是说新诗里要是散文的句子”（《已往的诗文学与新诗》，以上两文均收入《谈新诗》），更不难看出前后承传沿袭的关联。在朱英诞自拟为李贺之际，是否也会将废名视作怜惜长吉诗才的韩愈呢？尽管在自顾平生时感怆低徊，心甘情愿地自居为“大时代的小人物”，可在他内心深处或许也同样有着“笔补造化天无功”（李贺《高轩过》）的执着祈愿吧。

原载 2018 年 11 月 29 日《澎湃新闻 · 上海书评》

文学趣味、史家视野和目录学根柢

——鲁迅与许世瑛的学术因缘

民国时期的学者热衷推荐必读书目，最先肇始于1923年胡适与梁启超围绕“国学书目”而展开的针锋相对的论争，其后又吸引了一大批学者参与讨论。尽管各家对具体选目意见纷歧，却都认为此举于初学者多有裨益。鲁迅对此则不以为然，曾略带调侃地批评道：“先前也曾有几位先生给青年开过一大篇书目。但从我看来，这是没有什么用处的，因为我觉得那都是开书目的先生自己想要看或者未必想要看的书目。”（《读书杂谈》，收入《而已集》）又揶揄说：“我也曾用过正经工夫，如什么‘国学’之类，请过先生指教，留心过学者所开的参考书目。结果都不满意。有些书目开得太多，要十来年才能看完，我还疑心他自己就没有看；只开几部的较好，可是这须看这位开书目的先生了，如果他是一位胡涂虫，那么，开出来的几部一定也是极顶胡涂书，不看还好，一看就胡涂。”（《随便翻翻》，收入《且介亭杂文》）因此在1925年《京报副刊》广泛征求“青年必读书”推荐目录之际，他便直言不讳道：“从来没有留心过，所以现在说不出。”（《青年必读书》，收入《华盖集》）不过，实际上他仍在不同场合应章廷谦、曹靖华、徐懋庸、增田涉等人所请，先后开过好几份性质各异的书单，最知名的就是1930年给许寿裳长子的那份《开给许世瑛的书单》（收入《集外集拾遗补编》）。

关于此事的缘起，许寿裳有过具体的交代："世瑛考入国立清华大学——本来打算读化学系，因为眼太近视，只得改读中国文学系，请教鲁迅应该看些什么书，他便开示了一张书单。"在每部书名之下，鲁迅还对版本或内容略作提示。许寿裳对这份书单相当欣赏，称其"虽仅寥寥几部，实在是初学文学者所必需翻阅之书，他的说解也简明扼要"（《亡友鲁迅印象记》二三《和我的交谊》，峨眉出版社，1947年）。不过也有学者提出质疑："为一个大学中文系学生开列这么十二部入门书，其实不大恰当。没有诗文专集和小说戏曲不说，此书单明显带着鲁迅的个人印记，尤其是其注重从'作者的环境、经历和著作'解读'某一时代的文学'的习惯。"（陈平原《作为文学史家的鲁迅》，收入王瑶主编《中国文学研究现代化进程》，北京大学出版社，1996年）平心而论，这份书单虽不像先前胡适、梁启超等人所开列的"国学书目"那样为追求面面俱到而显得大而无当，但也确实不无挂一漏万，甚至以偏概全之嫌，并不适合刚刚踏入大学校园的初学者。然则它是否就如鲁迅自己曾经讥评过的那样，只是"开书目的先生自己想要看或者未必想要看的书目"，更多地呈现"个人印记"，而完全忽略了初学者的程度呢？恐怕也未必尽然。问题的关键在于不宜过分夸大这份书单的普适性，泛泛地视为"鲁迅对于有志学习中国古典文学和中国文学史的人所开的一个初步阅读书目”（王瑶《从鲁迅所开的一张书单说起》，收入《中国文学：古代与现代》，北京大学出版社，2008年），而需要着重考察其特定对象许世瑛的具体接受情况，唯有如此才能对其特殊作用和实际意义有一个恰如其分的估量。

据许寿裳回忆，在许世瑛五岁时，“我便替他买了《文字蒙求》，敦请鲁迅做开蒙先生”（《亡友鲁迅印象记》二三《和我的交谊》）。作为挚友长子的启蒙老师，鲁迅对许世瑛的秉性、喜好乃至志向等都应有较深入的了解，在受邀酝酿这份书单时绝不会敷衍塞责，必然具有非常明确的针对性。而许世瑛对这位父执也极为敬重，不仅盛赞“鲁迅先生的《阿Q正传》，把中国的劣根性——精神胜利——描摹得淋漓尽致”，还推崇他“对于东西洋文学有很深的造诣”（《新文艺应走的途径》，载1944年《艺文杂志》第二卷第十期）。加之自己弃化学而投中文的选择与鲁迅弃医从文的经历又极为相似，更增进了不少亲近感和认同感。在求学和治学的过程中，他无疑会受到鲁迅的濡染沾溉。正如其弟许世瑮多年后所言，“先兄以后之成就，可以说得自鲁迅先生者甚大”（《鲁迅与先父寿裳公的友情》，收入绍兴市政协文史资料委员会、浙江省政协文史资料委员会编《许寿裳纪念集》，浙江人民出版社，1992年）。尽管许世瑛1946年移居台湾，受时势和环境的影响，无法撰文缕述自己与鲁迅的学术因缘，但若参酌这份书单，细致梳理他日后的学术历程，不难发现其中呈现的兴趣、方法和格局等，都与鲁迅有着千丝万缕的承传关系。

一、文学趣味的培养

就文学趣味而言，鲁迅对汉魏六朝显然有着特别的偏嗜，这份书单中属于文学作品且所占比重最大的也恰是《世说新语》《全上古三代秦汉三国六朝文》和《全汉三国晋南北朝诗》。而许世瑛对中古文学也始终倾注着极大的热情。从清华毕业后，他相继在辅仁、燕京等大学执教，“最受同学欢迎者为《昭明文选》、六朝文、《世说新语》研究”等，又自认可以胜任《文心雕龙》、骈体文等课程，“因《文心雕龙》、骈体文均与六朝文学有关系”（许世瑛 1946 年 3 月 23 日《致许寿裳》，收入上海鲁迅博物馆编《许寿裳家藏书信集》，福建教育出版社，2016 年），足见他在这方面学有专长，素有积累。他撰写的文学类论文，也大多围绕汉魏六朝文学展开，就其研究视角甚至具体结论而言，有时尚能依稀辨识出鲁迅的印记。如前人在评价曹丕、曹植兄弟的时候，往往会出现“文帝以位尊减才，思王以势窘益价”（刘勰《文心雕龙·才略》）的不公正现象。许世瑛对此有不同意见，先后发表过数篇论文，不仅强调“文帝文笔要比他老弟陈思王高得多”（《论曹丕曹植的文章》，载 1948 年《读书通讯》第 159 期），还结合具体作品加以阐述：“魏文帝的文章可以说是美而不艳，约而不癯，长短咸宜，无不中度。并且他能够极尽错综变化的能事，骈散间用，毫无过于板滞，或过于松弛之病，真可以当得起‘悬之国门，不能易一字’的评语了。”（《谈谈曹氏父子的文章》，载1944年《艺文杂志》第二卷第三期。按：此文后又于1948年发表在《台湾文化》第三卷第五期）因此他“喜欢读魏文帝的文章，而不太爱看思王的作品”（《论曹丕曹植的文章》），对曹丕的推重溢于言表。而鲁迅也相当欣赏曹丕，甚至将他作为建安文学的代表予以大力表彰：“他说诗赋不必寓教训，反对当时那些寓训勉于诗赋的见解。用近代的文学眼光看来，曹丕的一个时代可说是‘文学的自觉时代’，或如近代所说是为艺术而艺术（Art for Art' s Sake）的一派。所以曹丕做的诗赋很好，更因他以‘气’为主，故于华丽以外，加上壮大。”（《魏晋风度及文章与药及酒之关系》，收入《而已集》）相形之下，他对曹植的创作才能并未多加评论。许世瑛在这方面和鲁迅同样有着迥异于传统的见解，极有可能是受其影响和启发。

许世瑛说自己“特别喜欢读意味隽永的六朝小赋”（《读赋偶得》，载1944年《艺文杂志》第二卷第十二期），有时甚至“常常喜爱得不忍释手，无事时总要默诵数过”（《登楼赋与楚辞的关系》，载1948年《台湾文化》第三卷第七期），他对某些辞赋的理解和感悟，似乎也承袭了鲁迅的意见。对前人很少议及的向秀《思旧赋》，他有过如下的评论：“这篇一百多字的小赋虽然篇幅过于短小，可是怀旧忆故的真情完全充溢在纸上，读了不自觉地会从眼眶里落下泪珠儿的。……潘安仁也有一篇《怀旧赋》，怀念亲旧殁世而作，比读两文，潘赋似乎没有向子期那一篇来得情词悱恻。……换句话说，与其直吐哀辞，反倒不如用麦秀、黍离两个熟典让读者自己去体会沧桑之感更来得深刻呢。”（《读赋偶得》。按：此文后又以“介绍几篇值得一读的小赋”为题，发表于1949年《台湾文化》第四卷第一期）很容易令人联想起鲁迅所说的“年青时读向子期《思旧赋》，很怪他为什么只有寥寥的几行，刚开头却又煞了尾。然而，现在我懂得了”（《为了忘却的记念》，收入《南腔北调集》）。只不过鲁迅点到为止，蕴而不发；许世瑛则通过将之与同类题材的作品进行比较，精准地揭示出向秀赋作深沉内敛的特质。而要体会到这一点，显然需要对鲁迅当时那种“在悲愤中沉静下去”的心理状态有深切的感受。

当然，许世瑛并不只是亦步亦趋地追随鲁迅的身影，有时还能在借鉴吸取的基础上，做进一步的引申和发挥。如鲁迅曾论及西汉枚乘《七发》在后世的影响：“由是遂有‘七’体，后之文士，仿作者众，汉傅毅有《七激》，刘广有《七兴》，崔骃有《七依》……凡十余家；递及魏晋，仍多拟造。谢灵运有《七集》十卷，卞景有《七林》十二卷，梁又有《七林》三十卷，盖即集众家此体为之，今俱佚；惟乘《七发》及曹植《七启》，张协《七命》，在《文选》中。”（《汉文学史纲要》

第八篇《藩国之文术》）对众多文士模拟仿效的作品，只是撮述《艺文类聚》所引傅玄《七谟序》和《隋书·经籍志》中的相关记载；对存世的部分拟作，也仅据《文选》所录略引端绪，并未深入蒐辑研讨。许世瑛有一篇《枚乘〈七发〉与其摹拟者》，研究思路明显受到鲁迅的启发，而致力于更为细致的文献钩沉："昭明选文，《七发》而外，只取陈思《七启》、景阳《七命》，其余的多略而未录，实在不足以观其盛。现在从清严可均的《全上古三代秦汉三国六朝文》起始，一直翻检到唐、宋、元、明、清诸家文集，尽我的力量所能找到的，不论残缺完整，都把篇名、作者，摘录下来。"（《枚乘〈七发〉与其摹拟者》，载1953年《大陆杂志》第六卷第八期，后收入《许世瑛先生论文集》，弘道文化事业有限公司，1974年）他在资料搜集过程中所倚重的，正是以《全上古三代秦汉三国六朝文》为主的历代文集。尽管鲁迅在书单中评价此书说"其中零碎不全之文甚多，可不看"，可许世瑛显然相当重视这部卷帙浩繁的文章总集，将之常置行箧，随时翻检，对全书体例和内容极为熟悉，因而在钩沉研讨时能够信手拈来，巨细靡遗。

提到汉魏六朝文学，原本绕不开萧统编纂的《文选》，不过鲁迅并未将其列入书单，这固然是受到新文化运动打倒"选学妖孽"的风气影响，但更重要的则源于他对选本局限性的洞察。尽管他也承认，历代选本层出不穷，"至今尚存，影响也最广大者，我以为一部是《世说新语》，一部就是《文选》”，而且“评选的本子，影响于后来的文章的力量是不小的，恐怕还远在名家的专集之上”；可与此同时，他又明确指出，“读者的读选本，自以为是由此得了古人文笔的精华的，殊不知却被选者缩小了眼界”（《选本》，收入《集外集》）。他还特别强调:“如果随便玩玩，那是什么选本都可以的，《文选》好，《古文观止》也可以。不过倘要研究文学或某一作家，所谓‘知人论世’，那么，足以应用的选本就很难得。选本所显示的，往往并非作者的特色，倒是选者的眼光。”（《“题未定”草（六）》，收入《且介亭杂文二集》）虽然许世瑛当时才刚刚进入中文系就读，但毕竟已经决定将文学作为专业，不同于普通读者，自然有必要知晓选本的局限所在。当然，这并不意味着《文选》不重要，只是不能拘守一隅，而需要统揽全局。许世瑛此后撰有《文选学考》一文（载1937年《国闻周报》第十四卷第十期），着重比较唐代李善注与五臣注的异同优劣，并勾勒出宋、明、清历代《文选》学发展的脉络，可知他对《文选》及其研究史做过全面系统的考察，故对其得失有较为准确的衡量。他在《我对于昭明选文的一点意见》（载1944年《艺文杂志》第二卷第七、八合期）中评论道：“依照常理推测，这部选集应该是无瑕可摘的了，但是理想总归是理想，这部书实在留着很多的空隙让后人掎摭呢。”并逐一指摘书中收录作品与所设标准之间不尽相符的情况，最后总结说：“我写这篇小文的意思只不过想说选文之难，以昭明的博学还不免有这些小瑕疵，换一位文学修养不大淳厚的来选集古人的诗文，恐怕更难令人满意了。”对萧统的编选工作和《文选》的参考价值都有恰如其分的评价，应该完全能够领会鲁迅此前未向自己推荐此书的用意。而在鲁迅舍弃《文选》的背后，其实还隐含着专精与博通这两种不同研究格局的分歧。就鲁迅的学术抱负而言，无疑是耻为“专家”而愿作“通人”的。他为旁人论著所题写的“纵观古今，横览欧亚，撷华夏之古言，取英美之新说”云云（《题记一篇》，收入《集外集拾遗补编》），恰可视作夫子自道，展现的正是熔铸古今、会通中外的格局，而这一点也潜移默化地影响到许世瑛的学术研究。

许世瑛日后的治学范围并不囿于文学，但早年形成的文学趣味依然在其他研究领域中不时显现。他写过一篇《论笺注与校勘》（载1946年《文艺与生活》第二卷第一期），在讨论“原刊本有时还不如后来翻刻的本子”时，就以自己熟悉的《世说新语》为例：“宋刊本也未见得一定比后世的刊本为优。譬如说尊经阁宋本《世说新语》和明袁褧本相较，袁本固然有误，可是宋本又何尝没有呢？”随即列举宋本与袁本的异同来证实自己的观点，足见对《世说新语》的版本源流和文字歧异了如指掌，绝非浅尝辄止者所能为。在给父亲的信中，他也曾提及：“《世说》校文选录宋版好者数条，另纸附呈。”（《致许寿裳》，撰写日期不详，收入《许寿裳家藏书信集》）虽然具体所指不详，但似乎对此书做过一番校勘整理。中年以后，他的兴趣逐渐集中到语法、音韵领域，和文学之间的差异更趋明显，但很多论文，如《论〈鹏鸟赋〉的用韵》《论〈孔雀东南飞〉用韵》《谈〈木兰辞〉用韵》《谈谈〈世说新语〉中“见”字的特殊用法和被动句的几个句型》《谈谈〈世说新语〉中“相”字的特殊用法》《〈世说新语〉中第一身称代词研究》《〈世说新语〉中第二身称代词研究》《汉乐府四首句法研究兼论其用韵》《汉乐府〈平陵东〉一首句法研究兼论其用韵》《蔡琰〈悲愤诗〉句法研究兼论其用韵》《〈登楼赋〉句法研究兼论其用韵》《谈谈〈登楼赋〉句中的平仄规律跟朗诵节奏》《谈谈〈思旧赋〉中的平仄规律与朗诵节奏》等（以上诸文均已收入《许世瑛先生论文集》），依然以《世说新语》和汉魏六朝诗赋作为研讨的对象，毫无疑问是其根深蒂固的文学趣味使然，与鲁迅对他早年所作的引导密切相关。

二、史家视野的设定

作为文学研究者的鲁迅，最擅长由文学作品入手，细致缜密地研讨其背后所蕴含的人情世故，准确把握文人心态的微妙变化和时代风习的递嬗兴替。正如他所说的那样：“我们想研究某一时代的文学，至少要知道作者的环境，经历和著作。”（《魏晋风度及文章与药及酒之关系》，收入《而已集》）“我总以为倘要论文，最好是顾及全篇，并且顾及作者的全人，以及他所处的社会状态，这才较为确凿。要不然，是很容易近乎说梦的。”（《“题未定”草（七）》，收入《且介亭杂文二集》）在向许世瑛介绍书目时，他也充分展现出这种独特的史家视野，如称《世说新语》描摹“晋人清谈之状”，《唐摭言》记载“唐文人取科名之状态”，《抱朴子外篇》“内论及晋末社会状态”，《论衡》“内可见汉末之风俗迷信等”，《今世说》可窥“明末清初之名士风气”，着眼点全在于士风民情和社会状况，而非辞藻、技巧、风格等文学要素；至于《唐诗纪事》和《唐才子传》等书，他虽然未予明示，重点也当在“作者的环境、经历和著作”。

许寿裳曾谈及鲁迅计划撰著一部《中国文学史》，所拟定的“酒，药，女，佛”“廊庙和山林”等标题，就透露出另类的视角，迥异于一般的文学史；而且“其大意也曾片段地对我说过”，“他那篇《魏晋风度及文章与药及酒之关系》（《而已集》），便是这部文学史的一部分”（《亡友鲁迅印象记》一五《杂谈著作》）。许寿裳当然会把这些精彩纷呈的片段转述给许世瑛，而许世瑛对《魏晋风度及文章与药及酒之关系》也绝不会陌生，这种注重史家视野的治学理念，势必会对他产生耳濡目染的影响。从他后来强调研究文学“同时还须要有历史的知识，无论那一代的文学家，他的著作都和那时代的社会背景有着密切的关系，在什么环境下产生什么文学，是可以归纳出一定的规则。这个线索并不难寻，只要你对每个朝代的典章制度，以及那时代的民情士风，治乱兴衰，丝毫不放松，尽量地探寻搜拣，自然对于某一位文人有某一种文学作品了如指掌，而不觉其离奇可怪了。唯其如是，文学家的小传最是研究文学的人所应注意”（《研究国学应走的途径》，载 1945 年《读书青年》第二卷第一期。按：1948 年《国立台湾大学校刊》第九期刊登过许寿裳的遗作《研究国学应走的途径》，内容与此大致相同，只是略有删减。而由文所述“记得民国二十一年在清华大学读书”云云推测，大概是许世瑛在其父文稿的基础上略作增饰而成，对其所述主旨应该是完全认可的，完全能够视作他本人的意见）。可见聚焦于“民情士风，治乱兴衰”，与鲁迅所言若合符契；而所谓“文学家的小传”，应该也就是指《唐诗纪事》《唐才子传》之类著作。

早在清华求学期间，许世瑛就发表了《“九品中正”的研究（初稿）》（载 1932 年《清华学报》第三十六卷第九、十期合辑），身为中文系学生，却出人意料地选择史学类论题进行研究。全文细致梳理“九品中正制”的渊源始末、方法举措及得失影响，虽然主要是钞撮史料而略作排比，但从最后结论仍可窥见其重心所在：“余意魏晋南北朝之风尚为九品中正所形成，即当时士大夫及一班文人所推崇之清谈，亦即九品中正之产物。盖九品中正制之施行于世，阶级观念因之见深，而阶级之所以能成立，而不被废弃离倒，则惟恃清谈以维系之。清谈之学兴，则终日高谈庄老之学，置国家大事于脑后，遂至政治混乱，国势日衰，而一班文人亦贱气节，崇放诞。……

南北朝之混乱及社会状况之不均，皆此制之影响。”尽管某些措辞和论断稍显牵强附会，但其兴趣毫无疑问在于“知人论世”方面。在此之后，他还有数篇史学专论，如《王导政绩与晋元帝中兴》（载 1944 年《读书青年》第一卷第六期。按：此文后又在 1947 年刊登于《台湾文化》第二卷第九期）、《王羲之父子与天师道之关系》（载 1944 年《读书青年》第一卷第三期），虽然对史料的运用和分析稍显稚嫩，可就研究方法而言，完全依循史家路数，着重揭橥士人的生活经历和思想状况。有时候能很明显地看出受到鲁迅的影响，如他在《魏晋风流与老庄思想》（载 1946 年《北平中学生》创刊号，后收入《许世瑛先生论文集》）中仔细剖析过当时士人的处世之道：“那时候的名士都抱着这种态度：一方面谈玄谈易，逍遥世外；但是同时另一方面却严守礼法，以儒家名教为依归。像竹林七贤的嵇康、阮籍就是好例。……这是因为他们生于乱世，不得已，才有这样的行为，并非他们的本态。但又于此可见魏、晋的破坏礼教者，实在是相信礼教到固执之极的！”其结论与鲁迅所说的“魏晋时代，崇奉礼教的看来似乎很不错，而实在是毁坏礼教，不信礼教的。表面上毁坏礼教者，实则倒是承认礼教，太相信礼教”（《魏晋风度及文章与药及酒之关系》），并无多少差异，借鉴承袭的痕迹宛然可见。他还专门写过一篇《漫谈读史》（载 1945 年《读书青年》第二卷第三期），从更宏观的层面现身说法，其中谈到：“因为正史多半是后代人修的，难保没有失实的地方，所以最好参看稗官野史或笔记，虽然它们的记载也不敢保证无讹误，说不定也有迹近艺增之词，或齐东野人之语，可是常有足以纠正正史的地方。我们千万不要因为它是稗官野史，或笔记小说而看低它的价值。还有好多史料因为年久失传，只有在类书里，像《北堂书钞》《初学记》《艺文类聚》《太平御览》等还保存着一部分，这里面有很多宝贵的资料，对于治史者大有帮助，打算专研国史的人不妨先做一番搜集的工夫。”强调不应偏信官修正史，而须重视稗官野史、笔记小说的记载。这也正是鲁迅的多年积习，“从小喜欢‘杂览’，读野史最多，受影响亦最大”，“它就‘奠定’了他半生学问事业的倾向，在趣味上直到晚年也还留下了好些明了的痕迹”（周启明《关于鲁迅》，《鲁迅的青年时代》附录二，中国青年出版社，1957 年）。至于重视《北堂书钞》《初学记》等类书，强调藉此搜集整理史料，为深入研究奠定基础，也与鲁迅在辑录《古小说钩沉》《唐宋传奇集》《会稽郡故书杂集》等文献时重视考校唐宋类书，并以此作为研究小说史及乡邦文献之前提的做法如出一辙。

即便在研讨文学作品时，许世瑛也能秉持这一学术理念，时常从史家视角介入而另辟蹊径。在《从〈世说新语〉看魏晋人习俗的一斑》（载 1948 年《台湾新社会》第一卷第七期）中，他开宗明义地说：“我们知道魏晋人都喜欢吃药饮酒，鲁迅先生有一篇《魏晋风度及文章与药及酒之关系》（见《而已集》）对于当时人吃药的情形很详细。”坦言自己的研究是在鲁迅的基础之上接着再讲。文中大量钩稽《世说新语》中的相关记载，除了细致分析士人服药行散风气的成因及表现之外，还具体考察了女子改嫁的习俗，由此论证“风俗习惯，不是永远不变的，它是随着时代不同，有的习俗，在某一时代，认为是合乎常理，应当大家遵循的，但是时过境迁，到了另一时代却认为是伤风败俗，主张另守一种礼节了”。与此相仿的还有《卫玠与王濛——读〈世说新语〉之一》（载1945年《艺文杂志》第三卷第一、二期合刊）、《周顗与王敦——读〈世说新语〉之二》（载1945年《艺文杂志》第三卷第三期）等论文，都以《世说新语》为中心，参以其他相关史料，以剖析当时的士风世情。甚至还有数篇专门考释《世说新语》词汇的论文，如《读〈世说新语〉——释“身”字》（载1948年《读书通讯》第151期。按：此文后又以“释身（上）”为题，发表于1948年《台湾文化》第三卷第二期）、《释“阿奴”》（载1949年《国文月刊》第75期）、《说“伧”字在汉魏六朝人心目中的意义》（载1946年《自强月刊》第一卷第三期。按：此文后又以“魏晋人心目中‘伧’字的意义”为题，发表于1947年《台湾文化》第二卷第七期），有时也会涉笔成趣，联系到当时的社会状况：“由此可见一字含义，常因时间、空间之殊，而时时变更。苟能自字义改变中寻其演变痕迹，容能有意想不到之收获，而对当时人之思想，与其所处环境有更深刻认识也。”（《说“伧”字在汉魏六朝人心目中的意义》）细究其研究设想，当然和陈寅恪所说的“凡解释一字即是做一部文化史”（1936年4月18日《致沈兼士》，收入《陈寅恪集·书信集》，三联书店，2001年）更为相近——陈氏此论虽出自私人信函，但许世瑛曾在清华亲承音旨，或许在课堂上也有所听闻——不过，任何思想观念的形成都是承受多元影响的结果，许世瑛在这方面的学术追求，尽管不能排除受陈寅恪直接影响的可能，但也不能忽视鲁迅对他的潜在启示。毕竟鲁迅生前也曾计划研究中国古代字体变迁〔参见鲁迅《两地书》第三集（一三五）及《致曹聚仁》（330618），许寿裳《亡友鲁迅印象记》十五《杂谈著作》〕，虽然最终并未实现夙愿，但他的某些议论，如“用那么艰难的文字写出来的古语摘要，我们先前也叫‘文’，现在新派一点的叫‘文学’，这不是从‘文学子游子夏’上割下来的，是从日本输入，他们的对于英文 literature 的译名”（《门外文谈》七《不识字的作家》，收入《且介亭杂文》），同样着眼于不同历史文化背景下字义的迁变。对比上述许世瑛的看法，两者确有殊途同归之处。

纵观许世瑛的相关研究，看似未尽恪守本分，时时越出语言、文学研究的既定范围，实则从文史交融的立场出发，打破了不同学科之间畛域分明的界限，展现出更为开阔的格局，体现了和鲁迅一脉相承的学术理念。

三、目录学根柢的渊源

鲁迅还向许世瑛推荐了《四库全书简明目录》，称此书“其实是现有的较好的书籍之批评，但须注意其批评是‘钦定’的”。类似的意见，他在其他场合也曾论及，如提到别人“常说我书是看得很多的”，“殊不知就为了常常随手翻翻的缘故，却并没有本本细看。还有一种很容易到手的秘本，是《四库书目提要》，倘还怕繁，那么，《简明目录》也可以，这可要细看，它能做成你好像看过许多书”（《随便翻翻》，收入《且介亭杂文》），虽然语气略带戏谑，仍可见他对此书的重视。

注重从目录学入手，原本是前人治学的经验之谈。乾嘉时期的史学家王鸣盛曾直截了当地指出：“目录之学，学中第一紧要事，必从此问途，方能得其门而入。”（《十七史商榷》卷一“史记集解分八十卷”条）尽管近代以来西学渐盛，但在传统文史领域，依然强调初学者须由此入门。张之洞在与后学谈论“读书宜有门径”时便强调：“此事宜有师承，然师岂易得，书即师也。今为诸生指一良师，将《四库全书总目提要》读一过，即略知学问门径矣。……《四库提要》为读群书之门径。”（《輶轩语·语学》）与鲁迅年辈相仿的文史学者都有类似的亲身体验。余嘉锡就感慨说：“《提要》之作，前所未有，足为读书之门径，学者舍此，莫由问津。”（《四库提要辨证·序录》，中华书局，1980年）吕思勉也回忆道：“苏常一带读书人家，本有一教子弟读书之法，系于其初能读书时，使其阅《四库全书书目提要》一过。……此项工夫，现在的学生，亦仍可做，随意浏览，一暑假中可毕。”（《从我学习历史的经过说到现在的学习方法》，收入《吕思勉论学丛稿》，上海古籍出版社，2006年）凡此都足以证明鲁迅的指点绝非随心所欲，而颇能切合许世瑛的实际需求。

鲁迅本人在目录学方面也多有涉猎，除了《四库全书提要》之外，对《书目答问》也极为重视，当被询及“要弄文学，应该看什么书”时，就回答说：“我以为倘要弄旧的呢，倒不如姑且靠着张之洞的《书目答问》去摸门径去。”（《读书杂谈》，收入《而已集》）原因在于张氏编纂此书，宗旨即“令初学者易买易读，不致迷罔眩惑而已”（《书目答问略例》）。只是此书侧重版本介绍，对内容并无细致评骘，不免令人有“骇其浩博，茫乎失据，不知学之所从入”（余嘉锡《四库提要辨证·序录》）之叹，对于刚入学的许世瑛而言尚非当务之急，这或许是鲁迅未向他推荐此书的原因所在。

鲁迅在治学中也身体力行，以目录学作为深入研究的基础，不仅根据历代公私书目的部类分合，考察过“小说”观念的变迁（参见《中国小说史略》第一篇《史家对于小说之著录及论述》）；还参考书目题跋的著录，梳理过嵇康集的流传始末，并据相关线索辑录佚文（参见《嵇康集逸文考》《嵇康集著录考》《嵇康集考》诸文，均收入《古籍序跋集》）；甚至还亲手编订过《采录小说史材料书目》《汉画像目录》《六朝墓志目录》等专题书目（参见顾农《鲁迅与书目》，载《唐都学刊》1992 年第 2 期；龚杏娟《鲁迅与书目》，载《鲁迅研究月刊》2007 年第 5 期）。注重目录学根柢，强调从文献调查着手，以达到辨章学术、考镜源流的目的，正是鲁迅深造自得的治学经验。尽管他向许世瑛推荐的目录学著作仅有《四库全书简明目录》，但通过卓有成效的亲身垂范，无疑会给后者留下非常深刻的印象。

在许世瑛日渐成长为专业研究者以后，对鲁迅昔日良苦用心的体会也更为真切，还时常将这一治学方法传授给下一代学者。在《研究国学应走的途径》（载 1945 年《读书青年》第二卷第一期）一文中，他依据考察对象的不同，将国学研究划分为语文学、古文学和中国思想问题三大领域，比较分析三者职守不同，因而所受训练也多有异趋。而在全文最后，却郑重其事地总结道："我还要奉劝今后治国学的，无论你研究那一方面，步入那一条康庄大道，一部张之洞的《书目答问》，和《四库全书总目提要》却是必读的书籍。虽然这两部书也有它的缺点，可是它们是治国学的南针，有了它们，我们才不致像迷路之羔羊，看了那浩如烟海的国学而望洋兴叹，不知道如何才会有登彼岸的时日，而额手称庆啊。"认为术业各有专攻的分学科研究看似此疆彼界，泾渭分明，实则追根溯源之后，万变不离其宗，都必须掌握坚实的目录学知识，才能提纲挈领，以简驭繁，不至因大道多歧而徒劳无功。《四库全书总目提要》和《书目答问》虽然不无疏漏，却仍能起到为后学指点门径的功用。在《论笺注与校勘》（载1946年《文艺与生活》第二卷第一期）中，许世瑛还结合实例来展示《书目答问》的使用价值。他提到笺注典籍的风气从汉代开始一直延续至清末，“只不过后代硕师大儒，不但对于经书肯下工夫做注，就是子、史、集三部，也竞相作笺注了。我们不必打开《四库全书总目提要》，看看乾隆以前到底有多少位笺注家，单把张之洞《书目答问》里所载的，统计一下，也就很可观了。尤其清代对于集部下工夫特多，注本也就因之而大增了”。张之洞在《书目答问》中称道清人注疏“于前代著作，撷长弃短，皆已包括其中”，所以载录的清人著作数量极多。书中还特意附有《国朝著述诸家姓名略》，指出“前代经史子集，苟其书流传自古，确有实用者，国朝必为表彰疏释，精校重刻”，并称“知国朝人学术之流别，便知历代学术之流别，胸有绳尺，自不为野言谬说所误”。从许世瑛所言来看，他对此书性质及特点极为熟悉，所做评述皆非浮泛的空论。

自1946年移居台湾后，许世瑛相继在台湾师范学院、台湾大学、辅仁大学、淡江文理学院任教，开设过“读书指导”“国学导读”等课程，因讲授生动而深受学生欢迎（参见邱燮友《记忆深处——悼念可亲可爱的许诗英老师》、应裕康《哭许世瑛师》、陈新雄《敬悼本师许诗英先生》、施淑女《悼许世瑛老师》诸文，均见《许世瑛先生论文集》附录）。讲稿经过整理后，以《中国目录学史》为题出版（中华文化出版事业委员会，1954年），此后又多次修订重印。全书叙述虽然较为简略，但对历代史志、藏书目录，以至专科目录、特种目录等都有所涉及，因此颇得专家赏识，谓之“纲举目张，条理密察”，“显得严谨而整饬”，“是真能把握着了‘史’的要点”（屈万里《〈中国目录学史〉》，收入《屈万里先生文存》，联经出版事业公司，1985年），可见他在目录学领域有着系统而深厚的学术积累。在讨论《四库全书总目提要》时，他分“编纂始末”“编纂及校雠手续”“分类”“体制”等项详加阐述，并强调：“当时审核之密，取舍之严，考据之精，分类之细，著录之富，可谓前无古人，后无来者矣。”（《中国目录学史》第八章《隋志以后应用四部分类法官修目录》，中国文化大学出版部，1982年）在述及《书目答问》时，虽然没有做条分缕析的深入探讨，但也要言不烦地指出：“张氏《答问》之目的既在告初学者应读之书，故于版本之著明特详，尤以能正告初学者以何本为善。是以迄至今日，如欲指导初学者读书，此书仍不失为一良好之津梁也。”（同书第十章《四部分类法目录之别派》）而在研讨其他各种书目的分类体制及异同得失时，也都能穷源竟委，娓娓道来，足证他多年以来在这方面积累颇丰。尤其是在介绍特种目录时，他专门列出“举要目录”一类，称“书籍繁多，初学每苦不得要领，于是有举出应读之书，并指示阅读先后之次序，以便初学者可循序研读，而收事半功倍之效”（同书第十二章《专科目录与特种目录》）。尽管不便言及鲁迅，而只能列举梁启超、胡适等人审定的各类推荐书目，但在下笔之际，他脑海中想必会浮现出当年的那份书单。

考察任何一位学者的治学历程，毫无疑问都会发现他承受着各种途径的多元影响。以许世瑛为例，除了家学渊源之外，他还先后受惠于刘文典、陈寅恪、黄节、朱自清、俞平伯等众多名师。在考察他与鲁迅的承传渊源时，自然不能偏颇地抹煞其他师长对他的指引教导，更不能忽略他个人自主独立的治学祈向。不过即便如此，本文所述已经充分展示了鲁迅与许世瑛这两代学人之间薪尽火传的学术因缘，也为具体衡量鲁迅在现代学术史上戛戛独造的成绩以及泽被后学的地位，提供了一个生动鲜活的佐证。

原载《学术界》2017 年第 2 期

附记：拙文《书目背后的学问》《文章背后的学缘》（均收入拙著《却顾所来径》），也涉及许世瑛与鲁迅、陈寅恪两位前辈学者的学术渊源。

知·趣丛书

名士派：世说新语的世界　　徐大军　著

从“山贼”到“水寇”：水浒传的前世今生　　侯　会　著

梦断灵山：妙语读西游　　苗怀明　著

探骊：从写情回目解味红楼梦　　刘上生　著

所思不远：清代诗词家生平品述　　李让眉　著

梨园识小录　　陈义敏　著

志怪于常：山海经博物漫笔　　刘朝飞　著

儒林外史人物论　　陈美林　著

沈周六记　　汤志波　秦晓磊　主编

史记八讲　　史杰鹏　著

敦煌的民俗与文化　　谭蝉雪　著　李芬林　编

拾画记　　任淡如　著

神魔国探奇　　刘逸生　著

明人范：生活的艺术　　袁灿兴　著

寻幽殊未歇：从古典诗文到现代学人　　杨　君　著